KB126444

아프리카 트럭여행

킬리만자로

아프리카 트럭 여행

슬·픈·열·대·를·가·다

김인자 지음

눈빛

김인자(金仁子)는 강원도 삼척에서 출생하여, 경인일보 신춘문예에 '시' 부문에 당선했고,
같은 해 시 전문지 『현대시학』 '시를 찾아서'로 등단했다.
저서로는 시집 『겨울 판화』 『나는 열고 싶다』 『상어떼와 놀던 어린 시절』
『슬픈 농담』이 있고, 산문집으로 『그대, 마르지 않는 사랑』
『세상에서 가장 아름다운 선물』과 여행서로 『마음의 고향을 찾아가는 여행 포구』
『걸어서 히말라야』 『풍경 속을 걷는 즐거움 명상 산책』 외 다수의 공저가 있다.
1990년대 초 배낭여행을 시작으로 오늘에 이르렀으며, 그 경험을 바탕으로 쓴 기행문을
라디오 방송, 월간 잡지, 신문 등에 발표하고 있다.

아프리카 트럭여행

–슬픈 열대를 가다

글·사진 김인자

초판 2쇄 발행일 —— 2006년 8월 18일 / 발행인 —— 이규상
발행처 —— 눈빛출판사 서울시 마포구 성산동 572–506호 전화 336–2167 팩스 324–8273
등록번호 —— 제1–839호 / 등록일 —— 1988년 11월 16일 / 편집 —— 정계화·이자영·고성희
출력 —— DTP 하우스 / 인쇄 —— 예림인쇄 / 제책 —— 일광문화사

값 13,000원
ISBN 89–7409–959–4
www.noonbit.co.kr

프롤로그 | 아프리카가 내게 준 선물

아프리카 하면 왜 무지, 게으름, 저주, 종족 갈등, 기아, 질병, 야만 같은 단어가 먼저 떠오르는 것일까?

그들의 자유와 원시성을 존중은커녕 자신들의 잣대로 아프리카를 길들여 온 것은 유럽 열강들이다. 거슬러올라가면 아프리카의 자원은 식민지 뒤편에 발가벗은 원시성을 인류의 시원이니 자연의 보고니 그럴듯한 말로 추켜세우면서 지금 이 정도도 결국 자신들의 탐험과 개발의 덕분인양 하지만, 사실 아프리카에 식민지시대가 끝났다는 것도 말뿐이지 알고 보면 속속들이 식민지 의식은 그대로 남아 아프리카도 유럽도 아닌 그 중간에서 정체성에 대한 혼란을 겪고 있는 사람은 결국 아프리카인들이다.

지구의 반대편에 사는 우리에게 누군가 아프리카를 묻는다면 선뜻 무엇이라 말할 것인가. 위에서 열거한 것들, 인종 학살과 종족간의 갈등과 분쟁, 에이즈로 신음하고 있는 미개와 가난이 과연 아프리카를 바로 이해하고 있는지 생각해 보면 회의를 피할 수 없다.

아프리카는 자연의 보고가 무한한 지상의 마지막 보물창고다. 그들이 살고 있는 땅이 어떤 곳인지 인식조차 없을 만큼 아프리카와 아프리카 사람들은 자연 그대로다. 짧은 시간 내가 방문한 곳은 아프리카 남동부, 그것도 평범한 마을 몇 곳과 아주 작은 일상에 불과하여 그것으로 아프리카를 봤다 안 봤다 말하기는 어렵다. 그러나 문명의 첨단을 누리고 사는 우리로서는 한번쯤 지금의 위치를 성찰해야 할 때가 아닌가 싶다.

그들은 첨단의 전자제품과 자신의 명패가 걸린 집 한 채를 위해 젊음을 송두리째 바치는 우리와는 다르다. 경쟁은 자연 속에서 살아남기 위한 최소한의 것만을 필요로 하며, 바라는 것은 주머니 많은 재킷도, 가방도, 냉장고도, 자동차도 아니다. 그들에게 필요한 것은 초원을 달릴 수 있는 두 다리와 창을 던질 수 있는 양손이다.

마사이 그들에게 소가 어떤 의미냐고 물었을 때,

"세상의 모든 소들은 '엥카이'라는 신이 우리에게 준 선물이죠. 그러니까 다른 종족이 키우는 소라도 결국은 마사이 것이죠. 그들이 우리를 대신해 보살펴 주는 거예요."

말라위 호수에서 전통배 와투를 가리키며 고기를 잡기엔 배가 너무 작지 않느냐 물었을 때도 어부의 답은 명쾌했다.

"고기는 오늘 필요한 만큼만 잡고 나머지는 신께 맡기죠."

어떤 여행이라도 나는 잘 보겠다, 정확히 많이 보겠다는 것에 그리 집착하지는 않는다. 어떻게 접근하고 어떻게 본다고 해도 내가 그들이 되어서 그들의 삶을 공유하지 않는 한, 정확한 보기와 체험은 어렵다는 것을 나는 많은 여행을 통해 간파하고 있었다. 바라는 것이 있다면 자연의 운행에 거슬림이 없어야 한다는 것이다. 평소 가지고 있던 오독과 편견을 내 눈으로 확인하고 잘못된 것이 있다면 바로잡는 것, 그뿐이었다. 일상으로 돌아와서도 잊지 말아야 할 것이 있다면 가난하지만 타고난 낙천성으로 불행이 무엇인지도 모르고 사는 눈빛 맑은 아프리카 사람들이 준 따뜻한 메시지다.

사람들은 묻는다.

"지금까지 다녀 본 곳 중에서 어디가 가장 좋았나요?"

이 질문은 "인생의 최고가 뭐라고 생각하세요"라는 질문만큼이나 나를 난감하게 한다. 감히 말하지만 여행을 통해 거듭 확인하는 것은 '세상에 귀하고 아름답지 않은 것은 없다'는 것이다. 우주만물에는 어느 것도 더함과 덜함이 없다. 다만 저마다 다른 가치와 아름다움이 있을 뿐, 그것은 언제나 마음을 따라 움직인다. 그러고 보면 결국 어디에 마음을 두는가이다.

하쿠나 마타타(걱정 마, 다 잘될 거야)로 시작해서 하쿠나 마타타로 끝난 아프리카 트럭여행은 나의 시들했던 생을 빳빳하게 회복시켜 주었다. 트럭 버스 안에서의 후끈한 열기, 백인 친구들과의 우정, 마사이 전사와의 눈맞춤, 세렝게티에서 만난 수많은 동물들, 그리고 맨발의 아이들, 아카시아 그늘과 텐트 속에서의 낭만, 바오밥나무 아래에서 별 헤던 밤, 수많은 망고나무들, 그리고 아름다운 호수.

돌아와 배낭을 푸는데 생각지도 못했던 것들이 우르르 쏟아져 나왔다. 인내와 낙천성 그리고 자연으로부터 온 감사, 이 많은 것들은 내가 배낭에 넣은 것이 아니라 아프리카가 알아서 나누어 준 것들이다.

지금 이 글을 쓰는 순간, 아프리카에서 돌아온 지 꽤 시간이 지났는데도 내 여행은 계속되고 있다. 이상하다. 아직도 아프리카가 내 안에 있다는 것이, 내가 아프리카에 있다는 것이….

차례

아프리카 트럭여행·1

소유하지 않고 사랑하는 것(아프리카에서 띄우는 편지 - 제1신)

김형, 드디어 비행기를 탔습니다.

오랫동안 꿈꾸고 기다려 온 아프리카 땅을 드디어 몇 시간 후면 밟을 것입니다. 어떤 일이든 계획하는 순간 반은 이룬 것이나 다름없다는 말은 여행을 두고 생겨난 말이지 싶습니다. 꿈꾸지 않았다면 이룰 수 없는 것이 어디 여행뿐이겠습니까만 우리에게 너무나 익숙한 헤밍웨이, 피카소, 마티스, 고갱, 그들의 작품 속에 고스란히 녹아 있는 아프리카, 아프리카의 정신. 나는 그들의 작품 배경과는 조금 다른 눈으로 아프리카를 보고 싶습니다. 그러니까 어느 구석의 작은 배경일지라도 한때 유럽의 식민지로서가 아니라 아프리카의 본래 모습을 보고 싶다는 희망을 가장 큰 숙제로 안고 갑니다. 내가 백인도 흑인도 아니라는 사실과 이제 어느 정도 세상을 알 만한 나이에 이르렀으니 한쪽으로 치우치지 않고 담담히 객관적으로 볼 수 있기를 바라는 당연한 심경도 아울러 고백합니다.

일상의 많은 시간이 나 아닌 다른 것을 위해 바쳐졌다면 여행은 오직 나를 위한 축제입니다. 물론 이 축제의 주빈은 나지만 이 축제를 준비하고 만들어 가는 이도 나 자신이므로 팔짱을 끼고 서서 어떤 축제가 될까 상상만 할 수는 없습니다.

이 여행을 통해 나는 소유하지 않고 사랑하는 법을 배울 것입니다.

여행이 항상 새로울 수 있는 것은 일상과는 다른 것을 본다는 것이겠지요. 가족들에 대한 알량한 부채의식으로 영혼이 방해받지 않았으면 하는 희망 속에는 내 안에 숨어 있는 또다른 슬픈 열대가 꿈틀거리고 있습니다. 그리고 그게 무엇이든 만나도록 운명지어졌다면 만날 것입니다.

언젠가 바다가 보이는 언덕에서 맨발로 황토밭을 걸을 때입니다. 걸음을 옮길 때마다 사각사각 발바닥이 마른 흙을 쓰다듬으며 내는 소리를 내 귀는 놓치지 않았습니다. 그 순간, 눈이 다른 것을 탐할 때 귀만이라도 나를 향해 열려 있다는 것은 위로였습니다.

조금 전까지만 해도 창밖엔 구름이고 바람이었는데 지금 보니 구름도 바람도 아닙니다. 모두가 공(空)입니다. 이 공 속에서 비행기는 목적지를 향해 날아가고, 이 공 속에서 시간은 끊임없이 앞으로 움직입니다.

살면서 우리는 '하마터면…' 하는 순간을 얼마나 자주 혹은 많이 겪게 되는 걸까요. 때로 운명에 대해 확고부동하게 정해진 상태를 바꾸거나 거역할 수 있을 것이란 생각을 하다가도, 순간 엉뚱하게 정해지기도 하고 또 틀어지기도 하는 그것조차 운명이라 말하게 되는 것을 보면, 우리들 목숨의 열쇠는 신만이 가진 것이겠지요. 신이 없다면 나는 그것을 맡길 데가 없어서 이만한 여행조차 감행하지 못했을 지도 모릅니다.

이번 여행의 동행은 나의 신(神)과 며칠 전에 읽은 어느 시인의 짧은 시 한 편입니다.

봄이여 눈을 감아라
꽃보다
우울한 것은 없다

매순간 생이 너무 찬란해 이렇게 뜨겁고 눈물겨운 걸까요?

친구가 있다는 것은 이 세상에 혼자가 아니라는 말이잖아요. 아프리카에 머무는 동안 김 형에게 소식을 전할 수 있을 것 같아 몸은 아니지만 정신의 예감만은 아주 좋습니다. ― 기내에서

카리브, 꿈의 아프리카

아프리카 출발을 엿새 앞둔 날 저녁, 집안 정리를 하다가 허리가 삐끗하면서 그만 주저앉고 말았다. 우울한 예감이 스쳐갔다. '이게 뭐지?' 내게 묻고 있었다. 염려가 현실로 바뀐 것이다. 크든 작든 내 몸이 이 같은 예행연습 없이 집을 나서 본 적은 없었다. 그런데 이번엔 조금 다르다. 가벼운 몸살이 아니라 무엇엔가 홀린 듯 '즐겁게 춤을 추다가 그대로 멈춰라', 그래 그거였다. 신나게 춤

추다가 그대로 멈춘. 나는 꼼짝할 수가 없었다. 곧 회복되겠지, 하는 마음과 한편 이러다가…. 그러나 자위의 고수인 내가 호락호락 물러설 수는 없는 일이 아닌가. 나는 주문을 외웠다.

'그러면 그렇지, 이 정도의 대가도 없이 어떻게 아프리카를?'

부축 없이는 화장실조차 갈 수 없는 상태가 이틀간 지속되었다. 그 몸으로 한의원과 정형외과를 번갈아 가며 치료를 받았다. 출발이 사흘 앞으로 다가왔을 때 내 마음은 불안을 넘어 포기로 기울었지만, 그래도 하는 데까지는 해봐야지 하는 체념과 오기는 내 심신을 긴장시키며 괴롭혔다.

정신없이 바쁜 중에도 여행 계획을 짜고 대기에 있던 명단이 최종 확정되어 여러 장의 바우처(voucher)를 몇 나라에 걸쳐 받은 지 불과 며칠 전인데, 외국여행사만 아니라도 시간을 재조정해 보겠지만, 이번에 놓치게 되면 또 언제 기회가 올지, 내 머리는 엉킨 실타래처럼 복잡하기만 했다. 만일의 경우를 대비해 여행사에 연락을 취하고 마지막까지 최선을 다하기로 마음을 다잡았다.

출발 이틀 전, 가족들의 여론은 불가능으로 쏠렸으나 내 마음은 여전히 '포기'와 '시도'가 팽팽한 줄다리기를 했다.

'그래, 가자. 가 보자!'

출발 전날, 드디어 배낭을 꺼내 챙기다 보니 어느새 무게는 15킬로그램을 훌쩍 넘어 버렸다. '이 배낭을 어떻게 공항까지 가지고 가며, 도착지에서는 어떻게 내리고 올리지?' 내심 걱정이었지만 막상 '가야지'로 생각을 굳히자 마음은 오히려 홀가분했다. 문제의 허리는 자석 벨트로 조인 뒤 두툼한 약봉지를 끌어안고, 나는 비행기에 올랐다. 내 안에선 내가 나에게 계속 최면을 걸고 있었다.

'그렇지, 이 정도의 대가도 없이 어떻게 아프리카를 보나!'

다시 또 쓰다만 시를 두고 짓다만 밥을 두고

네가 오후 4시에 온다면 난 3시부터 행복해지기 시작해
그러다가 4시가 되면 참을 수 없을 만큼 행복을 느껴
— 생텍쥐페리 『어린 왕자』 중에서

아프리카로의 출발을 7시간 앞두고 있다.

검은 대륙, 만델라, 기아, 가난, 에이즈, 내전, 일부다처, 그리고 통일성을 가진 풍경, 그것만이 아닌 '아웃 오브 아프리카'의 자연을 닮은 원주민들, 남아프리카에서 동아프리카 킬리만자로까지(남아공, 짐바브웨, 잠비아, 말라위, 탄자니아, 케냐), 인도양, 그리고 세렝게티, 응고롱고로, 빅토리아 폭포, 꿈의 마사이, 키쿠유, 아, 그리고 행복, 외로움, 고통이 함께할 시간들. 보다 많은 것들을 체험하고 싶지만 어차피 신의 뜻은 인간이 이해할 수 있는 차원이 아니어서 그냥 맡기기로 한다. 척박할수록 생명의 가치는 존엄한 법이다.

준비되지 않은 고통이 목을 졸라 올 때마다 조용히 나를 타이르는 주문이 있다. '기다리자, 이 모든 것은 곧 지나갈 것이니.' 그러면서 좀더 인내하며 지혜로워지기를 갈망한다. 그러나 벗들이여, 행여 이 같은 여행을 부러워하지는 마시라. 여행은 쓸쓸하고 불편한 것이니까.

여전히 생각은 한 가지다.

나를 철저히 버리는 것, 그리하여 나를 가볍게 하는 것.

출발

몸이 반란을 일으킨 것도 무리한 일이 부른 화였음을 알고 있었지만, 나는 태연을 가장해 벗들에게 몇 줄 인사를 남긴 뒤 출발을 서둘렀다. 집을 나서는 순간 이제부터 몸을 잘 모셔야지, 하는 다짐은 혼란스럽던 마음을 단순하고 편하게 만들었다. 허나 오랫동안 꿈꿔 오던 미지의 대륙 아프리카를 서너 차례 레드

와인과 화이트 와인의 권유를 받으며 불과 세 번의 기내식을 먹고 단 하루 만에 도착하고 보니 실감이 잘 나지 않고 뭔가 얼떨떨하다.

검다. 눈에 들어오는 사람들은 모두 검다. 아프리카를 실감하는 순간이다. 홍콩(3시간 30분)에서 한 번, 남아공(13시간)에서 다시 또 한 번 비행기를 갈아타고 짐바브웨 빅토리아 폭포까지는 2시간 남짓. 비행기가 고도를 낮춰 창밖을 내다보니 기대했던 녹색 평원은 보이지 않고 군데군데 앙상하게 마른 나무가 바닥을 드러내고 있다. 여기가 검은 보석, 아프리카인가.

몇 시간에 불과했지만 요하네스버그 공항에 머무는 동안, 머리에 눈을 인 듯한 앞자리의 노신사를 보는 순간 인자한 할아버지를 떠올렸다. 흑인의 희망 만델라, 종신형을 선고받고 케이프타운 앞바다, 지금은 관광지로 각광받고 있다는 로번 섬 교도소에서 27년의 감옥생활, 『험난한 자유의 길(*No Easy Walk to Freedom*)』(1965)과 『나는 죽을 각오가 되어 있다(*I Am Prepared to Die*)』(제4판, 1979)에 수록된 그의 글과 연설은 누가 읽어도 인상적인, 노벨평화상 수상자, 1994년 드디어 남아프리카 최초의 흑인 대통령. 아프리카의 상징, 흑인의 대부라 하기보다는 그가 그랬듯 그냥 '만델라 할아버지'라 부르고 싶은 87세의 인자한 할아버지.

짐바브웨 빅토리아 폴 공항에 첫발을 딛었을 때, 사람들의 옷차림과 체감온도가 믿기지 않았다. 공항 직원들은 모두 윈드 재킷을 걸치고, 여직원들은 한겨울용 모직 롱코트로 중무장한 채 청사를 서성거렸다. 7월이면 아프리카가 겨울의 중심에 와 있다는 건 알고 있었지만 그래도 아프리카인데, 아프리카의 첫인상은 한마디로 예상보다 낮은 기온으로 '춥다'였다. 검고 추운 나라, 밍크 코트를 입은 여자가 곁에 다가앉자 체감온도는 더 낮아진다. 하기야 내 살갗에 소름이 돋는 걸 보면 그들의 의상이 그리 유난스러워 보이지는 않는다. 나도 점퍼를 꺼내 입긴 했지만 얇아서 추위를 해결하는 데는 별 도움이 되지 못했다. 입국신고서를 쓰고 비자 신청서를 내밀자 25달러를 요구한다. 비자는 간단히 해결된 셈이다. 그러나 짐바브웨는 몇 시간 안에 통과할 나라여서 그 금액도 왠지 아깝다는 생각이 드니, 어느새 나는 배낭여행자의 본분에 충실하고 있는 것이다.

명색이 국제공항인데 작아서 그럴까, 수속을 마치고 나오자 내 배낭은 많은 짐에 섞여 쓰레기 자루를 연상시킨다. 주인을 따라 참 멀리까지 왔다. 이 배낭은 지난번 수원에서 김선생님을 뵈었을 때, 조금 큰 배낭이 필요한데 여분의 배낭이 있으면 빌려 주십사 했더니 60리터짜리를 기꺼이 주신 것으로, 전 배낭보다 한결 공간이 여유 있어 든든하다. 공항에서 마지막으로 배낭 무게를 체크해 보니 17킬로그램 정도가 나갔다. 평소보다 많이 나가는 편이다. 5주를 지내는 동안 필요한 물품들을 챙기다 보니 그 정도의 무게는 피할 수 없었다. 두꺼운 스웨터를 챙기는 나를 의아해 하며 식구들이 물었다. 정말 아프리카에 가는 것 맞느냐고.

배낭을 꾸릴 때 가장 큰 숙제는 역시 불필요한 짐을 줄여 무게를 최소화하는 것이다. 그런 맥락에서 비장한 각오로, 그나마 그 정도 무게에서 멈출 수 있었던 것은 이번 여행에선 가이드 북을 비롯해 어떤 책도 제외했기 때문이다. 꼭 필요한 것들은 미리 점검했고 가이드 북도 핵심적인 것은 메모를 하거나 복사로 부피를 줄여 떠나니 나의 경우 책, 먹을거리 등을 제외한 것만으로도 도움이 된 셈이다. 무엇보다 중복되거나 빠지는 것을 없애려면 미리 여행 준비물을 적어 두고 하나하나 점검해야 하는 것은 기본이다.

아는 것만큼 본다는 말이 있듯, '여행' 하면 대충 가방이나 싸서 휙 떠나기만 하면 되는 줄 알지만 실은 그렇지 않다. 이번 아프리카 여행은 석 달 전부터 구체적인 계획을 짜며 틈틈이 자료를 모아 나갔다. 그러나 지난 봄은 밀린 원고와 씨름하느라 손가락이 마비될 정도로 자판의 노동을 감수하지 않으면 안 되었기에 출발 2주 전까지만 해도 나는 퉁퉁 부어오른 손가락 통증으로 괴로워하고 있

저 솟아오르는 태양과 함께 이제 여행은 시작이다.

었다. 그래서 결심한 것이지만, 지금 아무리 힘들어도 떠나기만 하면 어떤 활자와도 사귀지 않을 것이며, 어떤 컴퓨터 모니터도 보지 않을 것이며, 일자무식 아니 문맹인처럼 지내 보리라는 각오로 똘똘 뭉쳐 있었다.

나는 무식의 힘을 믿고 철저히 단순해지기로 작정을 한 것이다. 대신 바쁜 와중에도 틈틈이 여행사에 들러 바우처를 확인하고, 비행기 일정과 킬리만자로 등산 일정, 중간에 경유하게 되는 호텔, 그밖에 육로 교통편 등등, 현지 여행사와 예약된 날짜를 거듭 체크하며 실수를 최소화하도록 단계별로 점검해 나갔다. 하지만 변수를 염두에 두지 않았던 것은 아니었다. 이번 여행지는 남동부 아프리카 몇 나라지만 여행사는 영국에 본부를 둔 국제여행사 '아카시아 아프리카(ACASIA AFRICA)'로 선택한 이유는 타 여행사와 비교해 경험이 풍부한 그들의 철두철미한 프로의식을 신뢰했기 때문이다. 물론 내가 원하는 패턴은 어디까지나 배낭여행이어서 최소한의 것만 해결된다면 어떻게든 몸으로 부딪쳐 보고자 했던 것은 이번에도 예외가 아니다.

늦은 감은 있지만 아프리카를 구체적으로 생각하게 된 것은 불행 중 다행이다. 나는 불과 한 달 전만 해도 '실크로드'와 '아프리카'를 양손에 들고 어느 것을 택할까 고민했었다. 심사숙고 끝에 아프리카로 결정한 후, 책상 앞에 대형 지도를 붙여 놓고 내가 걸어 볼 지구 반대편 원시열대에 눈맞추며 하나하나 준비에 들어갔고, 그것은 여행을 준비하는 내내 나를 아프리카에 가 있도록 종용했다. 그러나 그 넓은 아프리카에서 5주라는 짧은 시간 안에 어떤 루트를 어떤 방법으로 가야 하는지는 인터넷 자료나 혹은 국내여행사의 도움을 받을 수밖에 없었다. 사실 누구나 반복된 일상에 묶이고 쫓기다가 그것에서 놓여나고자 여행을 음모하지만, 막상 출발하면 그리 길지 않은 시간에 가장 효과적으로 경험할 수 있는 방법을 찾다 보니 모순되게 여행중에도 시간을 아끼지 않으면 안 되었다.

20

출발 날짜가 결정되자 국립의료원에 가서 의사의 처방을 받아 한 번 주사하면 10년간 효과가 지속된다는 황열주사를 맞은 후 일명 '옐로카드'라는 증명서를 받았고, 필요한 만큼 말라리아 약 라리암(Lariam) 정을 구입했다. 라리암은 출발 한 주 전에 시작해 여행이 끝난 4주까지 지속적으로 먹어야 하는 약이었다.

잠보, 카리브!

입국 수속을 마치고 배낭을 찾아 빅토리아 폴 공항을 빠져나가니 피켓을 들고 기다리고 있어야 할 사람이 보이질 않는다. 시작부터 뭔가 매끄럽지 못하다. 애써 태연한 척하며 조금 기다리다가 몇 명의 남자들 틈에서 'Kalib! KOREA Kim'이라는 글씨를 읽었는데, 너무 작은 종이를 들고 있어서 시력 나쁜 내가 미처 그를 발견하지 못한 것이다.

카리브! '카리브' 하면 가장 먼저 떠오르는 곳은 쿠바다.

1930년에 건축된 하바나의 최고 호텔 나시오날 '살롱 1930'에선 지금도 전설적인 부에나 비스타 소셜 클럽의 화려한 공연을 볼 수 있다고 하질 않던가. 어느 날 나는 뾰족 구두에 붉은 정장을 차려 입고 땀 끈적거리는 저녁에 밤바다가 출렁이는 말레콘(우리 표현으로 방파제라고 할 수 있으며, 쿠바의 수도 하바나에 약 10여 킬로미터나 길게 뻗어 있는 이 거리의 방파제는 하바나 시민들에겐 물론 여행자들에게도 예술과 휴식의 공간으로 사랑받는 곳이다)을 따라 걷다가 '환영받는 사교 클럽'의 의미를 가진 부에나 비스타 소셜 클럽 노장들의 공연을 보고, 찬찬 주인공이자 소셜 클럽의 전설, 콤파이 세군도(2003년 95세로 사망)의 숨결을 느끼고 싶다.

연한 스테이크에 하바나의 환상적인 칵테일 모히토나 레드 와인을 곁들인 저녁식사, 시가를 피우는 사람들과 삶의 때가 짙게 배인 거리의 늙은 창녀들, 살사, 맘보, 차차차, 룸바 등 무용수들이 허벅지 착 달라붙은 옷을 입고 나와 밤새 온몸을 흔들어댈 그곳. 그들의 춤이 끝나면 기다렸다는 듯이 흰 양복, 흰 모자, 흰 구두, 빨간 넥타이, 가슴에 빨간 손수건을 꽂은 노장들의 무대. 정열과 원초적 열정은 사그라졌을지 모르지만 생의 풍랑을 건너 비로소 작은 포구에 닿은 이들의 담담한 혼의 소리, 이브라힘 페레와 오마라 포르투온도, 그들 영혼의 목소리를 들을 수만 있다면, 이브라힘 페레의 앨범(Silencio Ep)에 수록되어 있는 '실렌시오('나지막이'라는 뜻을 가진)', 어느 시보다 아름다운 생의 진솔한 맛이 담겨 있는 노랫말, 그 노래를 들을 수만 있다면, 매일매일 상상할 수 없었던 일들이 펼쳐질 것 같은 그곳에 갈 수만 있다면, 카리브의 진주 바로 그 쿠바에서 혁명가 체 게바라의 숨결을 느낄 수만 있다면. 그러나 생각한다. 지금은 오직 하나의 단어 실렌시오

> 내 뜰에는 꽃들이 잠들어 있네/글라디올러스와 장미와 흰 백합/그리고 깊은 슬픔에 잠긴 내 영혼/난 꽃들에게 아픔을 숨기고 싶네/인생의 괴로움을 알리고 싶지 않아/내 슬픔을 알게 되면 꽃들도 울 테니까/깨우지 마라 모두 잠들어 있네/글라디올러스와 흰 백합/내 슬픔을 꽃들에게 알리고 싶지 않아/내 눈물을 보면 그들은 죽어 버릴 테니.

영화 「부에나 비스타 소셜 클럽」은 이렇게 말하고 있다.

라이 쿠더와 멤버들의 만남은 감동적이기까지 하다. 이브라힘 페레는 "어떤 '천사'가 나타나서는 '이리 와, 함께 녹음하자'라고 하더군. 처음에 난 원치 않았어. 이미 음악을 포기한 지 오래였거든. 하지만 지금은 내 생애 유일한 앨범을 갖게 됐고, 매우 행복해. 난 이제 더 이상 구두를 닦지 않아도 돼."

쿠바 음악의 매력은 음악뿐 아니라 음악을 둘러싼 '분위기'에서 찾아야 한다고 말한다. 단조로운 모노 톤의 대도시, 도시적인 환경에 둘러싸여 살아가는 현대인들과 서구인들에게 쿠바 음악은 '살과 땀, 심장의 박동, 눈부신 색깔'을 되돌려 준다. 아마존의 열대 우림이 지구 전체의 산소를 공급하듯 쿠바 음악은 '뭉클대는 삶'을 선사하는 것이다.

소년은 아무 조건 없이 내게 꽃을 건네며 다가왔다.

라이 쿠더는 말한다. "쿠바에서 음악은 강물처럼 흐른다"고. 부에나 비스타 소셜 클럽은 박물관 구석에서나 발견할 수 있는 유물이 아니라 현재에 살아 있는 음악이다. 물론 부에나 비스타 소셜 클럽의 음악은 새로운 음악이 아니다. 낡고 오래됐지만, 몸에 잘 맞는 옷을 입은 느낌이다. 아무리 근사한 스타일의 새 옷도 그러나 오래된 그 옷의 감촉을 따라가지는 못한다.

대한민국 전체 크기가 손가락 반 마디도 안 되는 지도를 펼쳐 놓고 보니 지금 내가 서 있는 이곳 빅토리아 폭포와 하바나는 족히 세 뼘은 되는 곳에 위치해 있다. 이 멀고도 아득한 거리를 두고 왜 나는 환영의 인사 카리브! 그 한 마디에 카리브 해가 있는 정열의 나라 쿠바와 말레콘을 따라 밤새 파도가 출렁대는 도시 하바나를 생각하는 것일까. 그러고 보니 카리브 한 마디에 내 상상은 참으로 먼 곳까지 흘러갔다.

마중 나온 그는 덩치에 어울리지 않는 수줍은 미소를 지으며 "잠보, 카리브 (jambo, Kalib)!"로 인사했고, '카리브'의 뜻을 물으니 스와힐리어로 '환영'이라며 자기 이름은 '와티'란다. 그러니까 아프리카에서 내가 처음 만나 악수를 나눈 사람은 와티였다. 이탈리아에서 오는 다른 팀을 주차장에서 혼자 기다리는 동안 해바라기를 하고 앉아 카리브 해, 재즈, 살사, 시가, 혁명, 체 게바라 등등의 단어를 땅바닥에 적으며 아프리카의 흙냄새를 맡기 위해 코를 흠흠거려 보았다.

햇살은 따뜻했지만 그늘에는 여전히 바람이 차게 느껴졌다. 픽업 나와 준 여행사 직원을 따라 사무실에 들러 계산(30달러)을 마친 뒤 그의 차로 잠비아로 들어갈 계획은 순조롭게 진행되었다. 깊은 계곡과 빅토리아 폭포를 사이에 두고 짐바브웨와 잠비아 국경이 나누어지는데, 그리 길지 않은 다리를 건너면서 나는 언뜻 다리 아래 계곡에 펼쳐져 있는 무지개, 그것도 쌍무지개를 보았다. 예감이 좋다. 와티는 바로 지금 빅토리아 폭포를 지나가고 있다고 설명해 주었다. 창밖으로 언뜻 보이는 폭포와 물보라, 내려서 보고 싶지만 이틀 후 일정에 포함되어 있으니 별로 아쉬울 것도 없다.

국경을 통과하는 절차는 순탄했다. 와티는 짐바브웨 출국 신고와 잠비아 입국 신고를 도와주었고, 비자(30달러)를 새로 발급 받고서는 예약된 숙소 워터프런트(Waterfront) 캠프까지 나를 데려다주었다. 공항에서 나와 서너 시간 내 이루어진 일이라 큰 어려움은 없었다. 사실 일이 이렇게 순조롭게 진행된 배경에는 한 달 전부터 여행사를 통해 이미 예약을 완료해 두었기에 가능한 일이었다. 이제는 누구라도 여행 전에 그런 예약 시스템을 적극 활용한다면 많은 시간과 경비를 절약할 수 있다. 특히 백인들의 철저한 예약 관리는 시간과 장소를 초월에 철두철미하다 못해 정나미 떨어질 정도지만, 조금 미리 신경을 써 정보를 얻고 보완해 가는 것은 우리들 적당주의 사고와는 달리 현장에 뛰어드는 순간 매우 합리적이라는 사실을 통감하게 된다.

아프리카의 첫날은 빅토리아 폭포에서 얼마 떨어져 있지 않은 워터프런트에 서였다. 예약된 숙소가 '트윈 텐트'라는 것은 알고 있었지만, 방갈로나 통나무 집이 아닌 천막 텐트라는 말에 조금은 의아했다. 워터프런트는 빅토리아 폭포로 이어지는 잠베지 강가에 있는 캠프여서 방을 강 쪽으로 달라고 했더니 16호실의 키를 주었다. 군용 텐트를 연상시키는 텐트 안에는 싱글 침대 두 개가 양쪽으로 놓여 있었는데 미리 예약하면 샤워 시설을 갖춘 방갈로를 이용할 수도 있다는 사실을 나는 뒤늦게야 알았다. 하지만 안락한 방갈로보다는 젊은 날의 낭만을 불러일으키는 텐트가 배낭여행자에게 더 어울리지 않겠는가. 생각을 바꾸자 불편은 바로 해결이다.

비행기 일정 때문에 나는 함께 여행할 트럭 팀과 합류하는 날을 이틀 앞두고 워터프런트에 도착했다. 이곳 분위기도 살피고 오랜 비행 시간으로 지친 몸이 쉴 수 있어서 다행이다. 잠자리는 텐트지만 침대 하나에 할당된 금액이 17달러니 그리 녹녹한 가격은 아니다. 그나마 텐트 하나에 얼마가 아니라 한 사람에 얼마를 적용하니, 무조건 방 하나에 얼마라는 우리의 숙박업소 계산법과 달리 합리적이다. 수영장과 샤워장, 화장실, 취사장, 야외 바 등 공동시설은 따로 있고, 원한다면 전망 좋은 잠베지 강가 야외 바에 식사를 주문해도 좋다.

나는 배낭여행자답게 식사는 되도록 셀프로 해결할 생각이었지만 잠베지 강의 일몰은 내게 분위기 좋은 야외 식당을 외면할 수 없게 만들었다. 마실 수 있는 음료라야 콜라 정도이고 식사도 간단한 패스트푸드에 불과하지만 분위기는 심신이 지친 여행자들에게 주머니 여는 것을 아깝지 않게 했다. 무엇보다 잠베지 강가에서 빅토리아 폭포의 천둥 같은 물소리를 들으며, 흘러가는 강물과 흙냄새를 즐기며, 텐트 안에서 별을 헤며 맞는 아프리카에서의 첫밤은 나를 뿌듯한 충족감으로 몰아갔다. 드디어 내가 아프리카에 왔구나, 드디어 내가 아프리

야외 바에 앉아 맥주 한 잔을 놓고
해 지는 잠베지 강을 보다.

카 품에 안겼구나. 잠베지 강에 발을 담그고 보니 여기까지 별 탈 없이 견뎌 준
허리가 고마울 뿐이다.

***

　나는 지금 백지 위에 있다. 백지를 사랑할 희망에 부풀어 있다. 나는 '부풀
다'라는 말을 좋아한다. 부풀지 않고서는 시작도 끝도 없다. 검은 펜으로 채워
나갈 아프리카에서의 시간들, 나는 또 눈을 뜨고 꿈을 꾼다. 여기가 아프리카다.

아프리카 트럭여행·2
LIVINGSTONE WATERFRONT / ZAMBEZI RIVER SUNSET CRUISE

잠보! (아프리카에서 띄우는 편지 - 제2신)

김형, '추웠습니다.' 검은 대륙의 첫 소감입니다.

비행기에서 내리면서 나는 잠시 목적지가 아닌 중간 어디에 불시착한 건 아닐까 의심하고 있었다니까요. 아프리카에 온 지 이제 겨우 며칠째인데 나는 이미 남아공과 짐바브웨를 거쳐 잠비아에 와 있습니다.

모든 이치가 그러하듯 책상에 앉아 탐험가 리빙스턴이 발견한 최초의 아프리카를 상상하는 일은 막연하고 모호했습니다. 그러나 이제 아프리카 땅을 내 두 발로 밟고 보니 비로소 그가 느꼈을 환희와 감동이 조금씩 살아나는 듯합니다. 잠비아의 리빙스턴(Livingstone)은 그의 이름을 따 만든 도시이고, 그가 발견한 빅토리아 폭포는 당시 영국 여왕의 이름을 따 명명했다 합니다.

상상해 보면 그가 잠베지 강을 탐험하다 느닷없이 물살이 거세지며 맑은 하늘이 일순간 천둥과 안개(빅토리아 폭포를 다른 말로 천둥과 번개라고 하는데 이제야 그 말을 이해하게 되었습니다)로 변한 이 거대한 장관을 발견했을 때, 경이로움으로 얼마나 몸서리를 쳤겠습니까. 그렇게 많은 시간이 흐른 지금도 현장에 발을 들여놓는 순간 내 혈관은 일제히 요동 쳤으니까요.

오늘은 바로 그 빅토리아 폭포를 보았고, 빅토리아 폭포에 물을 공급하는 아름다운 잠베지 강에서 선셋 크루즈(sunset cruise)를 즐겼답니다. 즐겼다는 말은 옳습니다. 배낭여행자인 내가 이렇게 안락한 호사를 누려도 되나 싶을 만큼 선셋 크루즈는 강, 노을, 하늘, 바람이 어우러져 천상이 아닌가 싶었습니다. 그리고 호수에 뜨는 달과 별에 취해 시간을 잊기도 했

27

습니다.

오후엔 잠베지 강가를 거닐었습니다. 아이들이 따라와 사색을 방해했지만 싫지는 않았습니다. 강은 누구의 간섭 없이도 흘러 결국은 어머니 같은 바다에 안기지만, 맨발의 저 아이들은 흐르고 흘러서 어디로 가는 걸까요. 내가 이곳에 온 건 아프리카가 여기 있기 때문이지만, 시간을 돌려놓을 수만 있다면 이곳 바오밥나무 아래에서 지붕 없는 아이늘의 엄마가 되어도 좋을 것 같습니다. 그들을 위해 멀리서 기도하는 일 말고, 곁에서 헤진 옷을 기워 주고 배고프지 않도록 밥 잘해 주는 엄마로 말입니다. 내 생각 경솔하다고 나무라지 않을지, 이렇게 속을 털어놓고도 조금은 걱정이 됩니다.

나는 벌써 사흘째 오후 5시만 되면 마을 앞을 지나가는 코끼리들을 마중하고 있습니다. 시간을 맞추어 마을에 나가면 아이들은 기다렸다는 듯 내 곁에 다가와 웃고 떠들며 곧 나타날 코끼리들을 기다리곤 합니다. 나를 '킴'이라 부르는 아프리카 친구는 벌써 스무 명도 더 됩니다. 뭐가 그리도 신바람이 나는지, 이곳 꾸러기들, 형도 궁금하지요? 천진하고 맑은 아이들 모습은 사진기에 담아 두었으니 기대하셔도 좋겠습니다.

"You can do everything!" 집을 떠날 때 큰 아이가 건네준 편지에 적혀 있던 글입니다. 이 한 줄의 힘을 믿으며 이제 여행은 시작입니다. ― 잠비아 리빙스턴에서

잠베지, 아카시아 팀과 합류

이곳 리빙스턴은 세계 3대 폭포의 하나인 빅토리아 폭포가 있는 곳으로, 아프리카의 최남단 남아프리카공화국에서부터 시작되는 길을 따라 육로를 이용, 동북으로 올라오면 일주일 만에 닿을 수 있는 남아프리카 정석 코스에 해당되는 도시다. 나와 함께할 아카시아 여행팀도 이미 일주일 전에 남아공에서 시작하여 오늘 저녁 이곳 워터프런트 캠프에서 합류하기로 약속이 되어 있는 바로 그곳이다.

여행 인원은 총 23명이지만 워터프런트에선 나를 포함한 9명뿐이다. 내가 아카시아 팀과 같이 여행하게 될 날짜는 총 3주, 21일이고, 코스는 잠비아 리빙스턴에서 말라위, 탄자니아를 거쳐 나이로비까지 가는 일정이다. 애초 나는 29일

일정을 원했지만 비행기 일정과 시간이 맞질 않아 3주짜리로 만족해야만 했다. 아프리카에서 보낸 5주 중 3주를 제외한 나머지 시간은 개인적으로 킬리만자로 걷기와 자유 일정으로, 케냐 나이로비와 남아공 요하네스버그에 머물며 이번 여행을 천천히 마무리할 계획이다.

리빙스턴에 온 지 3일째 되는 날 저녁, 리셉션 룸에 걸린 메모판에서 6시 식당에서 아카시아 팀 미팅이 있다는 쪽지를 확인하고 시간이 되어 가 보니 10명쯤 자리를 잡고 앉아 담소하고 있었다. 가이드 엘레나(Ellena)가 금세 나를 알아보고 손을 내밀어 악수를 청한다. 그곳에 있는 젊은이들과 인사를 나누며 분위기를 살피는데 난감하기 이를 데 없다. 엘레나의 말투는 스포츠 중계방송 앵커를 연상할 만큼 빠르고 독특했는데, 가뜩이나 듣기가 안 되는 나로서는 도무지 그의 말을 알아들을 수가 없다. 하지만 내가 누군가, 배낭여행 몇 년에 얻은 것이 눈치 말고 또 무엇이 있겠는가. 영어를 잘하지 못한다는 것은 불편한 일이긴 하지만 결코 부끄러워해야 할 일이 아니라는 것을 나는 거듭 내게 일러둔다.

신고식 같은 첫 미팅이 끝나자 비로소 나는 그들의 프로그램에 본격적으로 합류할 수 있었다. 혼자 펴고 접어야 하는 숙제가 있긴 하지만 내 몫의 텐트가 주어져 잠자리는 물론 식사까지도 그들과 같이하게 되었다. 어제까지는 혼자 알아서 잠을 자야 했지만 오늘부터는 내 텐트를 갖는 대신 침대 같은 것은 꿈꿀 수 없다. 대신 두께 5센티미터 정도 되는 매트가 지급되어 그런대로 바닥은 괜찮았고, 덮을 것은 가지고 간 침낭으로 해결이 되었다. 하지만 잠베지 강 때문인지 겨울침낭으로도 조금 아쉬운 듯했는데 뜨거운 한낮과 다르게 밤이면 기온이 내려가 당장 추위를 견디는 문제가 숙제였다.

7월 후반 한국에서 더위에 헉헉대다 겨울 아프리카를 상상하며 건너왔는데, 아프리카에 와서 잠을 설치게 될 만큼 기온이 낮을 줄이야. 그러나 아직은 아프리카의 남부에 속하는 지역이니 동북으로 이동할 때마다 조금씩 기온은 올라갈

처음 만난 아이들
그들은 굴렁쇠를 굴리며 내게로 왔다

것이고, 며칠 지내다 보면 내 몸도 이 이상기온을 잘 받아들일 테니 크게 걱정할 일은 아니지 싶다.

아카시아 팀을 기다리는 이틀 동안 가까운 마을을 몇 차례 방문했다. 밝고 명랑한 아이들을 만났고, 친절하고 수줍음 많은 어른도 만났다. 더러는 무서워 도망가는 아이도 있었고 사탕을 달라고 쫓아다니는 소년도 있었다. 그들은 모두 맨발이었고 제대로 된 옷을 입은 아이들은 한 명도 볼 수 없었다. 하지만 아이들은 티없이 맑아서 도대체 불행이나 가난이 뭔지도 모르는 얼굴들이다. 지금도 행복하지만 다만 사탕이나 펜을 주면 더 행복하거나 아주 좋을 것 같다는 표정을 지을 뿐이다.

ZAMBIA WILDLIFE AUTHORITY
MOSI-OA-TUNYA
ZOOLOGCIAL PARK

이정표를 보고 찾아갔더니 안내원이 밥 먹던 손으로 열심히 설명을 해주었다. 입구에선 움직이는 동물을 볼 수 없었는데, 동물을 보고 싶다면 사파리 자동차를 이용하라고 하여 내일 보고 싶다고 했더니 대답이 쉽다. 그런데 무엇이 그렇게 신바람 나는지 자꾸 말을 걸며 붙잡는다. 입 안의 음식이 튀어나오는데도 그들은 계속 떠들고 웃는다. 동물원 입구에서 경비로 일하는 사람들치고는 자유롭고 여유 있다. 내일을 약속하고 돌아서자 여직원은 입구까지 배웅을 나와 나를 포옹하고 악수를 청하며 그렇게 좋아할 수가 없다. 큰 눈과 흰 치아, 바리톤의 목소리, 그리고 햇살 같은 웃음. 아프리카 사람들의 낙천성이 느껴졌다.

원숭이가 먹으니 우리도 먹어요

보아하니 마을 입구에서 아이들이 떼로 모여 누군가를 기다리고 있는 눈치다. 동물원 쪽에서 나온 코끼리떼가 늘 비슷한 시간에 마을 앞을 지나 빅토리아 폭포 방향으로 일제히 움직인다고 하는데, 잠시 후면 코끼리떼를 볼 수 있을 거라고 했다. 나는 흙바닥에 털썩 주저앉아 아이들과 장난을 하며 코끼리를 기다렸다. 시간이 되자 코끼리들이 나타나기 시작했는데, 약 20마리쯤 되는 코끼리는 아카시아 잎과 나뭇가지를 모조리 훑으며 작은 숲을 쑥대밭으로 만들고 지나갔다. 그러고 보니 내가 머무는 캠프촌이나 동물원 경계지역도 예외 없이 전기 울타리가 쳐져 있었는데, 모두 야생동물들로부터 사람이나 집을 보호하기 위한 것임을 알 수 있었다.

늘 보는 코끼리일 텐데 아이들은 코끼리떼가 나타나자 재미있어 하면서도 줄행랑치기에 바쁘다. 워낙 힘이 좋고 덩치기 큰 놈이라 가까이 가면 위험한 상황이 벌어질 수도 있다는 것을 모두 잘 알고 있는 듯했다. 하기야 어느 통계를 보면 아프리카에선 동물에게 밟히거나 채여 사망하는 경우가 적지 않다고 했으니.

다음날 오후, 마을에 나가 보니 30명 정도 되는 아이들을 모아 놓고 팜트리 그늘 아래에서 뭔가를 열심히 설명하는 사람이 있었다. 알고 보니 그는 국립공원에서 나온 직원이었다. 이 마을이 동물들이 지나다니는 통로여서 평소 위험에 노출되어 있으므로 그런 교육은 주기적으로 필요하다며 안전교육을 시키는 중이었다. 교육이 끝나자 나는 그와 인사를 나누고 양해를 얻어 사진 몇 컷을 찍고 헤어졌다. 그의 이름은 쿠완다 반다로 깡마르고 왜소한 체격을 가지고 있었지만 눈빛만은 신뢰가 드는 그런 사람이었다.

이곳 아이들이 노는 모습은 매우 자연적이며 단조롭다. 굴렁쇠를 굴리는 아이가 있었지만, 대부분 20미터는 되는 팜트리에 돌을 던져 팜 열매를 따는데, 모든 아이들이 돌 던지기 명수여서 한 아이가 열 개의 돌을 던졌다면 여덟 개쯤 열매에 맞는 명중률은 놀라울 뿐이다. 팜트리에 달려 있는 열매 팜은 식용기름(팜유)이나 약용으로 쓰이기도 하나 아프리카에선 겨울철 과일이 부족할 때 주로 원숭이들의 밥이 된다고 한다. 열심히 돌을 던져 팜을 따면 원숭이와 같은 방법

'원숭이가 먹으니 우리도 먹어요' 소년의 웃음에서 나는 아프리카를 읽었다.

마을 공터에서 만난 아이들, 저녁 5시가 되면 나타나는 코끼리를 기다리며 우린 친구가 되었다.

으로 아이들도 먹는다. 먹어 보니 약간 단맛이 있긴 했지만 돌처럼 단단하고 씹으면 씹을수록 입 안이 텁텁했다. 그런 팜 열매를 워터프런트 아이들은 누구나 따서 먹고 있다.

한 아이에게 물었다.

"팜은 원숭이 밥인데 왜 너희들이 먹어?" 답은 간단하다.

"원숭이가 먹으니 우리도 먹어요!"

그들에겐 원숭이와 사람이 구별되어야 할 이유가 없었다. 배가 고파서라기보다 놀거리가 없는 심심한 아이들이 저녁 무렵 매일 같은 시간에 지나가는 코끼리떼를 마중하거나 ㄱ 높은 팜트리에 돌팔매질을 하면서 시간을 보내는 것이다.

잠베지 강에서 울다

잠베지 선셋 크루즈는 아프리카를 여행한 많은 사람들이 추천하는 아프리카 베스트 10에 꼽히는 곳이다. 저녁식사가 포함된 선셋 크루즈는 이미 한국에서 예약(50달러)을 해 두었기에 시간이 되면 바우처를 들고 워터프런트 캠프 선착장으로 나가기만 하면 되는 것이었다. 물론 예약이 되어 있지 않으면 일반 캠프 롯지에 부탁해 현장에서 직접 티켓을 살 수도 있다.

배는 4시 20분에 움직이기 시작했다. 6시면 어두워지니 5시와 6시 사이가 가장 아름다운 시간일 것이다. 유람선에 승선한 사람들은 유럽인들과 동양인으로는 홍콩 사람 서너 명이 전부였다. 배는 일층과 이층에 여행자를 위한 의자가 준비되어 있었는데, 나는 전망 좋은 이층 코너에 일찌감치 자리를 잡고 앉았다. 배가 움직이자 강 왼편에 거대한 안개기둥이 보였는데, 그것이 바로 강물이 아래로 떨어지면서 하늘로 솟구치는 빅토리아 폭포의 거대한 안개기둥이고, 오른편엔 숲을 따라 잠베지 강이 끝없이 이어지고 있었다.

더위가 한풀 꺾이자 바람은 부드러웠고, 부드러운 바람의 속도처럼 강물은 느리게 움직였다. 배는 동력선이었지만 엔진 소리를 전혀 들을 수 없을 만큼 천천히 강 상류로 올라갔다. 양옆으로는 원시림이 우거져 눈이 초록으로 풍성하다. 배는 가운데 섬 쪽으로 붙어서 올라갔다. 출발 후 불과 얼마 가지 않아 물속에서 간신히 얼굴만 내민 하마와 악어들이 눈에 띄었다. 강가에신 새들이 온갖 소리로 유혹하고 원숭이들은 높은 나무에 올라가 지나가는 여행자를 쳐다보며 고함을 질렀다. 지는 해가 아니라면 내가 움직이는 방향이 서쪽임을 어떻게 알겠는가. 나는 원시림 저 끝으로 이어지는 서쪽 하늘에서 눈을 떼지 못한다.

승무원은 친절했다. 배를 탄 시간은 세 시간쯤이었는데, 그중 두 시간은 어떤 소음조차 끼어들지 못하도록 함묵의 시간을 배려했다. 나는 배 난간에 기대서서 시간이 해를 안고 저녁으로 스미는 순간을 느리게 음미하고 있었다. 사람들은 연신 카메라 셔터를 누르고 술잔을 들어 담소하며 신음에 가까운 감탄을 쏟았다. 젊은 연인들은 깊은 포옹과 키스에 빠져 들고 붉은 노을과 바람은 그들에게 축복의 세례를 퍼부었다. 조용하면서도 환희로운 시간들이 한동안 그렇게 느린 강물처럼 흘러가고 있었다.

지는 해는 얼마나 아름다운가! 지기 직전과 지고 난 후 여운은 또 어떤가. "당신이 잠베지에서 선셋 크루즈를 하지 않는다면 그건 아프리카의 가장 아름다운 한 가지를 놓치는 것이다." 나는 어느 책에서 읽은 이 한 줄의 예찬을 그때서야 깊이 공감하고 있었다. 잠베지 선셋 크루즈는 며칠 동안의 피로를 말끔히 잊게 해주었고 모든 악조건으로부터 내 기분을 최상으로 만들었다. 고요를 방해하지 않아서일까. 나는 지는 해를 바라보며 조용히 내게 말을 걸었다.

'너무나 평화롭고 너무나 아름답지, 그렇지?'

이제 여행은 시작에 불과한데 눈에는 벌써 눈물이 고인다. 나는 그냥 달콤한 바람이 내 눈을 건드렸을 뿐이라며 서쪽 하늘을 바라보았다. 구름이 그 쪽으로 몰려가고 같은 배에 승선한 사람이나 다른 배로 이동하는 사람들도 모두 저마다 잔잔한 감동을 안으로 삭이는 듯 말이 없다.

아쉬움을 뒤로한 채 해는 넘어갔다. 긴 여운을 남긴 채 잠베지 강도 서서히 밤으로 돌아갈 준비를 서두르며 마지막 노을을 붉게 태웠다. 며칠 이곳에서 지내며 알았지만 이 시간만 되면 여행자를 태운 많은 배들이 붉게 타며 스러지는 아프리카의 일몰을 보기 위해 잠베지로 모여든다. 그들은 배 위에서 포도주와 맥주가 곁들여진 식사를 즐기며 원주민 선원들이 보여주는 춤과 노래에 빠져 시간을 잊고 있다.

배를 타고 얼마의 시간이 지나고서야 저녁마다 강에서 벌어지는 요란하고도 정열적인 축제의 정체를 알게 되었는데, 텐트 속에서 듣던 아련한 휘파람 소리, 북소리, 노랫소리는 바로 유람선 위에서 선원들과 여행자들이 함께 부른 흑인영가였다. 근육질의 선원들이 갑판 위에서 그들 특유의 노래와 춤판을 벌인 것은 배가 선착장에 닿기 30분 전쯤이었다.

그들의 노랫말 중 내가 따라 할 수 있었던 것은 '잠보(안녕)'와 '와까렐라' '하쿠나 마타타(문제없어요)'였는데 반복되는 한 소절만으로도 흥은 저절로 솟구쳤다. 너무 흥겨워서 슬프기까지 한 노래들, 반주도 없이 맨발, 맨몸으로 춤추고 노래 부르는 저 열정. 나는 검은 보석, 아프리카에서만 느낄 수 있는 원시적 향기를 그대로 느끼고 있었는데 뭐랄까, 가슴이 터져 버릴 것 같은 열정과 행복감이 나를 괴롭혔다.

배가 선착장에 닿자 땀을 뻘뻘 흘리며 춤을 추던 청년들이 쓰고 있던 모자를 벗어 여행자들에게 돌렸다. 모자 속에는 유로, 달러, 실링이 반쯤 채워져 있다. 망설이다가 나는 천 원권 지폐 한 장을 넣으며 혼자 중얼거렸다.

'난 코리안이거든.'

50달러의 거금을 아깝지 않게 했던 잠베지 선셋 크루즈. 이날 저녁의 축제는 길지도 짧지도 않게 막을 내렸다. 쉽게 사라지지 않은 여운을 간직한 채 텐트로

아프리카에 와서 잠베지의 일몰을 보지 못한다면
아프리카를 보지 않은 것이라 했다.

돌아와 생각하니 정말 꿈같은 시간이었다. 텐트 천장에 작은 손전등을 달아 놓고 일기를 쓰는데 손과 심장이 떨렸다. 메모를 끝내고 서둘러 풀벌레 소리 요란한 아프리카의 깊은 겨울밤 속으로 미끄러져 갔다. 꿈속에서라도 그 순간을 연장하고 싶었기 때문이다.

***

　나도 모르게 흘려 버린 숱한 말의 씨앗들, 저 강물은 모두 인간이 뱉은 말들이다. 흘러가는 것은, 움직이면서 흘러가는 것은 가만히 한자리에서 몇천 년을 사는 바오밥나무보다 몇만 배 지복을 타고났다고 정의할 수 있을까. 물 위를 비상하는 새들에게 나는 무릎을 꿇고 엎드린다. 그렇다고 나는 것 앞에서 엎드려 기거나 부동하는 것들을 의미 없음으로 단정지을 수는 없다. 생명 가진 것들 모두 균등하다고 말할 수 있는 저변에는 이미 균등하지 않은 상처가 있을 뿐이다. 늦은 밤 열기 식은 잠베지 강에서 쓸쓸한 새의 밤 노래를 듣는다. 아프리카 여행 동안 잊지 말자. 우주의 운행에 거슬림이 없기를….

아프리카 트럭여행·3

LIVINGSTONE WATERFRONT / VICTORIA FALLS

통고 빌리지에서 만난 소년(아프리카에서 띄우는 편지 - 제3신)

김형, 활엽수들은 붉은 갈색으로 말라 있거나 아예 빈 가지라서 볼륨이 느껴지지 않는 이 길에서 나는 넘치지도 모자라지도 않은 경계를 읽곤 합니다. 그리고 길 없는 세상으로 나아가는 일이 어떤 것인지를 생각하는 것은 그 경계가 주는 메시지 같습니다.

이곳은 아름다운 잠베지 강과 빅토리아 폭포를 보기 위해 각국의 여행자들이 모여드는 곳이라 캠프시설이 많은 곳이지만 캠프촌을 벗어난 마을은 참 평화롭습니다. 해질녘 젊은 부부가 포도송이 같은 아이들을 업고 안고 돌아가는 풍경은 너무 서정적이어서 입을 다물게 만듭니다. 아비가 아들을 자전거에 태우고 가는 모습 또한 세상의 어디에서나 다르지 않은 아름다움입니다.

오늘의 풍경도 어제와 별로 다르지 않았는데, 마을 아이들은 키다리 팜트리 그늘 아래에서 동물과 더불어 살아내는 사파리 교육을 받았습니다. 머리 위엔 장난꾸러기 원숭이들이 팜 열매를 따며 놀고, 선생님은 코끼리나 맹수들의 습격이 있을 때 어떻게 해야 하는지를 동작을 곁들여 설명했습니다. 굴렁쇠를 굴리며 뒤늦게 나타난 아이가 합류하고 지나가던 청년도 슬그머니 뒤편에 앉더군요. 나도 뒤에 자리를 하고 앉아 그의 강의를 경청했답니다. 그런데 내가 알아들을 수 있는 언어가 아니어서 경청은 홀로 하는 마음의 다짐으로 끝났습니다.

통고 빌리지(Tongo village)에서 매우 인상적인 소년을 만났습니다. 많은 아이들 속에서 보통 아이들과는 다르게 한 마디도 하지 않고 나를 뚫어져라 쳐다만 보는데, 녀석의 눈에서 뿜어지는 기의 파장이 얼마나 대단한지 휘청할 지경이었습니다. 아이는 무슨 영문인지 하늘과 나를 번갈아 가며 쳐다보더니 마치 구름 속에 신이 숨겨 둔 암호들을 해독하듯 중얼거리더니만 금세 입을 굳게 닫더군요. 말은 사실 평화에 아무런 기여를 하지 못한다는 걸 형도 잘 알고 있지 않습니까.

말이 사라진 후 소년과 나의 대화는 비로소 자유롭게 이어졌습니다. 이를테면 내가 '아무 근심 없는 나무를 닮고 싶어'라고 말했을 때, 그는 '왜 꼭 무엇이 되어야 하니'라고 되묻는 겁니다. '너는 하늘에 무엇이 있다고 생각해'라고 물으면 소년은 어린 왕자의 화법으로 대답을 합니다. '있다고 생각하면 모두 있지만 없다고 생각하면 아무것도 없죠.' 그런 대화가 오가는 동안에도 우리에겐 많은 생각들이 내면의 강으로 흘러가고 있었습니다. 잠깐의 단절, 통제되지 않은 무의식, 눈뜨고 꾸는 꿈, 회복할 수 없는 속도, 잃어버린 그리움, 빛과 구름이 되는 것들, 바오밥나무의 신, 검은색의 신비, 대지로 돌아가는 바람…. 소년과 헤어져 숙소로 돌아오는 길에 사바나 초원 끝으로 아스라이 펼쳐지는 푸른 궁륭을 보았습니다. 저녁에 자리에 누워 생각해 보니 그 궁륭 속에 낮에 본 소년이 있었던 것 같습니다.

리빙스턴 숙소에서 조금만 나가면 큰길가에 철로가 있습니다. 매번 끝없는 평지로 달려가는 기차를 상상하며 숙소로 돌아오곤 하지요. 아직은 한 번도 달리는 기차를 본 적이 없는데 곧 볼 수 있기를 기대해 봅니다.

저녁 공기는 차갑습니다. 김형, 서울이 덥다면 아프리카에서 추위에 떠는 한 여자를 상상해 보시기 바랍니다. ― 리빙스턴 워터프런트에서

빅토리아 폭포에서 무지개를 보다

오늘부터 본격적으로 아카시아 아프리카 팀에 합류해 모든 일정을 프로그램대로 움직여야 한다. 식사도 그렇고 잠도 정해진 구역 텐트 안에서만 허락된다. 그것은 애초 협약된 룰이며 계약된 사항이니 이의가 없다. 한편으론 이제 묶이는구나 싶다가도 다른 한편으론 가고 싶은 곳, 보

빅토리아 폭포

빅토리아 폭포, 물이 떨어지면서 내는
천둥소리가 귀를 찢는다.

고 싶은 것, 먹고 자는 일이 모두 해결되었으니 얼마나 편하고 자유로운가 싶기도 하다.

오늘은 빅토리아 폭포를 보는 날이다. 트럭 버스는 정원이 24명인데 출발하고 보니 한 자리만 비어 있을 뿐이다. 그러니까 이번 여행 21일 동안 함께 움직이는 총인원은 기사와 가이드를 포함해 25명인 셈이다. 전날 인사를 나누면서 보니 가장 인원이 많은 나라는 영국이고, 다음으로 뉴질랜드, 그 다음 알제리, 스코틀랜드, 그리고 동양인으로는 나 한 사람이니 정말 다국적 인종이 모여 탐험 같은 여행을 하게 된 셈이다.

아프리카 트럭여행은 우리에겐 생소하지만 서구 유럽인들에겐 이미 보편화한 여행이다. 여행 동안 이동수단으로 타게 될 트럭 버스란 대형 트럭을 아프리카 지형에 맞도록 개조한 차를 말하는데, 내부가 이층으로 개조되어 아래층은 여행 동안 침식에 필요한 물품(한쪽은 조리기구 일체·물·테이블·의자 들을 실을 수 있고, 다른 한쪽은 여행자들의 개인 배낭·텐트·매트 등을 실을 수 있도록 설계되어 있다)을 싣고, 위층은 4인용 간이 테이블 두 개와 일반 버스와 동일한 형식으로 스물네 명이 앉을 수 있는 의자가 설치되어 있다(물론 이 형식은 내가 탄 버스를 말하는 것이지만, 다른 트럭일 경우 내부는 조금씩 달라도 큰 틀은 비슷하다). 단 운전석과 가이드 석은 일층에 배치되어 있으며 이층으로 왕래할 수 있는 통로가 연결되어 있다. 잠은 화장실과 물과 음식 조리가 가능한 캠프에서 2인 1조를 기준으로 지급된 텐트에서 잔다. 단 세렝게티나 잔지바르 섬같이 중요한 관광지는 옵션 상품으로 개인 활동을 할 수 있지만, 전체적인 일정은 기본 코스에 따른다.

공식적인 트럭여행 첫날 빅토리아 폭포행 버스는 8시에 워터프런트를 출발한다고 했는데 시간은 정확하게 지켜졌다. 폭포에 도착하여 두 시간을 주며 자유롭게 폭포를 즐기고 알아서 점심을 해결하라고 했다. 우리 팀은 잠비아 쪽에서 접근했으므로 며칠 전 짐바브웨 국경을 넘는 다리를 지나면서 언뜻 보았던 폭포와 느낌이 다르다. 엘레나는 폭포를 보고 나서 번지점프를 해보라고 했지만 나는 고개를 저었다.

빅토리아 국립공원 매표소를 통과해 입구 왼편으로 눈에 들어오는 탑이 빅토리아 기념탑이다. 주위엔 잡초가 우거져 있고 먼지 쌓인 탑 아래에서 청년들이 대화를 나누고 있었는데, 한기를 느끼는 밤과 달리 한낮의 뜨거운 태양이 쏟아져 더욱 건강해 보인다. 매표소를 통과해 불과 2, 30미터쯤 걸어갔을 때 폭포는 이미 눈앞에서 대 장관을 이룬다. 우산을 빌려 주는 사람들이 눈에 띄었지만 하늘을 쳐다보며 뜨거운 한낮에 왜 우비를 대여해 주는 사람이 그곳에 있는지 궁금했다.

폭포를 볼 수 있는 길은 모두 숲을 따라 까마득한 절벽을 내려다보며 걸을 수 있는 오솔길이었고, 가던 길을 되돌아오는 코스가 대부분이지만 안쪽에서는 조금은 다른 길을 걸을 수도 있다.

입구에 들어서면서 왼편으로 대 장관을 이루는 폭포의 규모를 가늠하는 일은 불가능처럼 여겨졌다. 많은 폭포들이 위에서 아래로 떨어지는 물을 보는 것이라면, 빅토리아 폭포는 폭포를 이루는 잠베지 강과 같은 위치거나, 좀더 높은 곳에서 까마득한 절벽으로 소용돌이치며 떨어지는 물을 본다는 것이다. 물론 협곡과 물의 소용돌이가 깊어 바닥을 제대로 보기란 쉽지 않다. 그러나 아래로 떨어지면서 바위나 혹은 물과 물이 부딪쳐 하늘로 솟구치는 물보라는 태풍 속에서 흩뿌리는 비를 연상하게 한다. 이쯤 되니 우산을 쓰거나 비옷을 입지 않으면 온몸이 우중을 걷는 것처럼 젖을 수밖에 없다. 물기둥에서 흩날리는 물보라와 함께 정신을 압도하는 것은 역시 귀를 먹먹하게 하는 천둥소리다. 얼마나 많은 물이 얼마나 높은 곳에서 한꺼번에 쏟아져 그 같은 천둥소리를 내는지, 바로 앞에서 눈으로 보고 귀로 들으면서도 의아해 하지 않을 수 없었다. 그럼에도 아래쪽

강 하류에는 래프팅을 하는 젊은이들이 눈에 띄었는데, 노 젓는 모습이 마치 개미떼가 죽은 벌레를 옮기는 모양 같다.

안쪽으로 들어가면서 양편 계곡에 걸린 쌍무지개를 보았는데 쌍무지개는 안쪽에도 있었다. 엘레나는 래프팅하는 곳에서 조금만 더 들어가면 번지점프를 할수 있는 세계에서 가장 높은 장소가 있다고 귀띔해 주었다. 폭포에 기가 질려서인지 내게 번지점프는 생각만으로도 오금이 저리는 일이었다.

모자를 눌러쓰고 방수가 되는 점퍼를 입고 있었지만 물보라 때문에 바지와 머리는 어느새 젖어 있었다. 옆에 사람이 있어도 웬만한 소리로는 의사소통이 불가능할 만큼 물소리는 고막을 자극했고, 사람들은 절벽 난간에 기대 기념사진을 찍으며 벌어진 입을 다물 줄 모른다. 안쪽 끝으로 건너편 짐바브웨 쪽에서 폭포를 구경하는 사람들이 눈에 들어오는데, 고요하게 흘러온 강물이 그곳에 도착하면 기다렸다는 듯 한꺼번에 협곡으로 쏟아지는 물세례는 경이 그 자체였다.

갔던 길로 되돌아 나와 반대편 상류로 올라가자 나무 그늘에 앉아 잠베지 강에 발을 담글 수 있는 곳이 나타났다. 올라가면서 요염한 꽃 글라디올러스가 핀

전통복장을 한 원주민들이 북을 두드리거나 노래를 부르며 율동을 보여주고 있다.

절벽 사이로 보는 폭포는 더욱 할말을 잊
게 만들었다.

강에 발을 담그고 그늘에서 잠시 쉬고
있을 때 입구에서 북소리와 함께 간간이
노랫소리가 들려 쫓아가니 결혼식을 끝
낸 신혼부부를 앞세워 스무 명쯤 되는 마
을 사람들이 들러리로 따라와 북소리에
맞춰 춤추고 노래하는 잔치가 한창이다.
질서정연한 움직임과 흥겨운 가락들, 모
두 똑같은 캉가(스커트와 머리에 쓰는 스
카프까지 천으로 감싼 아프리카 여자들
이 입는 옷)를 맞춰 입은 것으로 보아 부
잣집 선남선녀의 결혼인가 보다. 신혼부

재미있는 복장으로 마딤바를 연주하는
할아버지의 인기는 대단했다.

부는 하객들과 더불어 상가들이 줄지어 있는 광장에서 조촐한 행사를 가졌다.
촌장이 한 말씀 하는 동안 상가 주민들은 자기 일처럼 하던 일을 멈추고 절서정
연하게 바닥에 무릎을 꿇고 앉아 연설을 듣는다. 얼떨결에 참 특별한 풍경을 보
여준 행사는 많은 사람들의 축복 속에 끝이 났다. 빅토리아 폭포의 흥분이 채 가
라앉기도 전에 나는 또다른 아프리카의 풍물을 접한 것이다.

폭포 입구, 사람들의 왕래가 잦은 상가 앞에서 전통 타악기 마딤바를 치는
노인은 인상적이다. 사람들은 사진을 찍은 후 동전을 놓았고 더러는 말을 걸기
도 했다. 마딤바 연주는 단순한 리듬을 끊임없이 되풀이하는 동작인데, 특별한
의상과 독특한 제스처, 나도 사람들을 따라 그늘 아래에 앉아 박수를 치며 잠시
그의 연주에 빠져 들었다.

통고 빌리지

트럭 버스는 리빙스턴 시내를 가로질러 남쪽으로 가고 있었다. 통고 빌리지를 방문한다는 안내가 있었지만 어떤 곳인지 감이 잘 오지 않았다. 통고 빌리지로 향하는 한 시간 내내 앙상한 나뭇가지 사이로 잠비아의 흙으로 지은 전통가옥들이 보였고, 집 앞에는 아이들이 나와 고사리 같은 손을 흔들고 있었다. 도로는 완만하고 넓었으나 비포장이라 차가 많이 흔들렸다. 개미집보다 별로 커 보이지 않는 우리의 민속촌 같은 통고 빌리지에서는 아침 일찍 여자들이 캉가를 차려입고 마을 공터에서 여행자들을 기다렸다. 통고 빌리지를 안내하는 가이드 이름은 '지코'. 그는 마을 가운데 넓은 터를 비롯하여 높은 사람이 방문할 때 쓴다는 건물과 주민들이 거주하는 이곳저곳을 설명해 주었다. 집 내부는 원룸 형식으로 안쪽으로 좁은 침대 하나가 있었고 바닥은 허술한 돗자리 한 장이 깔려 있었다. 마을 공동 우물에는 물을 받기 위해 사람들이 길게 줄을 서 기다리고, 아이들은 골목마다 볼펜 한 자루라도 얻기 위해 관광객을 따라다니느라 바쁘다. 마을 안쪽에 구역을 정해 놓고 공예품을 파는 가게에는 몇 개의 나무 조각들이 눈에 들어왔지만 보는 것으로 만족해야 했다. 마을 공터에 모인 여자들은 손뼉을 치고 발을 땅에 굴러 박자를 맞추며 '와까렐라'를 부른다. 굿바이를 '투아룸바(tualumba)'라고 했던가. 돌아올 때 우리는 마을 아이들에게 '투아룸바'라고 작별 인사를 했다. '투아룸바'는 통고 빌리지 아이들의 웃음만큼이나 상큼하고 경쾌한 여운을 남겼다.

만칼라

어딜 가나 사람들은 나무 그늘에 앉아 '물라바하바(Mulabahaba)' '만칼라(Mankala)' 혹은 '레야(Leya)'라는 놀이를 한다. 남동아프리카 여행 동

만칼라 게임기

안 어디서나 볼 수 있었던 우리네 장기를 연상하게 하는 놀이다. 통나무를 잘라 구멍을 파서 판을 만들고 작은 돌이나 나무를 깎아 공기돌 크기의 조각을 놓고 두 명이 마주 앉아 게임판에 놓인 조각을 누가 많이 따느냐를 겨루는 놀이인데, 머리회전을 요구하는 놀이라고 한다. 마을 앞이나 시장 바닥, 음식점, 혹은 길거리 어느 곳에서나 더위에 지친 사람들이 삼삼오오 그늘을 찾아 만칼라 놀이를 즐긴다. 우리네 시골에 가면 느티나무 그늘 아래 마을 어른들이 모여서 장기를 두는 분이 있고 그 곁에 훈수하는 객이 있듯, 만칼라 놀이하는 것을 보고 있으면 우리네 시골 풍경을 그대로 옮겨 놓은 듯 친숙하다.

거설

어제 동물원에서 반 농담 삼아 부탁했던 사파리 차량이 캠프로 나를 찾아왔다는 것을 알았을 때 난감했다. 오늘은 아카시아 팀과 함께 움직이는 다른 일정이 있다는 것을 어떻게 설명할까 고민하다가 솔직히 말하고 이해를 구하기로 했다.

"사실 말이죠, 오늘 아카시아 팀과 가야 할 곳이 있는데. 여기까지 오게 해서 정말 미안해요. 그래서 말인데 사파리 투어 취소해도 될까요?"

"암요, 다른 일이 있다면 그래야죠, 우린 상관없으니 당신 좋을 대로 하세요, 하쿠나 마타타, 룰루랄라~."

미안해하는 내가 오히려 이상하다는 듯 두 남자가 차에서 내려 만나서 반가웠다고 악수까지 청하며, 다시 또 만나게 되기를 바란다며 유쾌하게, 정말 유쾌하게 손을 흔들며 사라졌다. 나는 너무 유쾌한 그들에게 조금은 얼떨떨했고 조금은 놀랐다. 아, 저 천진난만한 아프리카의 낙천성이라니!

낮에 풀장에서 일광욕을 했는데 등이 빨갛게 익어 버렸다. 그만큼 한낮의 태양은 강렬하다. 그래, 강렬해야 아프리카지, 강렬해야 열대지!

너무나 기분 좋은 햇살. 해 지는 잠베지 강을 카메라에 담았다. 저녁에는 강

통고 빌리지 가는 길에서 만난
3천 년 된 바오밥나무.

물 속에 뜨는 달과 별을 보았다. 어두워져서 밥을 끓여 먹고 취사장으로 설거지하러 갔는데 취사장 옆 바에서 젊은이들 몇이 맥주병을 들고 신나게 춤을 추고 있었다. 설거지 그릇을 의자에 놓고 나도 한참 몸을 흔들었다. 2달러하는 맥주 한 병이면 밤새도록 놀 수 있는 그들의 문화가 자유롭다.

엠피스리로 「킬리만자로의 표범」과 「아웃 오브 아프리카」를 듣고 또 들었다. 음악을 들으며 3주 후에 만날 눈 덮인 킬리만자로를 꿈꾸었다. 저녁마다 워터프런트 캠프 야외 바에서 마딤바를 두드리는 아버지와 아들의 모습은 낭만과 추억을 동시에 건드린다. 똑같은 리듬을 끊임없이 반복하는 단조로움 속에 아프리카가 있었다. 두 사람의 손놀림이 그렇게 잘 맞을 수 없다. 동전을 앞에 놓으며 둘의 연주가 너무 멋지다고 엄지손가락을 세워 보였다. 땀을 뻘뻘 흘리면서도 신명은 멈출 줄 모른다. 오, 마딤바, 오, 마딤바! 나도 그들을 따라 가볍게 몸을 흔들어 보았다. 내일도 이맘때면 저들의 연주를 들을 수 있을 것이다.

악어가 사는 늪지에서 만난 스물두 살의 마을 청년 크리스틴 카빙가는 미소와 친절이 인상적이다. 어린 아들을 자전거에 태우고 돌아가는 젊은 아버지도 인상적이었다.

같은 자리에서 매일 담배를 물고 책을 들여다보는 청년을 오늘도 만났다. 책을 읽는 것이 아니라 그냥 들여다보는 듯한 그에게 나는 '숲의 철학자'라는 이름을 지어 주었다. 이름을 노트에 적어 달라고 하자 매우 난처해 했다. 읽을 줄은 알지만 쓸 줄 모르는 것은 아닐까.

트럭 버스를 타고 리빙스턴 시내에 가서 난장을 둘러보고 과일을 샀다. 한산한 거리, 난삽한 간판들, 닭 파는 소년의 장난기 가득한 얼굴, 뚱뚱보 아줌마, 헤어스타일이 독특했던 대학생, 구걸하는 맹인, 장사하는 많은 사람들. 어딜 가나 시장 풍경은 살아 있음의 활기 그 자체다.

겨울이라 해도 여전히 모기가 많다. 이곳에서 가장 경계해야 하는 것은 사자나 코끼리가 아니라 모기, 파리라는 걸 잊으면 안 될 것이다. 늦도록 텐트 안에서 모기와 전쟁을 치렀는데 내가 졌다.

빅토리아 폭포

아프리카 여행의 하이라이트 중 하나인 빅토리아 폭포는 브라질의 이과수 폭포와 함께 세계 3대 폭포에 속하며, 폭 1.7킬로미터, 높이는 1백 미터로 알려져 있다. 아프리카 중남부 짐바브웨와 잠비아의 국경을 사이에 두고 있으며, 짐바브웨로 입국하는 대부분의 외국 여행객들은 순전히 빅토리아 폭포를 보기 위해서다.

이 폭포는 1855년 잠베지 강 상류로부터 탐험을 하던 영국의 탐험가 데이비드 리빙스턴(스코틀랜드의 블랜타이어 출생. 가난하여 글래스고 인근의 방적공장에서 직공으로 일하면서 고학으로 글래스고 대학에서 그리스어, 신학, 의학을 공부했다. 1840년 런던전도협회의 의료 선교사로서 남아프리카에 파견되어, 1841년부터 전인미답의 오지에까지 들어가 전도사업에 진력하였고, 뒤에 교역 루트 탐색으로 방향을 바꾸었다)에 의해 발견됐으며, 당시 영국의 여왕 이름을 따 빅토리아 폭포라 명명했다. 빅토리아 폭포도 이과수 폭포처럼 가까이 접근하기도 전에 천둥소리 같은 굉음이 사람들의 기를 압도한다. 지축을 흔드는 요란한 물소리는 귀를 멀게 하고 하늘로 치솟는 물보라는 수십 킬로미터 밖에서도 육안으로 확인할 수 있을 만큼 높은 안개기둥을 이룬다.

빅토리아 국립공원 매표소를 지나 숲을 따라 걷다 보면 그 숲길 끝에 잠베지 계곡으로 뛰어드는 로프 길이 1백11미터로 세계에서 가장 긴 번지점프를 즐기기 위해 각국의 젊은이들이 모이는 곳이 있다. 그곳에 이 폭포를 처음으로 발견한 리빙스턴의 동상이 있다. 번지점프는 짐바브웨와 잠비아 국경을 이루는 잠베지 협곡을 잇는 다리 위에 있으며, 이 다리는 영국이 이집트의 카이로에서 남아프리카의 케이프타운을 잇는 철도를 건설할 때 놓은 교량이다. 한 번 뛰어내리는 데 1백 달러나 하지만 세계에서 가장 긴 로프를 발목에 묶고 뛰어내리는 묘미는 모험을 즐기는 젊은이들에게 유혹이 아닐 수 없다.

이에 못지않게 빅토리아 폭포는 다양한 이름을 가지고 있는데 '악마의 폭포' '무지개 폭포' '안락의자 폭포' 등이 그것이다. 이곳에서 쌍무지개를 보는 것은 흔한 일이고, 잘하면 쌍무지개에 무지개가 하나 더 곁들인 서너 겹의 무지개를 볼 수도 있다. 모두 다 태양의 각도에 따라 변하는 모습 때문이다.

바람과 광선의 각도 등으로 빅토리아 폭포는 시시각각 모습이 변해 살아 있는 동물을 연상시킨다. 우기엔 수량이 많아 폭포 전체가 물에 잠겨 이곳 방문은 4-6월의 우기에는 피하는 것이 좋다. 강한 바람만큼 하늘로 솟구치는 물보라가 시야를 막아 폭포의 진수를 보기 어렵기 때문이다. 빅토리아 폭포는 워낙 규모가 커서 지상에서는 한눈에 볼 수가 없다. 전체를 보려면 경비행기를 이용해야 하는데, 공중에서 긴 잠베지 강 위로 래프팅과 번지점프를 즐기는 아름다운 풍경을 감상하며 내려다보는 빅토리아 폭포는 마치 살아 꿈틀대는 짐승과 같이 경이롭다.

아프리카 트럭여행·4

LUSAKA, LUANGWA RIVER / PIONIER CAMP

가난, 순박한 자연의 무늬들(아프리카에서 띄우는 편지 - 제4신)

김형, 붉은 일몰 때문이었을까요. 길이 멀고 아득한 저 끝으로 사라지는 것을 지켜보았을 뿐인데 가슴이 뭉클해지더군요. 아직은 잠비아에 머물고 있습니다. 며칠 전에 지나온 참 인상적인 강이 생각나는군요. 사람이 없다는 것도 좋았지만 유속이 느려서 게으르다 못해 조는 것 같은 그 강에서 그물을 끌어올리는 어부의 모습은 참 그럴듯했습니다. 나는 그 같은 것을 그림 혹은 풍경으로 규정짓는 버릇이 있는데, 이유를 묻는다면 자연 속에서 순응하며 억지부리지 않는다는 것이거든요. 정말 아름다운 것은 함부로 아름답다 말할 수 없듯, 정말 사무치게 그리운 사람 역시 함부로 그립다 말할 수 없듯, 강은 세속의 속도를 잊은 듯 그렇게 흐르고 있었습니다.

그런 루앙와 강, 그 강에 기대 사는 사람들을 만났습니다. 검은 사람들의 따뜻한 마음을 본 것입니다. 그들의 웃음은 강의 표정을 닮아 있었지만 눈빛은 강의 깊이를 말하는 듯했습니다. 그곳 특산물인 야자대추 열매와 마른 고기들을 가게마다 그득 내놓고 파는 시장이었습니다. 달리다 보면 드물지 않게 이런 활기찬 풍경을 보게 되는데, 사람이 많아 물건이 잘 팔리면 좋겠지만, 팔리지 않아도 별 근심 없어 보이는 사람들이 모여 풍경을 만들어내는 이런 마을과 시장, 김형도 상상해 보시면 좋겠습니다.

그러나 이렇게 시장에서 장사를 하는 사람들은 부자에 속합니다. 아주 가난한 가게들은 짐승의 습격을 의식해서인지 막대기 몇 개 세우고, 그 위에 아슬아슬하게 물건을 펼쳐 놓고 손님을 기다리는데, 저녁 무렵 가게를 거두고 돌아갈 때 보면 작은 박스 하나도 차지 않은 그것이 한 가족의 생계가 걸린 물건 전부라는 걸 알 수 있습니다. 조금 과장되게 말하면 물건보다 그 물건에 쌓인 먼지가 더 무거워 보이는 곤궁한 생의 상품들이지요.

오늘은 캠프에 조금 일찍 도착해 마을로 나갔다가 길모퉁이에서 물건에 쌓인 먼지를 털며 가게를 거두는 부자(父子)를 만났습니다. 노부의 굽은 허리보다 나를 짠하게 했던 것은 아들의 유난히 가는 다리였고, 그 가는 다리보다 더 나를 뭉클하게 했던 것은 가게를 정리해 돌아가는 부자의 손에 들려진 어린아이 책보자기만한 보퉁이 두 개, 그것도 짐이라고, 소중한 재산이라고, 나누어서 부둥켜안고 마을을 향해 휘청휘청 걸어가는 그들의 뒷모습이었습니다.

이곳에선 함부로 빈곤을 떠올리지도, 말하지도 못합니다. 그냥 강이나 바람처럼 살아가는 자연의 연속무늬들을 본 것뿐이지요. 그에 비하면 줄인다, 줄인다 했지만 아프리카에서 한 달 지낼 내 배낭은 얼마나 과적한 것일까요? 캠프로 돌아와 텐트 구석의 배낭을 보는 순간 아주 많이 부끄러웠습니다.

오늘은 몸 상태가 안 좋아 괴로웠는데 지난 봄에 읽은 한 토막의 글로 위로를 얻었습니다.

"그냥 침대에서 죽기를 바랐다면 떠나지 말았어야 했다. 이 같은 생각은 언제나 확고했다. 자신이 침대에서 죽기를 원하는 사람은, 그래서 절대 그곳에서 벗어나지 못하는 사람은 이미 죽은 것과 마찬가지다."

『나는 걷는다』에서 밝힌 베르나르 올리비에의 생각에 전적으로 동감입니다. ─ 잠비아에서

루앙와 강을 지나

아침 출발은 순조로웠다. 날씨도 기분도. 북쪽으로 이동할수록 더 많은 꽃이 보인다. 장미 같기도 하고 영산홍 같기도 한 꽃 부겐빌레아. 이곳 어느 곳에서나 부겐빌레아를 보게 되는데, 흔하지는 않지만 우리나라에서도 볼 수 있는 꽃이다. 다만 이곳은 기후 때문에 질리도록 많은 것이 특징이다. 너무 원색이라 조금은 천박해 보이는 꽃이 이곳에선 그렇게 잘 어울릴 수가 없다. 어떤 꽃이라도 어디에 있느냐에 따라 가치를 달리하는 듯하다.

길가에 차가 멈추었을 때 아이들이 우르르 달려들었다. 땅콩 파는 아이도 있고 심심해 친구를 따라온 아이도 있다. 그들과 놀며 한 아이가 가르쳐 준 단어

루앙와 시장

시장에서 만난 여자들,
카메라 속 자신들의 모습을
보고 얼마나 좋아하던지…

몇 개를 수첩에 적었다. 타악기-마딤바, 물고기-쏘마, 파파야-보보, 굿모닝-마유까오리, 반갑다-꾸꾸마나 쫘말타, 닭-추쿠투, 사탕수수-조아, 북-응고마.

트럭이 달리는 길은 이차선에 불과하지만, 사방이 평지인데다 시야가 트이고 이면도로가 넓어 좁아 보이지는 않는다. 그보다는 운행하는 차가 드물어 어디를 가나 도로는 한산하다. 루사카 시내를 벗어나자 아름다운 루앙와 강이 나타났고, 강 가까운 곳에 과일과 곡식을 파는 시장이 줄지어 있었다. 물건을 파는 남자들은 지나가는 손님을 부르고 여자들은 수줍어하면서도 과일 바구니를 내밀기에 바쁘다. 야자대추의 주산지답게 길거리 상점마다 야자대추를 팔고 있고, 한쪽에선 말린 생선이 많았는데 근처 강이 있어서 그런 모양이다. 이곳 특산물로는 말린 야자수 잎이나 줄기로 만든 바구니들이 많았고 대나무로 엮은 의자들도 많았다.

난장에서 카메라를 꺼내 들면 남자들은 찍으라며 그럴듯한 폼까지 잡아 주지만 여자들은 부끄러워 얼굴을 가린다. 곁에 서 있는 여자에게 사진을 찍어도 괜찮냐고 물으니 장난기 섞인 목소리로 돈을 내란다. 돈은 없는데 사진이 찍고 싶을 때 어떻게 했으면 좋겠냐 하니 그러면 찍어도 좋단다. 장사를 접어 두고 카메라 앞에서 세 여자는 웃음을 주체하지 못한다. 처음 사진을 찍어 보여주었을 때, 그들은 배를 잡고 웃었다. 그 기회를 틈타 다시 한 번 셔터를 누르자 세 여자는 내 곁에 바싹 붙어 서서 카메라 속에 든 자신의 모습을 보고 또 보며 어쩔 줄 모른다. 돈을 원했던 것이 아니라 사진을 보고 싶었던 것인데, 정작 카메라에는 담고 자신들에게 사진을 주지 않으니 서운한 모양이다. 그래서 어떤 사람들은 즉석 카메라를 가지고 다닌다고 했지만 나는 한 번도 그렇게 하지 못했다. 그것은 오지의 사람들을 사진 찍을 때마다 늘 아쉬운 점이다.

사진을 보고 신기해 하는 여자들을 보면서 부시맨의 콜라병이 생각나서 혼자 웃었다. 웃고 떠드는 여자들을 뒤로하고 차는 계속 달렸다. 달리다가 한적한 외곽에 차를 세우면 사람들은 제각기 흩어져 숲으로 들어가 화장실을 해결하고 눈부신 햇살과 맑은 바람을 즐기며 쉬어 간다.

트럭여행의 규칙

아침은 빵 한 조각과 우유와 콘플레이크 정도면 족하고, 점심 또한 적당한 자리를 찾아 간이 탁자를 펴고 야채를 곁들인 빵과 음료로 즉석에서 해결한다. 집기를 꺼내고 점심을 준비하고 먹는 시간을 모두 합쳐도 20분을 넘지 않을 만큼 속전속결로 이루어진다. 상상해 보라. 지나가는 차들이 속도를 늦추거나 혹은 어른 아이 다투어 지켜보는 곳에서 외계인 같은 백인들이 길가에 앉아서 점심을 먹고 있는 그 리얼한 모습을…. 저녁식사는 조금 다르다. 고기를 곁들인 면이나 밥이 나오고 그밖에 메뉴를 바꿔 가며 음식을 준비한다.

트럭여행 대부분은 요리사가 동행하지만 이번 경우 운전기사 크리스티와 가이드 엘레나가 알아서 한다. 그녀의 리더십은 전천후다. 시장을 보는 일이나 저녁 메뉴를 결정하는 일, 여행중에 크고 작은 문제가 생겼을 때도 해결은 엘레나 몫이다. 크리스티와 엘레나는 그 방면의 오랜 경험으로 노하우가 남다른 전문가들이다.

여행중 일정은 엘레나가 지휘하지만 그 과정을 돕는 사람은 함께 여행하는 스물세 명 공동의 몫이다. 트럭 출입문에는 세 장의 쪽지가 나란히 붙어 있다. 한 장은 이동 경로와 일정, 스물세 명의 명단이고, 다른 한 장은 3인 1조로 A·B·C·D로 팀을 나누어 그날그날 식단을 준비하는 팀, 설거지하는 팀, 식탁과 의자를 내리고 준비하는 팀을 남녀 구별하여 아침·점심·저녁으로 나누어 놓은 명단이다. 나머지 하나는 트럭 뒤에 항상 준비되어 있는 맥주(2달러)와 음료(1.5달러), 미네랄 워터(1달러)를 필요할 때 취하고 자신의 이름 칸에 사인을 하도

물을 긷기 위한 물통들의 행렬.

〉 트럭을 타고 달리다가 식사 시간이 되어 차를 세우면 바로 그곳이 점심 먹는 곳이다.
〉〉 여행 3주 동안 초원이나 캠프에서 내가 잠을 잤던 텐트.

록 되어 있는 쪽지이다. 이것은 여행이 끝날 때 알아서 지불하라는 장부인 셈이다. 이 쪽지는 매우 간단한 것 같아도 유럽인들의 합리적인 사고를 대변해 주는 좋은 예에 속한다.

이틀에 한 번꼴로 돌아오는 당번은 설거지와 요리, 짐정리 등인데 함께 여행하는 동안 자연스러운 교류를 통해 팀워크를 이루는 중요한 역할을 한다. 물론 자신이 사용한 접시나 컵, 포크 등은 자신이 닦는다. 여자 당번이 요리나 설거지를 할 때 남자들은 물을 길어 오거나 시장에 따라가 무거운 짐을 들어 주는 등 여자와 남자가 할 수 있는 일을 분담한다. 자신의 차례에 당번이 잘 지켜지지 않는다 해도 누구 하나 눈치를 주거나 부당함을 지적하는 사람은 없다. 남이야 하든 말든 내 차례에 나만 하면 된다는 식이다.

전체 인원 스물세 명 중에는 부부 혹은 커플이 여섯 쌍이고, 나머지는 혼자 온 사람, 여자친구들끼리, 자매, 혹은 여자와 남자가 팀으로 온 사람 등인데 대부분 이십대 대학생이거나 일반인으로 여름휴가를 이용해 트럭여행을 하고 있는 것이다. 삼십대 중반의 뉴질랜드 부부 한 쌍과 나를 제외하면 모두 젊다. 그런 까닭에 트럭 안은 온통 젊은 열기로 출렁거리고 요란한 음악과 웃음소리가 끊이질 않는다. 어딜 가나 잘 웃고 잘 떠들고 잘 노는 사람은 정해져 있지만, 특히 몇 몇 젊은이들은 매우 활달하고 유머 감각이 뛰어나 분위기 메이커로 손색이 없다. 작은 키에 어린애같이 웃음 많고 활달한 케이티, 그 큰 몸집을 흔들며 잘 웃는 유머러스하고 연극적인 요소가 넘치는 사이먼, 당당하고 인정 많은 미녀 라라, 늘 붙어 지내는 토미 부부, 뭐든 잘 먹고 돈 잘 쓰는 뉴질랜드 부부, 침착하면서도 늘 둘만의 애정을 과시하던 영국 커플.

***

내가 받고 있는 간소한 밥상, 반쪽짜리 햄버거 같은 산들이 여기저기 뭉긋하게 솟아날 때면 자꾸만 그 산에 드러눕고만 싶어진다. 산이 빵이고 산이 침대다. 알 것 같기도 하다. 이곳에서 모르는 것은 어느 곳에서도 알 수 없다는 것.

하나님은 내가 빈 콜라병을 어떤 아이에게 주길 바라실까?

(아프리카에서 띄우는 편지 - 제5신)

김형, 며칠 달리는 동안 오늘 처음으로 산다운 산을 보았습니다. 낮아서 그럴까요? 이곳의 산들은 조급하지도 숨차 보이지도 않고, 대범하면서도 있는 듯 없는 듯 아직은 그렇습니다. 그래서 겸손해 보입니다. '산 앞에 있을 땐 산이 되는 것이 행복이고 바람 앞에 있을 땐 바람이 되는 것이 행복이겠지.' 생각나요? 언젠가 겨울산행을 위해 덕유산 가는 차 속에서 형이 했던 말입니다.

끝없는 평원 때문일 텐데, 오늘 만난 산들은 너그럽고 순하여 봉긋한 산 하나와 망고나무 한 그루가 같아 보였습니다. 나무와 산이 어느 정도의 거리를 유지하느냐에 따라 망고나무가 더 클 수도 있고 산이 더 클 수도 있지만, 그러나 지금 내가 서 있는 자리에선 망고나무는 가까이 있고 산은 멀리 있어서 산에 대한 어떤 욕정도 일어나지 않는다는 것이 위로가 되는군요. 그날 나는 길을 소통이라고 했고, 형은 반대로 단절이라고 했습니다. 이곳에서 저곳으로 이어 주는 것은 길이지만, 그 길은 빠르고 신속하게 변화를 가져오는 대신 상상력을 저해하는 적이라 했던가요. 우리가 너무 빨리 생을 알아 버렸다고 방종할 때, 생은 우리를 비웃기라도 하듯 썩은 나무 그루터기에 앉아 우리를 쳐다보곤 했지요. 무엇이든 적당한 거리를 유지할 때 아름답잖아요. 오늘은 그 말을 새기는 하루였다 할까요. 어쩌다 눈에 들어오는 산이 새로운 의미가 되는 것도 귀하거나 적당한 거리가 있었다는 말이겠지요.

차를 타고 달리면서 마당가에 바나나나무가 있는 집들은 초라해 보일 만큼 소박했지만 그 소박한 집들을 비추는 햇빛은 너무나 눈부셨습니다. 나는 아프리카의 흙집들을 보면서 생

낯선 사람을 구경하겠다고 나온 녀석이
내게 경례를 붙이고 있다.

의 지난한 기다림을 읽었습니다.

상점에서 콜라를 사면 시간이 얼마가 걸리든 아이들이 졸졸 따라다닙니다. 빈 병을 얻기 위한 것이지요. 무언의 약속 같은 것이지만 가장 유리한 아이는 내가 상점을 나오는 순간에 이미 정해진 것이나 다름없는데, 빈 병이 내 손을 떠난 후에 보면 꼭 그 아이가 빈 병의 주인이 되는 것은 아니었습니다. 콜라를 마실 때면 늘 고민하게 됩니다. 하나님은 내가 빈 콜라병을 어떤 아이에게 주길 바라실까 하고 말이죠.

망고나무는 콜라를 곁들여 먹으면 좋을 것 같은 갓 구워낸 빵 같다는 상상을 즐기며 오늘도 열심히 빵을 먹습니다. 여행이 아니라면 언제 이렇게 마른 빵조각으로 대신하는 이 부실한 식사에 행복한 순종을 하겠습니까. 오늘은 망고나무가 드문드문 서 있는 넓은 목화밭 너머로 지는 해를 마중했는데 매우 서정적이었습니다. 수확을 앞둔 목화밭을 서성대다가 아무도 모르게 흙속에 깊은 사연 한 돌 묻어 누는 것 잊지 않았습니다.

이제 마른 빵은 물론 며칠 연습으로 텐트를 치고 걷는 데도 선수가 되었습니다. 내일은 자연도 사람도 모두들 부드럽고 말랑말랑할 것 같은 국토 면적의 3분의 1이 호수인 작은 나라 말라위로 떠납니다. ― 잠비아 치파타에서

루사카와 치파타

어제 경유한 루사카는 제법 큰 도시였다. 마침 일요일이라 셔터를 내린 점포들이 많았으나 민예품 시장이 열린 난장은 많은 사람들로 붐볐다. 환전한 돈이 없어 물 한 병을 사면서도 카드로 계산을 해야만 했는데 다행히 민예품 같은 것은 달러가 통용되어 큰 불편은 없었다. 루사카 근교에 있는 캠프촌으로 가는 길 주변에는 목화밭들이 많았다. 지금 막 수확기에 접어든 목화는 작은 가지마다 흰눈이 내려앉은 것 같았고, 목화공장에는 목화솜이 산더미처럼 쌓여 있어 그곳이 목화 주생산지라는 것을 쉽게 알 수 있었다.

학교가 파하고 보자기 책가방을 허리에 차고 귀가하는 푸른 교복을 입은 아이들도 군데군데 망고나무가 서 있는 밭길을 따라 하나 둘 나타났다가 사라지고, 거리의 가게들도 상점을 접고 귀가할 준비를 서둘렀다. 목화밭에서 목화 따는

아가씨를 상상하며 물끄러미 서쪽 하늘을 바라보는 일은 또 얼마나 고향 생각을 부채질하던지. 나는 동구 밖까지 나와 길게 목을 빼고 어미가 제 아이를 기다리듯, 숲 끝에서 잊을 만하면 나타나는 아이들을 새소리와 함께 마중하고 있었다. 낡을 대로 낡은 셔츠에 등을 그대로 내놓고 자전거 바퀴를 굴리며 집으로 돌아가는 젊은 부부를 보며 가난보다는 한 편의 시와 그림을 생각하는 나는 얼마나 비현실적인가. 헤진 옷에 맨발이지만 하루 일을 끝내고 넓은 목화밭 사이로 돌아갈 집이 있는 저들의 삶이 얼마나 따뜻하게 느껴지던지.

루사카(Lusaka)-총괴(Chongwe)-루푼사(Rufunsa)-페타우케(Petauke)-카타테(Kataute)-치파타(Chipata)

아프리카의 겨울은 새벽 6시가 되어야 서서히 어둠이 걷히기 시작하는데 출발 시간은 보통 7시다. 6시에 일어나 짐을 정리하고 6시 반쯤 우유 한 컵에 버터와 잼을 바른 빵으로 아침을 대신하는데 식사 시간은 5-10분이면 충분하다. 누가 먹어라 먹지 마라 하는 이도 없다. 일어나는 대로 각자 알아서 먹고 자기 자리로 돌아가 배낭을 정리하고 텐트를 걷어 트럭의 정해진 칸에 싣는다. 그리고 당번이 집기를 정리하고 엘레나가 최종 점검을 마치면 출발한다. 보통 전날 저녁 식사 시간에 다음날 일정과 준비물 등을 일러 주어서 참고한다. 예를 들면 내일 아침은 5시에 기상, 6시 출발, A지점에서 슈퍼마켓과 은행에 들러 일을 보고 오후에는 B와 C를 거쳐 S까지 갈 계획인데 주행 시간이 약 열 시간이라는 등….

며칠 지내는 동안 모든 것이 제자리를 찾아가며 익숙해지고 있다. 하루에 작게는 다섯 시간, 많게는 열두 시간쯤 트럭을 탄다. 처음에는 이렇게 덜컹대는 차를 어떻게 3주나 탈 수 있을까 걱정했지만, 젊은 분위기에 편승해 이제 어느 정도 이력이 붙고 요령이 생겨 덜컹대는 쿠션을 오히려 즐길 수 있게 되었다. 불가능을 즐기는 것, 그것은 여행을 통해 극한 상황에서 나를 강하게 하는 나만의 훈련법이다. 지금 나는 트럭에 익숙
해지면서 오히려 야생마 같은 트럭의
호흡을 만끽할 기대에 부풀어 있다.
　어두운 새벽에 출발해 캄캄한 밤에
도착하는 날, 더욱이 여행자 캠프가
외딴 곳에 있기라도 하면 저녁을 지
어 먹고 겨우 잠만 자고 다음날 새벽

떠나게 되는데, 이런 날은 풍경은커녕 사진 한 장 찍을 여유가 없다. 그땐 눈치
껏 사진을 찍거나 잠시 쉬는 틈에 볼일을 보는데, 중간 경유지에서 마트에 들리
면 며칠 먹을 물을 사거나, 돈을 바꾸거나, 집에 전화를 걸거나, 개인적으로 약
이나 생필품을 사는 것 등등은 알아서 해결한다.

　이동중, 시장에 들리면 풍성하면서도 눈길을 끄는 것은 과일이나 야채를 파는
난장인데 워낙 풍성해서 보는 것만으로도 즐겁다. 원색의 캉가를 입은 젊은 여
자들이 과일을 산더미처럼 쌓아 놓고 파는 풍경은 얼마나 아프리카적인지, 보통
장사를 하는 사람들은 사진 찍는 걸 좋아하지 않지만 물건을 흥정하면서 몇 마
디 주고받다 보면 그들의 표정은 금세 밝아진다. 그만큼 사람들은 낙천적이고
순수하다. 넓은 땅과 좋은 기후, 값싼 노동력으로 이곳의 과일 값은 싸면서도 맛
은 갑절이다. 겨울이 이 정도인데 여름이면 얼마나 더 풍성할까.

　월요일은 긴장하는 날이다. 먹고 나면 속이 불편해지는 말라리아 약 라리암
때문이다. 아침에 텐트 밖으로 나와 보니 놀리기라도 하듯 얼굴과 팔에 모기 물
린 자국이 선명하다. 내가 말라리아 약을 먹기 싫어한다는 걸 알고 녀석들이 달
려든 것인지도 모른다. 한국에 있을 땐 아프리카 풍토병 하면 생각만으로도 지
레 겁나고 두려웠으나 막상 이곳에 오니 위생적이지 못한 환경 속에서 많은 사
람들을 만나면서도 그런 두려움과 경계심은 아예 잊고 지낸다. 주의하면 모기에

물리는 횟수가 좀더 줄어들기야 하겠지만 풍토병에 걸리고 말고는 내 뜻이 아닌 것 같아 모기에 물리면서도 열심히 약만 먹고 불안한 신경은 끄기로 한다.

해질 무렵 캠프촌에는 트럭 버스와 소형 캠핑카, 사륜구동 사파리, 랜드로버 등 각양각색의 차들이 모여든다. 대부분 이들은 텐트를 칠 수 있는 곳과 동시에 취사를 해결할 수 있는 시설을 제공받는다. 이 모두는 철저히 예약으로 이루어진다. 캠프촌의 시설은 대개 수영장과 간단한 운동기구들이 있고, 샤워장과 세탁장, 음식과 술과 음료 등을 사먹을 수 있는 레스토랑이 있다. 젊은이들은 긴 밤을 바에서 즐기는 경우가 많다. 치파타에서 보내는 오늘이 잠비아에서의 마지막 날이다. 내일은 호수의 나라 말라위로 이동할 것이다.

＊＊＊

지구상에 존재하는 색은 약 20만 가지라고 하는데, 그중 통상적으로 사람이 알고 쓰는 색은 350가지 정도라고 한다. 그렇다면 아프리카에서 내가 접하는 색은 몇 가지나 될까? 몇 가지 색이라 꼬집어서 말하는 것은 모순이지만 인간이 누릴 수 있는 색 중에서 가장 강렬한 색을 가장 많이 쓰는 곳은 아프리카가 아닐까 싶다. 오늘 만난 아프리카 여자들의 옷에는 몇 가지 색이 있었을까. 그 많은 색 중에서 여전히 나를 사로잡는 색은 극명한 대조를 이루는 흑과 백이다.

아프리카 트럭여행·6

LIVINGSTONIA BEACH, LUWAWA FOREST, MALAWI, SALIMBA / SELMA CAMP

바오밥나무 아래서 잠들다(아프리카에서 띄우는 편지 - 제6신)

김형, 오늘은 몇 개의 도시를 거쳐 드디어 기대하던 말라위 호수와 첫 만남을 이룬 리빙스토니아 비치입니다. 이 비치는 작고 아담하여 동화의 나라를 연상시킵니다. 그러나 양편으로 작은 산이 둘러싸여 포근하게 느껴진다는 것이지 호수가 작다는 말은 결코 아닙니다. 앞에 섬 하나가 있고 간간이 고기잡이배가 떠다니고 그리고 막막한 수평선이 전부입니다. 수평선 너머에 짐바브웨와 모잠비크가 있다는데 영 실감이 나질 않습니다.

이 해변에선 마음 놓고 수영을 할 수도 있고 보트를 타거나 일광욕을 즐길 수도 있습니다. 왼편 산 밑으로 큰 바위들이 널려 있는 곳에 허리둘레가 얼마 정도인지 가늠하기 힘든 거대한 바오밥나무 한 그루가 리빙스토니아 비치를 내려다보고 있습니다. 우리 팀이 텐트를 친 해변에도 벌거벗은 어린 바오밥나무들이 도처에 팔을 벌리고 서 있는데, 이떤 사람은 그 팔에 젖은 수영복을 걸고 어떤 사람은 수건을 걸었지만 나는 눅눅해진 속옷들을 걸었습니다.

오늘은 어린 바오밥나무에게 말을 걸 수 있어서 곁에 아이들이 없어도 무료하지 않았습니다. 무료하다니요. 바오밥나무는 내가 이곳에 오는 순간 바로 동무가 되었습니다. 호수가 잘 보이는 바오밥나무 옆구리에 텐트를 쳤거든요.

내가 아프리카에 온 건 어쩌면 바오밥나무의 초대장 때문인지도 모르겠습니다. 마치 『어린 왕자』에서처럼 나는 늦도록 바오밥에게 몸을 기대고 앉아 이야기를 늘어놓았습니다. 보이지 않는 것을 믿는 일, 마음에서 미운 사람을 사라지게 하는 일, 사람이 많을수록 더 깊어지는 고독감, 좋아하는 사람을 마음 안에 모시는 일, 더 늦기 전에 고백해야 할 그 무엇들까지도 말입니다. 저녁에는 늦도록 바오밥 아래에 누워 은하수를 보았습니다. 그리고 잠이 들었는데 깨어 보니 바오밥이 걱정스레 나를 지켜보고 있더군요. 바오밥 하고 부르면 야, 이 바보야라고 부른 것 같아 혼자 미소 짓게 됩니다.

오면서 수도 릴롱궤 슈퍼마켓 화장실에서 겪었던 일을 생각하면 웃음을 참을 수가 없습니다. 화장실 한 번 가는 데 어찌 그렇게 복잡한 절차가 필요한지, 그런저런 생각을 하면 차라리 노천 화장실이 내 적성에 맞는 것 같기도 합니다. 평소 우리가 아무 생각 없이 뒷일을 보는 것도 알고 보면 결코 작은 축복이 아닙니다. 화장실 하니까 생각났는데, 인도 여행을 마치고 집으로 돌아왔을 때 내게 스위트 홈의 행복을 구체적으로 실감나게 했던 것이 무엇이었는지 아세요? 따뜻하고 푸근한 화장실 변기에 엉덩이를 내려놓는 것, 바로 그거였다니까요. 내일은 칸데 비치로 갑니다. 칸데 비치가 어떤 곳인지 매우 기대가 되는데, 김형에게 새로운 소식을 전할 생각을 하니 더욱 그렇군요. 오늘은 나와 동침한 장난꾸러기 어린 바오밥의 안부를 전합니다. — 말라위 리빙스토니아 비치에서

리빙스토니아 비치

잠비아 국경을 넘는 데 시간이 좀 걸렸다. 서울에서 받아 온 비자를 확인하던 국경 직원은 머무는 날짜가 부족하다며 추가 비용을 원한다. 40달러를 지불하고 비자를 받았는데 20달러를 더 내란다. 옆에 있던 크리스티가 창구 직원에게 따지듯 물었지만 그냥 추가 요금이라고만 한다. 일행 중 비자가 필요한 사람은 나 혼자였으니 그럴 때 자동적으로 튀어나오는 말, 이 먼 아프리카에 와서도 약소국가의 설움이라니, 내심 중얼거리면서 얌전히 시키는 대로 따라할 수밖에 없다. 쓰라는 것은 왜 그토록 복잡하고 많은지, 나 때문에 트럭은 잠비아 국경을 넘어 건너 말라위 땅에서 두 시간이 넘도록 기다려야만 했다.

아무리 난감하고 복잡한 일도 시간이 가면 어떤 방법으로든 해결되기 마련이다. 이럴 때일수록 더 느긋해지기로 한다. 설령 문제가 있다 해도 나 혼자 두고 가지는 않을 테니, 그렇게 마음 정리를 하자 조바심도 걱정도 사라지고 어떻게 되겠지 하는 생각뿐이다. 단순해진다는 것은 얼마나 명쾌한 무기인지.

말라위 입국관리소에서 줄을 서 기다리는 동안 국경 사무실에 비치된 말라위

나는 이 호숫가 키 작은 바오밥나무 아래
텐트를 치고 잠을 잤다.

관광지를 소개하는 책자를 뚫어져라 보았더니 여직원이 눈짓으로 가져가도 좋
다는 사인을 던진다. 아니 이런 횡재가? 다른 사람이 내 책을 보더니 자신도 한
권 달라고 했지만 한마디로 안 된단다. 나는 그에게 다시 한 번 고맙다는 인사
로 윙크를 날렸다. 책자에는 호숫가에서 한가롭게 낚시를 하는 사람들과 초원에
서 풀을 뜯는 동물들이 그곳이 낙원임을 보여주고 있다. 그래, 말라위는 정말 아
름다운 나라라고 했지. 나는 말라위 땅을 밟으며 가장 먼저 신비로운 호수의 물
빛을 떠올렸다.

　리빙스토니아 비치는 한적한 곳이다. 잠비아에서 잠베지 강을 보긴 했지만 이
렇게 큰 해변은 이번 여행에서 처음이라 친구들은 눈앞에 호수가 나타나자 차
안에서 발을 구르고 소리를 지르며 야단법석이다. 젊음이 좋긴 하다. 나는 내심

좋구나, 하고 있었지만 친구들은 그렇게 온몸으로 광분하며 호수를 환영하고 있다. 이제부터 나도 조금은 정직하게 기분을 풀어놓아야겠다. 뭐라고 할 사람도 없는데 왜 나는 기분을 안으로 누르고만 있는지.

해변 캠프에 차가 멈추자 다른 친구들은 텐트를 칠 생각도 않고 다투어 옷을 벗고 물로 뛰어들었다. 그들은 모두 비키니를 입고 있었는데, 간신히 중요한 곳만 가린 아슬아슬한 차림이 건강하고 싱그럽다. 몸매야 어떻든, 비키니를 입거나 다른 옷을 입을 때도 주위의 시선은 전혀 상관하지 않는 당당한 자기중심적 사고가 부럽기도 하고 한편 민망하기도 하다. 여행 동안이라도 그들을 친구로 받아들이려 했으나 나는 아직도 여전히 동양적, 아니 한국적 고정관념을 버리지 못한 여행자일 뿐이었다.

진부한 것은 또 얼마나 눈에 잘 띄는지. 내 수영복은 선수용 검은색 원피스로 현란한 그들보다 오히려 더 눈에 잘 들어오는 것 같다. 아무리 자유분방하다 해도 정석을 벗어나지 않은 사고는 무엇을 하든 이렇게 티를 낸다. 그러나 이 같은 분별이나 자각 또한 나만의 촌스러움이어서 내가 무엇을 하든 어떤 피부색을 가졌든 그들에겐 사실 아무런 관심거리가 못 된다는 것을 잊지 않아야겠다.

이 해변은 정식 명칭도 '리빙스토니아 비치'여서 이곳을 바다로 착각하는 것은 당연한지도 모른다. 그러나 말라위는 바다가 없는 나라이고, 있다면 전체 면적 3분의 1이 호수인데, 리빙스토니아 비치는 말라위 남쪽에 붙어 있는 호수마을인 셈이다. 그런데 호수를 바다라 고집하는 데는 그럴 만한 이유가 있다. 중간에 작은 섬 하나를 제외하면 보이는 것은 오직 망망대해와 수평선뿐이다. 캠핑 트럭이 머물 수 있는 캠프장 외에도 개인이 머물 수 있는 화이트 하우스의 정갈한 숙박시설과 깨끗한 백사장은 별천지다. 가족이나 연인들이 즐기기에 더없이 좋은 쉼터로, 한낮의 기온은 30도를 육박하지만 겨울철이라 그런지 해변은 한산하다.

캠프장 오른편으로는 별장 같은 건물을 따라 백사장이 이어지고, 왼편으로는 작은 산이 있어 안온하면서도 조용하다. 오늘 잠자리는 바오밥나무 밑으로 정했는데, 텐트 안에서도 호수가 한눈에 들어와 눈과 마음이 시원하다.

리빙스토니아 비치의 일출, 일몰은 아프리카 여행의 진수를 느끼게 한다. 작은 배를 노 저어 가는 어부들의 움직임은 느리고, 햇살은 온화하며 수온 역시 따뜻하다. 친구들은 호수에서 공놀이를 하고, 연인들은 소곤소곤 대화를 나누고, 나 또한 모처럼 물을 만나 자유롭기 그지없다.

저녁식사 당번이다. 오늘의 요리는 쇠고기 소스를 곁들인 스파게티다. 다진 쇠고기에 양파를 넣고 볶다가 스파게티 소스를 넣고 익힌 다음 준비해 둔 삶은 면 위에 소스를 얹으면 되는데, 정성 때문인지 특별히 맛있다고 칭찬해 주는 친구들의 아우성은 나를 행복하게 했다. 역시 경력자를 따를 사람은 없다 한다면 자화자찬인가.

푸짐한 스파게티로 배부른 저녁을 끝내고 수영으로 피곤한 몸을 쉬게 할 참이었다. 그러나 리빙스토니아 비치는 나 같은 여행자를 잠이나 자게 버려두질 않는다. 나는 밤늦도록 어두운 백사장에 누워 쏟아지는 별무리와 바오밥나무의 이야길 들으며 모래성을 쌓고 또 쌓았다. 보통 저녁식사를 끝으로 트럭여행의 하루 일정은 끝나고 그후부턴 각자 하고 싶은 일을 하면 된다. 수영을 할 수도 있고, 낚시를 즐길 수도 있고, 마을에 나가 사람들을 만나도 좋다. 다만 캠프장 주변에 높은 울타리가 쳐져 있고 24시간 경비원이 감시하고 있어서 안에서는 밖으로 출입이 가능하지만 아이들이나 일반인들은 안으로 들어올 수 없다. 그러니까 여행자일 경우 캠프장 안에서만은 철저히 보호를 받는 셈이다.

리빙스토니아 비치는 말라위에서 알아주는 휴양지지만 외국인만 시설물을 이용하고 아프리카 사람들은 거의 볼 수 없다. 내국인과 외국인의 활동구역이 따로 있는 모양이다. 유럽인들이 그렇게 길들인 것인지 아니면 아프리카 사람들

담배를 달라던 청년. 이 청년뿐 아니라
열 살짜리도 담배를 달라고 따라다녔다.

72

스스로 그런 것인지, 현지인들의 그림자조차 볼 수 없는 이곳 분위기는 정말 아이러니다.

마을 사람들과의 접촉을 원하는 나와 다르게 유럽 친구들은 그런 것에는 조금도 관심이 없다. 젊다는 것도 이유가 되겠지만, 서구식 사고에 길들여진 그들로서는 항상 뭔가 달라며 조르는 아이들과 어울리기 좋아하는 나를 오히려 이해할 수 없어 한다. 그보다는 그들 내면에 깔린 백은 흑과 다르다는 편견과 인식이 같은 자리를 만들지 않은 것일 게다.

백인들의 사고는 세련되어 보이지만, 한편 차갑고 오만한 이기주의자의 범주를 벗어나지 못하는 것 같다. 그러나 이건 어디까지나 나의 일방적인 생각일 뿐이고 사실 그들은 누가 울든 웃든, 가난하든 부자든 자신과 직접 상관이 없으면 눈길 한 번 주지 않는, 스스로 감정이 위선으로 불편한 것을 견디지 못하는 특이체질의 소유자일 뿐일지도 모른다.

릴롱궤 거리 소묘

거리에 서서 감자 깎는 청년들과 농담 따먹기를 하며 감자튀김을 먹었다. 먼지 가득한 길거리에서 그들은 나를 구경하고 나는 그들을 구경하고, 중앙 로터리, 형형색색의 원단들이 걸린 시장에서 천경자의 그림에서 보았던 원색의 캉가를 입은 아프리카 여자들을 떠올렸다. 피카소의 강렬한 색채와 마티스의 모던한 기법도 저 캉가에서 영감을 얻은 것은 아닐까. 상인들은 캉가를 권했지만 나는 구경만 했다. 아프리카 여자들에겐 아주 자연스러운 색감이지만 내겐 영 어울릴 것 같지 않아서다. 노점에서 기념품 몇 개를 사서 주머니에 넣었다. 막내가 좋아할 액세서리다. 사탕수수를 자전거에 싣고 와 파는 아저씨, 양고기를 파는 아저씨, 튀긴 닭다리를 파는 청년, 구운 옥수수를 파는 아이, 양복을 파는 남자, 라디오 장사꾼, 장난감 장수, 구두 수선하는 사람, 거리의 이발사, 은행 현금인출기 앞에 줄 서 있는 사람들의 표정, 휴대폰을 들고 악을 쓰는 무슬림 여자, 그늘에 앉아 거리 스케치를 한나절 해도 좋을 것 같다. 저 생생한 풍경들을 담아 갈 수만 있다면, 그러나 나는 시간이 없다.

"화장실을 찾고 있는데요"

말라위 수도 릴롱궤에 도착한 것은 10시도 채 안 되었을 때였고, 주어진 자유 시간은 두 시간이었다. 가이드와 기사가 팀 스물다섯 명이 먹고 마시는 데 필요한 물품을 준비하는 동안 우리들은 시내를 둘러보며 환전을 하거나 슈퍼마켓이나 기념품 가게에서 필요한 것들을 흥정하고 구입하는데, 일을 모두 마치고 시간을 보니 아직도 30분은 더 있어야 출발이다.

지나가는 청년에게 화장실을 물었을 때 약간 난처한 표정을 짓더니 조금 전에 나온 대형 슈퍼마켓 숍라이트를 가리키며 그 안으로 들어가 보라고 했다. 오라, 화장실이 안쪽 어디에 있구나 싶어 들고 있던 물건을 입구에 맡기고 안으로 들어갔는데 아무리 둘러봐도 화장실 표시가 없는 거였다. 묻고 또 물어 화장실과는 거리가 멀어 보이는 매장 입구에 있는 사무실 안으로 들어갔다. 벌써 몇 번째인가. 사무실의 중년 여자에게 나는 앵무새처럼 말하고 있었다.

'저, 화장실을 찾고 있는데요.'

장부에 머리를 처박고 대답조차 없던 그녀가 벌떡 일어서더니 매장 계산대에서 일하는 직원 한 사람을 불렀다. 그럴 때 필요한 것은 인내가 아닌가. 한참 후 계산을 마친 여직원이 따라오라기에 그를 따라 비상구 끝 계단 쪽으로 걸어갔다. 직원은 명찰을 달고 있었고 나는 빈손, 빈몸이었다. 이층으로 오르는 계단 밑에 책상 하나가 놓여 있고 군복 같은 걸 입은 남자 경호원 둘과 여자 한 명이 나를 뚫어져라 쳐다보는데 분위기가 삼엄한 국경 사무실을 연상시킨다. 나는 혼잣말로 중얼거렸다.

74

'내가 무슨 밀수꾼으로 보이나!'

뭔가 잘못됐구나 싶어 조금 긴장이 되었다. 시계를 보니 트럭 출발 시간 10분 전이다. 여자는 험악한 얼굴에 엷은 미소를 띠며 큰 노트를 펼쳐 내 앞으로 내밀었다.

'이건 또 뭐지. 알아서 밀수 품목을 적으라는 건가?'

나는 긴장이 되어 같은 말을 반복했다.

"난 다만 화장실을 찾고 있을 뿐인데…요."

내 말은 안중에도 없고, 여자는 고무줄이 묶인 펜을 던지고는 팔짱을 끼고 서서 나의 일거수일투족을 살폈다. 무표정한 얼굴과 흰 치아, 멀뚱멀뚱 굴려대는 눈알은 금방 튀어나올 듯 잘못 장전된 탄알처럼 공포스럽기까지 하다. 얼핏 노트를 보니 국경 지날 때 쓰는 출입국신고서 양식과 다를 게 없다. 화장실을 안내하기 위해 앞장선 직원이 곁에서 그냥 적으라는 눈짓을 했다. 글씨가 보이질 않아 멈칫하고 있으려니 거듭 재촉이다. 이쯤 되니 어쩔 수 없겠다 싶어 천천히 칸을 메워 나갔다.

이름: 김인자, 성별: 여, 국적: 대한민국, 현재 체류하는 곳: 릴롱궤, 다음에 갈 도시: 칸데 비치…. 기록이 끝나자 여자는 안내 직원과 내 몸을 번갈아 가며 머리에서부터 발끝까지 샅샅이 더듬기 시작했다. 그것도 공항에서 몸 수색을 할 때보다 더 엄격히 말이다. 검열이 끝나자 그때서야 가도 좋다는 허락이 떨어졌다. 직원은 명찰을 맡기고 나는 그들이 원하는 절차를 마친 후에야, 삼층까지 올라가 비로소 냄새나는 구석 화장실 문을 열수 있었다. '뭐 이런 곳이 다 있지!' 황당하기도 하고 우습기도 하고, 그러나 어쩌랴.

참았던 볼일을 보고 문을 열고 나오자 또 한 번 소스라치게 놀라지 않을 수 없었다. 직원이 문에 붙어 서서 나를 기다리고 있는 것이 아닌가. 그럼에도 나는 그녀에게 '고맙다, 미안하다'는 말을 하지 않을 수 없었다. 씻은 손의 물기를

내가 타고 다닌 트럭.
아프리카 여행의 시작과 끝은 이 트럭으로부터였다.

쓱쓱 바지에 문지르며 다시 일층으로 내려오니 이번에는 서명을 하란다. '못할 거야 없지,' 나는 칸이 넘치도록 한글 이름을 휘갈겨 칸을 메웠다. 맡긴 명찰을 되찾은 여직원은 그제서야 자신의 임무가 끝난 듯 안도하며 나를 보고 배시시 웃었다.

아무리 가난하다 해도 한 나라의 수도에서 사람이 사람을 못 믿고, 그것도 외국인 고객이 화장실 한 번 사용하는 데 국경을 통과할 때처럼 하는 단속을 어떻게 해석해야 하나. 그리고 보니 마켓 안에서도 도처에 경비원이 고객의 일거수일투족을 살펴보는 듯해 기분이 좀 그랬었다. 볼일이 해결되었으니 후련해야 마땅하지만 그곳을 빠져나올 때의 심사는 꼬이고 복잡하기만 했다. 나 참, 볼일 한 번 보기 이렇게 힘들어서야!

아프리카 트럭여행·7

KAN DE BEACH / KAN DE BEACH CAMP

울며 도망가는 아이 (아프리카에서 띄우는 편지 - 제7신)

김형, 이곳은 말라위 호숫가에 있는 제법 큰 마을 칸네 비치입니다. 유럽인들이 만든 문화겠지만, 이곳 사람들은 모두 호수에다 비치라는 말을 붙이는데 조금도 이상하지가 않습니다. 이 호수 역시 외형으로는 누가 봐도 바다지 호수가 아니기 때문입니다. 잊을 만하면 섬이 하나씩 나타나고 바람이 불면 파도가 일고 파도가 일면 그 맑던 호수에 부유물이 뜨고 혼탁해집니다. 갈매기도 있고 배도 있고 아침마다 고기를 잡아 오는 어부도 있습니다. 다만 이것이 호수인 것은 물이 조금도 짜지 않다는 것, 그뿐입니다. 바다가 아니라 호수여서 사람들은 그리 유순한 것일까요? 애매한 궁금증이지만 며칠을 달려도 끝이 보이지 않는 이렇게 큰 호수가 있는데, 물 부족으로 인한 아프리카의 기근을 떠올리는 건 좀 이상합니다. 그렇지만 그만큼 아프리카는 대륙이라는 뜻이기도 합니다.

다르다는 것은 설렘과 기대에 앞서 두렵고 무서운 것이기도 하잖아요. 마을에 나갔다가 어느 집 앞에서 나와 눈이 마주친 아이가 있었습니다. 당황한 아이는 제 어미 치마 속으로 얼굴을 묻더니 내가 가까이 가자 위협을 느꼈는지 제 어미의 팔에 매달리더군요. 그래도 내가 손을 잡고 싶어하자 아이는 와락 울음을 터뜨렸습니다. 사탕으로 유혹의 손길을 보냈지만 소용이 없었습니다. 이쯤 되니 뒷걸음을 치지 않을 수 없었지요. 잔뜩 겁을 먹고 우는 아이를 어미가 달래더군요. "저 아줌마한테 가봐, 안고 싶어하잖아, 어서." 말이 끝나기가 무섭게 파랗게 질린 아이는 걸음아 날 살려라 집 안으로 뛰어 들어갔습니다. 그 아이 보기에 나는 별종이었거나 희귀종이었을 테지요.

바꿔 생각하면 나 어렸을 적 생전 말로만 듣던 처음 보는 흑인이 나타나 나를 안아 보고

자 했다면 나도 분명 울음을 터뜨렸거나 도망을 쳤을 겁니다. 늘 보던 것이 아닌 생경한 것과 대면했을 때의 본능적인 반응이 아이에겐 울음 말고 또 무엇이 있었겠어요.

이 아이는 너무 어려서 그랬겠지만 보통의 아이들은 처음 보는 사람도 잘 따릅니다. 예전 우리 어렸을 때처럼 부끄러움 때문에 소극적이진 않습니다. 아주 어린아이들을 제외한 대부분의 아이들은 바로 안겨 오고 장난 걸고 함께 놀지 못해 안달입니다. 찍은 사진을 보여주면 얼마나들 좋아하는지 모릅니다.

여행을 마치고 돌아가도 아이들 모습만큼은 오래도록 나를 즐겁게 할 것 같습니다. ― 칸데 비치에서

리빙스토니아 비치보다 조금 더 아름다운 곳

말라위 호수는 그동안 기대 이상으로 감동을 안겼다. 바오밥나무 사이로 솟아오르는 호수의 일출과 끊임없이 움직이는 작은 멸치잡이 배들(이 배들은 여름밤 동해에서 보던 수많은 오징어배의 불빛과 흡사하다) 그리고 편리한 시설, 넓고 안온한 풍경, 있는 그대로의 자연, 무엇 하나 나무랄 데가 없는 곳이어서 하루 머물고 돌아서기엔 아쉬움이 남는 곳이다.

아침 일찍 리빙스토니아를 출발, 칸데 비치로 이동하는 길 오른편에는 말라위 호수가 지치지도 않고 따라왔다. 바나나나무 사이로 비치는 햇살은 호수에 온통 은빛 구슬을 엎지른 듯했고, 기온은 조금 더위를 느낄 정도였지만 쾌적했다. 목가적인 열대의 농촌 풍경이 이어지고, 수수를 엮어 흙으로 쌓은 집들은 바나나나무에 가려 작은 집이 더욱 작아 보였다. 더러는 지붕 없는 집도 있고, 지붕이 있으면 벽이 없거나 있어도 허술하기 짝이 없는 집들이다. 아이들은 맨발로 나와 손을 흔들고, 어른들은 카사바(고구마처럼 생긴 아프리카인들의 주식) 밭에서 일을 하고 있다. 호수에서 잡은 것이겠지만 간간이 크고 작은 생선을 길에 놓고 파는 어물전도 있고, 푸른 바나나가 산더미처럼 쌓인 시장에는 젊은 여자들이 물건을 흥정하고 있다. 어디를 가나 바나나와 카사바 밭을 배경으로 마을이 있고 사람이 있고 검은 아이들이 있다.

아름답다고 감탄한 리빙스토니아 비치보다 조금 더 아름다운 곳이 칸데 비치다. 건조한 모래밭에서도 잘 자라는 붉은 단풍나무는 매우 인상적이다. 생선을 담은 바구니를 머리에 이고 지나가는 해변의 여자들을 보는 순간 열대에 와 있다는 것이 실감났다. 이곳 역시 바다가 아니지만, 그림 같은 바다구나 하면서 감탄하고 또 했다. 원한다면 바다가 보이는 창이 넓은 방갈로를 숙소로 얻을 수 있고, 요트나 스피드 보트를 즐길 수도 있다. 캠프 바로 입구에 마을이 있고, 기념품을 파는 가게들과 오른쪽 해변 끝으로 포구가 이어져 볼거리, 즐길거리가 풍성하다. 더욱이 호수의 물빛과 어우러져 끝없이 펼쳐지는 백사장은 모든 걸 벗어 버리고 마냥 걸어 보고 싶은 충동을 억누를 수 없게 한다.

도착하자마자 호수에 뛰어들었는데 얼마 안 있어 살이 모두 익어 버렸다. 그만큼 햇살이 뜨겁다. 더 늦가 전에 마을을 둘러보고 싶어 서둘렀다. 마을을 기웃대다가 무작정 들어간 집에는 할머니 혼자 마당에 앉아 계셨다. 낯선 사람이 가까이 가도 아무런 반응조차 보이지 않는 그가 좀 이상하다 싶었는데, 나중에 보니 앞을 못 보고 다리까지 불편해 혼자서는 아무것도 할 수 없는 할머니였다. 인기척에 옆집으로 놀러 갔던 아이들이 돌아오고 어두운 집 안에 있던 여자도 밖으로 나왔다. 그런데 여자 얼굴엔 지금까지 내가 만났던 아프리카 사람 누구나 가지고 있던 밝은 웃음이 없고 어둡고 칙칙한 그늘뿐이다. 아이들이 까르륵대며 다투어 말을 걸어오는데 다섯 살쯤 된 아이의 첫마디가 재밌다.

"이름이 뭐야?"

"내 이름은 '킴'이야. 그럼, 네 이름은 뭐지?"

"밀리암."

"몇 살이지?"

"네 살. 그럼 킴은 몇 살이야?"

"그건 비밀인데…."

칸데 비치에 아침이 밝아 오고 있다.

나는 말끝을 흐리며 손을 내밀어 악수를 청했다. 밀리암보다 키가 좀더 큰 계집아이가 밀리암을 제치고 내 손을 잡았다.

"밀리암의 언니. 이름은 애블린이고 나이는 열 살이야."

제법 똑똑한 아이였다. 그러는 사이에 아이들은 여섯 명으로 늘어나고 뒤에 서 있던 여자마저 한마디 거들었다. 부족언어를 쓰는 그녀의 말을 내가 알아듣지 못한다는 걸 알고 눈치 빠른 애블린이 자기 엄마인데 엄마가 뭘 달라고 한다는 것이다.

"뭘?"

"아무거나 달래요. 옷이나 신발이나 빵이나 돈이나 아무것이나요."

가슴이 묵직해져 왔다. 애블린이 자기 엄마가 스물다섯 살이라고 했을 때, 나는 문득 서울에 있는 큰딸의 모습이 떠올라 소리조차 크게 내지 못했다.

"저 애가 왜 저런 모습으로 이곳에 와 있는 거지?"

내 감정은 금세 복받쳐 올랐다. 그런 생각은 단지 내 아이와 애블린의 엄마가 동갑이라는 사실 때문만은 아니었다. 나는 걷잡을 수 없이 우울해졌다.

지난해 대학을 졸업하고 직장 새내기 사회인이 된 아무것도 모르는 저 아이가 왜 이곳에 있는 걸까. 형색은 왜 저리 남루하고 표정은 왜 저렇게 어두운 거야, 떨쳐 버리려고 해도 자꾸만 끼어드는 아이 모습.

그녀 이름은 '마루 꾸구냔자'였다. 나는 이 부르기 난해한 이름을 '마루'라 불렀다.

"마루, 아이들은 몇이에요?"

영리한 애블린이 엄마를 대신해 대답했다.

"다섯이에요."

애블린이 묻지도 않은 가족들 이름을 차례대로 알려주었다. 할머니 이름은 무싸(60세). 여자 이름은 마루 꾸구냔자(25세). 큰딸 애블린(10세). 둘째 딸 마부트

카메라 앞에서 장난치기 좋아하는 녀석들
아이들의 웃음은 언제나 해맑다.

(8세), 셋째 딸 제네티(7세), 넷째 딸 밀리암(4세), 다섯째 딸 핑크로이드(3세) 그리고…. 어느새 다섯 명의 아이들이 얼굴을 들이밀며 나를 에워쌌다.

곁에서 지켜보던 마루가 내 점퍼를 잡아당기며 줄 수 없느냐 보챘지만 하나뿐이라 선뜻 벗을 수가 없어 마음이 무겁다. 아이들과 이야기를 나눌 때도 마루의 얼굴엔 그늘이 드리워져 있었다. 놀라운 것은 다섯으로도 부족한지 또 만삭이다. 그 자리에서 내가 그녀에게 줄 수 있는 건 볼펜 몇 자루와 사탕 몇 개, 아이들은 사탕 몇 개로 폴짝폴짝 뛰며 즐거워했지만 점퍼를 자기 것으로 만들지 못한 마루는 끝내 서운함을 감추지 못했다.

착잡하다. 지금 내 딸에게 나는 무엇을 줄 수 있는가?

집을 나오면서 나는 또 보지 말았어야 할 걸 보고 말았는데, 그녀는 앞 못 보는 시어머니 손에 들려 준 사탕을 자기가 먹겠다고 빼앗고 있질 않은가.

햇빛 속을 걸어 나온 검은 아이들의 첫마디는 모두 같다. "당신 이름이 뭐야?" "그러는 네 이름은 뭔데?" 아이들과 주고받았던 말들이 내 머리 위로 폴폴 날아다닌다. "나는 밀리암, 나는 애블린, 나는 제네티." 이 부드럽고 달착지근한 이름 앞에서 '킴'이라는 이름은 얼마나 이방스러운가. 이 배고픈 아프리카 이름 앞에서 내 이름 킴은 얼마나 모나고 비만한가.

마을에서 돌아오니 캠프촌에 있어야 할 친구들이 사라지고 없다. 랜턴을 들고 마을 청년에게 물어물어 촌장 집을 찾아가니 벌써 파티 분위기가 무르익고 있었다. 평소 없었던 메뉴인 야채볶음과 닭고기로 식탁이 차려지고 마당에 둘러앉아 식사를 하는 동안 대문 밖에는 아이들과 청년들이 모여 우리들을 구경

아프리카 아이들은 유난히 낯선 사람을 잘 따랐다.

하고 있다.

식사가 끝나고 대문이 열리자 우루루 마당 안으로 쏟아져 들어오는 아이들, 이날은 아카시아 아프리카 여행사가 마을 촌장과 협의하에 여행자들과 마을 사람들이 자유롭게 교류를 가질 수 있도록 한 조금은 특별한 날이다.

청년들은 북을 두드리고 아이들은 마당 가득 모여 아프리카 특유의 리듬에 맞춰 엉덩이를 흔들며 춤을 추기 시작했다. 여기저기서 박수소리가 터져 나오고 급기야는 모두 일어나 아이들의 손을 잡고 마당을 빙빙 돌며 노래 부르고 춤을 추느라 정신이 없다. 누구도 흉내낼 수 없는 저들 엉덩이춤과 신명, 아이들은 지치지도 않고 엉덩이를 흔들었다. 누가 시키지도 않았는데 모두들 자진해 그렇게 열정적인 춤을 추는 거란다. 단조로운 북소리에 맞춘 그들의 합창은 또 얼마나 흥을 돋우는지, 품에서 떨어지지 않으려는 아이를 안고 얼마쯤 몸을 흔들다가 자리로 돌아와 막 앉으려는데 낯익은 얼굴이 눈에 들어왔다.

"애블린!"

어두침침한 불빛 때문에 나를 알아보지 못할 수도 있겠구나 싶었지만 제 이름을 부르는 소리에 동작을 멈추고 두리번거리던 애블린이 쏜살같이 내 품으로 달려들었다.

"킴!"

"애블린, 너도 이 파티에 왔구나. 저녁은 먹었니?"

안고 있던 아이를 무섭게 밀쳐내고 애블린이 내 품으로 달려들었다. 열 살이라고 하지만 너무 작아 가슴 속에 꼬옥 안겨 들었다. 단 한 번 보았을 뿐인데 인연이라는 것이 이렇게 무서운 건지, 애블린은 마치 새끼 원숭이가 어미 품을 만난 듯 내 품에서 떨어질 줄 모른다. 그날 저녁 촌장이 초대한 파티는 밤이 늦도록 이어졌다. 파티가 끝나고 아이들을 돌려보낼 시간이 되어 애블린에게 "우리 내일 또 보자"며 달래 보았지만 끝까지 내 품에서 떨어지지 않으려던 애블린.

애블린뿐 아니라 이곳 아이들은 모두 정에 굶주린 어린 원숭이처럼 한 번 사귀면 좀체 포기할 줄 모르고 끝까지 사람을 따른다.

마을 아이들을 모두 돌려보내고 파티가 끝나갈 무렵 드디어 양복을 입은 촌장님이 우리 일행 앞에 얼굴을 내밀었다. 국빈을 모시는 듯한 분위기에 조금은 의아했으나, 도시에서 살던 촌장은 칸데 비치 마을의 발전을 위해 수년 전 고향으로 돌아와 외부의 도움을 받아 길을 닦고 병원을 지어 마을 주민들에게 봉사하고 있다고 했다. 건강한 아들이 둘이었고, 자신을 도와 칸데 비치 마을을 위해 일한다고 했는데 모두 예의바른 청년들이다. 그리고 오늘의 초대 취지는 칸데 비치 원주민과 외부에서 온 여행자들이 서로의 문화를 교류·화합하는 시간을 가지고, 그가 도모하는 사업들을 소개·홍보하여 보다 많은 사람들이 칸데 비치의 발전을 위해 협조해 주었으면 한다는 것이다. 촌장의 그럴듯한 연설에 박수를 보내며 차례대로 악수를 나누고 캠프로 돌아오니 밤이 꽤 깊어 있었다. 나는 텐트에 누워 재미있는 촌장의 이름을 떠올렸다. 후까마비리, 후까마비리, 그리고 어린 천사 애블린.

***

백인 여행자 한 사람이 팔짱을 끼고 나무에 기대서서 정원 청소를 하는 종업원을 유심히 보고 있다. 나는 중간 정도에 있는 벤치에 앉아 흑과 백의 일거일동을 읽는다. 파파야나무 밑을 비질하는 노인을 왠지 못마땅한 눈초리로 주시하는 백인, 나는 오만하기 짝이 없는 백인의 눈빛언어를 받아 적었다. '검다는 말 속에 숨어 있는 뜻을 너는 알고 있기나 해? 가난하고 게으르고 더럽고 원시적이고 야만적이고, 그리하여 흰 것은 결백하고 검은 것은 암흑을 상징하고 악과 저주의 세계와 동일하며….' 나는 완강하게 고개를 흔들며 그 자리에서 일어섰다.

칸데 비치 해변

아프리카 트럭여행·8

KAN DE BEACH / KAN DE BEACH CAMP

은빛 말라위 호수(아프리카에서 띄우는 편지 - 제8신)

김형, 오늘 나는 더위에 몹시 지치기도 했지만 많은 아이들에 둘러싸여 좋은 시간을 가졌습니다. 행복이란 가난한 아이들 속에서 내가 가진 가족과 그들 속에서 누린 지금까지의 건강, 고통이 없었던 것은 아니지만 그러나 안락하고 평화로웠던 시간들을 이곳 아이들을 통해 되돌아보는 시간을 가졌다는 것입니다.

아이들에 이끌려 결국 산 아래 마을 끝집까지 불편한 다리를 끌며 올라갔습니다. 그 끝에는 열일곱 살 된 아이 엄마가 야자나무로 얽은 처마 밑에서 젖가슴을 풀어헤치고 아들에게 젖을 먹이고 있었습니다. 예의 내 주특기인 아기를 안아 주며 한동안 좁은 마당을 서성거리다 보니 앞마당에서 저 멀리 내려다보이는 망망대해의 빛나는 말라위 호수가 아침 햇살에 얼마나 눈부시던지, 나는 지금까지와는 전혀 다른 차원의 세계에 있는 듯했습니다. 흙바닥에 앉아 아이에게 젖을 물리고 있던 그녀의 행색은 초라하고 가난해 보였으나 결코 불행해 보이진 않았습니다. 골목마다 바나나나무와 코코넛나무가 있는 이곳 치팀바 마을에서 태어나 살다가 한 남자를 만나 혼인을 하고 주렁주렁 아이를 낳고 저 호수와 산과 더불어 나이들어 갈 한 여자의 일생이 오히려 저는 부러웠답니다.

여기 와서 알았지만 아프리카 여자들은 나 같은 이방인이 자기 아이를 안아 주는 걸 매우 좋아합니다. 오래 안고 있다 보면 아기가 보채고 우는데도 도무지 아이를 달라고 하지 않습니다. 그들의 눈빛에선 자신과는 다른 피부색에 대한 동경을 읽을 수가 있고, 그리고 내가 아이를 몹시 예뻐한다는 걸 직감적으로 아는 듯 보였습니다. 나는 그것을 '아프리카적 모성'이라 이름 붙였습니다.

마을을 돌아보면서 생각하게 됩니다. 저 햇살 같은 아이들이 무슨 죄가 있을까요. 그러나 많은 아이들 중 몇은 자신도 모르게 풍토병이나 에이즈 같은 것의 보균자가 되어 있을 것을 생각하면 아무 영문 모르는 아이들 눈빛이 마음에 밟혀 견딜 수 없이 불편해지기도 합니다. 그러고 보니 말라위라는 나라는 아프리카에서도 아주 빈국에 속한다고 했는데, 저 빛나는 자연에 도취된 내게 어찌 그 말을 믿으라는 건지요.

스와질란드는 기아와 에이즈로 인해 평균 수명이 31세라고 들었습니다. 전체 인구의 3분의 1이 에이즈 환자라는 아프리카 어느 나라의 통계를 떠올리지 않더라도 기아와 에이즈는 아프리카 사람들에게 치명적인 고통을 주고 있다고 합니다.

기도와 용서라는 말을 배운 것은 여행을 통해서였습니다. 여행은 일상에서 멀어질수록 대책 없이 나를 무릎 꿇게 만들었고 수시로 눈물나게 했습니다. 오늘은 나를 위해 기도하지 않고 허기지고 아픈 이곳 아이들을 위해 기도하고 싶습니다. 그리고 한 가지, 이곳 아이들 대부분은 부족언어를 사용하지만 이름만큼은 영국식 영어 이름을 쓰고 있다는 것입니다. 이 모두 식민지가 만들어낸 백인 우월주의 혹은 뿌리를 부정하고 싶은 흑인들 스스로가 자신을 천대하는 의식이 빚은 결과물이 아닐까 싶어 조금은 씁쓸해지기도 합니다. 그래서 이름을 물을 때 꼭 두 번씩 묻게 됩니다. '영어 이름 말고 원래 이름이 뭐야' 하고 말이죠.

김형, 텐트 속에서 보내는 아프리카의 겨울밤이 얼마나 길고 막막한지 한 번 생각해 보셨습니까. 춥고 외로워서 여행이 여행다워지고 있다는 생각은 여전히 내게 위로를 줍니다. 그러나 산 아래 마을 끝집에서 아기를 안고 넋을 놓고 바라본 아침 말라위 호수는 아주 오래 못 잊을 것 같습니다. 이 몇 줄에 그 감흥을 전해 보려는 시도가 얼마나 우스운지, 전기가 없어 랜턴을 켜고 쓰는 편지인데 길어졌군요. 이만 접겠습니다. ─ 말라위 치팀바에서

고갱의 연인 테후라를 닮은 레이첼

1891년 쥘 위레와 가진 『에코 드 파리』지 회견에서 고갱은 이 같은 말을 남기고 남태평양 타이티로 떠났다.

'나는 평화롭게 살기 위해, 문명의 껍질을 벗겨내기 위해 떠나려는 것입니다. 나는 그저 소박한, 아주 소박한 예술을 하고 싶을 따름입니다. 그러기 위해서는 오염되지 않은 자연에서 나를 새롭게 바꾸고 오직 야성적인 것만을 보고 마치 어린아이처럼 전달

하겠다는 것 외엔 없습니다. 그것은 원시적인 표현수단으로밖에는 전달되지 못할 것입니다. 그것이야말로 올바르고 참된 수단입니다."

그곳에서 고갱은 열세 살 난 폴리네시아 소녀 '테하마나'를 알고 그녀와 동거하게 되면서부터 타이티의 참모습을 알게 되었다고 술회했고, 별로 말이 없던 소녀는 후에 파리에서 다시 윤색하여 썼다는 『노아 노아』에서 테후라로 등장한다.

"나는 다시 작업을 시작했다. 행복한 나날이었다. 매일 아침 첫 햇살이 나의 방을 비춰 주었다. 테후라의 환한 얼굴은 주위를 온통 황금빛으로 물들였다. 우리 두 사람은 한없이 자연스럽고 소박하게 마치 에덴동산에 온 것처럼 근처 냇가로 가서 물에 잠기곤 하였다. … 새색시는 말이 없었다. 어느 땐 울적해 보이는가 하면 어느 땐 비웃는 듯한 표정을 지었다. 우리는 서로를 집요하게 탐구했지만 나는 끝내 그녀 안으로 들어갈 수가 없었다."

지상낙원을 꿈꾸던 고갱의 행복은 오래가지 못했다. 그러나 그는 어린 연인 테후라를 통해 몇 점의 걸작 〈망고를 든 여자〉 〈환희의 땅〉 〈저승사자의 눈길〉을 남겼는데, 작품 〈테하마나의 선조〉에서 보여주는 줄무늬 원피스 차림에 꽃을 꽂고 긴 머리를 뒤로 늘어뜨린 채 부채를 들고 앉아 있는 것이 바로 그녀다.

고갱의 연인 테후라를 연상하게 했던 그녀를 만난 건 칸데 비치에 도착한 둘째 날이었다. 마을 안내를 자처한 윈스턴(20세)과 틴틴(23세)을 앞세워 나는 햇살이 뜨거워지기 전에 칸데 비치 마을을 돌아보기로 한 것이다. 우선 장이 서는 읍으로 가 시장, 학교, 병원을 견학하고 그밖에 마을 시설을 보고 사람들을 만나고 집 안으로 들어가 그들의 생활상을 볼 수 있는 기회가 온 것이다.

매혹적이고도 아름다운 열여덟 살의 두 아이 엄마 이름은 레이첼(Rachel). 많은 아이들과 동네 아주머니들 속에서 레이첼의 발견은 행운이라고 할 수밖에 없다. 그녀는 내가 어디에서도 본 적 없는 이색적인 모자를 쓰고 있었는데, 가장

고갱의 연인을 닮은 너무나 매혹적이고
사랑스러운 여자 레이첼.

먼저 내 시선을 사로잡은 것은 엉덩이를 덮고도 남을 길게 땋은 검은 머리였다. 그 머리는 자신의 손으로 닷새나 공을 들여 땋은 머리라고 했다. 유일하게 멋을 부릴 수 있는 것이 머리다 보니 그렇게 공을 들이는 모양이다. 그러나 가까이에서 본 그녀는 머리에 이어 자신감 있는 표정과 원시적인 피부에 매혹적인 미소까지 시종 그녀에게서 내 눈을 떼지 못하게 했는데, 정신을 차리고 보니 우리는 손을 잡고 있었다. 그녀의 매력은 단지 나이가 어리다는 이유만은 아니었다. 몇 마디 대화를 나눈 뒤 양해를 얻어 나는 그녀를 카메라에 담기 시작했다. 수줍어하면서도 당당하고, 당당하면서도 깊고 맑은 눈빛, 사진을 찍는 동안 빙그레 웃고만 있던 그녀가 내게 부탁을 해 왔다.

"저기 집에 아들이 있는데, 아들과 함께 사진 찍어 줄 수 있나요?"

마음 놓고 사진을 찍을 수 있게 되었으니 행운이 굴러들어온 것이다. 마른 바나나 잎으로 지붕을 얹은 그녀의 흙집 뒤뜰에는 오래된 망고나무 두 그루가 분홍 꽃을 활짝 피우고 있었고, 마을 아이들이 따라와 좁은 뜰을 가득 메웠지만 아랑곳하지 않았다. 안으로 들어간 그녀가 아기를 안고 나왔다. 태어난 지 한 달도 채 안 된 아기였다.

"예쁘기도 해라!"

내 입에선 신음 같은 감탄이 터져 나왔다. 나는 레이첼과 그 아들의 사진을 찍기 위해 그곳에 있다는 사실조차 까맣게 잊은 채 마냥 아기와 놀았다. 레이첼의 아들 이름은 발손(Balson)이었는데, 아무 영문도 모르는 발손은 내 품에서 방긋거리며 웃는 듯 미소 짓는 듯 자고 있었다. 한참 후 그녀가 아들을 안고 포즈를 취하고 있을 때 나를 따라온 마을 청년 틴틴이 자신도 아기를 안고 사진을 찍고 싶다고 했다. 그럼 혹시 틴틴은 레이첼의 남편? 둘은 완강히 고개를 저으며 아니라 했고, 레이첼의 남편은 호수에 고기 잡으러 갔는데 두 시간 후쯤 돌아올 거라고 했다.

마당에 있던 많은 아이들 중에서 레이첼이 한 아이를 가리키며 큰딸이라고 했다. 물론 그 아이와도 사진을 찍어 달라는 부탁을 잊지 않았다. 아들에게 젖을 물리고 어린 딸을 챙기는 걸 보면 영락없는 어미지만, 잘 웃고 명랑하고 예의바르고 똑똑한 여자여서 그녀와 함께 있는 동안 허공에 발을 디딘 듯 묘하고도 짜릿한 흥분은 가시지 않았다. 마당에 계신 할머니마저 사진을 찍고 나자 그녀는 내 수첩에다 또박또박 주소를 적어 주며 아들과 함께 찍은 사진을 꼭 보내 달라는 부탁을 잊지 않았다.

내 어깨에 살짝 기대서서 눈웃음을 짓던 레이첼이 지붕 낮은 처마 끝에서 아들을 안고 한동안 손을 흔들어 주었다. 어린 강아지는 골목까지 나를 따라왔고 뒷마당 망고나무에서 터져 나온 꽃향기는 어느새 마을을 뒤덮고 있었다. 이 마을 어디 꽃핀 망고나무 가지에 설익은 생의 열매 하나 매달아 놓고 느리게 가는 세월이나 기다려 볼까. 나는 망상을 지우지 못한다.

와투

칸데 비치에서 인상적인 것은 말라위의 전통배다. 이름은 '와투(Watu)' 혹은 '툼부카(Tumbuka)'로 불리며 보통 아름드리 멜라리나 통나무로 만든다. 마을마다 크고 작은 멜라리나나무를 볼 수 있었는데, 다 자라면 언젠가는 배가 될 재목이라고 했다. 어느 정도 자란 멜라리나를 베어 말린 다음 손도끼로 겉을 다듬고 속을 파내면서 배 모양을 살리는데, 색을 따로 쓰지 않아 자연스러움이 돋보인다. 배 깎는 것을 지켜보면 그들은 배를 만드는 것이 아니라 나무 속에 숨어 있는 배를 찾아내는 것처럼 보인다. 통나무라서 크기에 비해 꽤나 무거운 것이 특징인데 그래야 오래간다고 한다.

그러나 배의 폭이 너무 좁아 아무리 아프리카 사람 몸집이 작다고 해도 어떻게 저 배를 타고 나가 그물을 거두고 고기를 낚는지 의문스러웠다. 나중에 알았지만 배 속으로 사람이 들어앉아 노를 젓는 것이 아니라 엉덩이를 양쪽 배 난간에 걸치거나 선 채로 노를 젓는다는 것이다. 어부가 배를 타고 나가는 걸 보기 전에 한 아이가 노 젓는 시범을 보여주지 않았다면 나는 그의 설명을 이해할 수 없었을 것이다.

문득 눈앞에 배를 두고도 의아해 한다. 저 작은 배에 고기를 싣는다면 얼마나 싣겠는가. 그러나 나는 와투를 통해 그들의 욕심 없는 생활철학을 가감 없이 읽게 되었다. 아무리 배가 고파도 그들은 한꺼번에 많은 고기를 잡으려 애쓰지 않는다. 자신이 고기를 잡지 않으면 그 고기는 호수 속에 그대로 있지 않겠느냐는 것이다. 생존을 위해 필요한 만큼만 잡는 고기, 나머지는 호수가 알아서 길러 줄 것이고 때가 되면 적당히 건져 올리기만 하면 된다고 믿는 그들은 얼마나 넉넉한 자연인가.

우리가 열심히 돈을 벌어 부푼 이자를 기대하며 은행에 돈을 맡길 때 그들은 그냥 자연에 맡긴다. 자연이 은행이고 자연이 꿈이며 자연이 미래다. 시간이 가면 고기는 누군가 다 알아서 키워 주니 사람들은 필요할 때 건지는 수고만 하면 되는 것이다. 그들은 '모으다' '쌓다'라는 축적에 의미를 두지 않는다. 그래서 조급함이 없다. 내가 본 와투는 욕심 없는 아프리카 사람들의 사고를 대변해 주는 메시지 같았다.

해변에 올려 둔 배들은 마치 게으른 물개들이 백사장으로 기어올라 이리저리 몸을 뒹굴며 쉬고 있는 모습 같다. 더러는 날렵하고 더러는 무거워 보이는 물개들. 와투는 크기와 모양이 같은 것이 없다. 와투의 제작은 모두 수작업으로 이루어지는데 고만고만한 배들이지만 나무의 크기에 따라 배의 크기가 정해진다. 어떤 배는 낡을 대로 낡아 도처에 양철로 기운 누더기가 상처를 가진 짐승처럼 안쓰럽다. 낡은 와투 주변에 흩어져 있는 주황색과 붉은색 그물의 조화는 또 어떤가. 이 해변에서 가장 극적인 대조를 이루는 것을 꼽는다면 원주민들의 고깃

해변가의 아름다운 전통배 와투.

배 와투와 유럽 여행자들이 즐기는 요트다. 이 둘은 흑과 백처럼 원시와 현대를 가장 극명하게 보여주는 듯하다. 그런데 와투를 보고 있으면 대책 없이 마음이 끌리는데, 이유가 뭘까.

고기 잡는 아이들, 요가 하는 사람, 담배를 달라고 조르는 어린아이들, 자기 집으로 가자고 떼쓰는 아이, 마을 입구 민예품 가게를 운영하는 청년이 나를 위해 즉석에서 들려주던 하모니카 연주를 내 어찌 잊을 수 있을까.

어제부터 이 캠프에 동양인 한 사람이 나타났다. 다른 트럭여행팀의 일원으로 온 나이 지긋한 일본인 신사였는데 혼자 열심히 사진만 찍는다. 어제 해변에서 일몰을 찍을 때도 내 앞에 있었는데 오늘 일출을 찍을 때도 여전히 내 앞을 서성거렸다. 어렸을 적에 본 조용하고 어딘가 모르게 묵직한 내 아버지 모습이다. 오늘 칸데 비치에서 가장 먼저 일출을 맞은 사람은 그와 나 둘뿐이었다. 젊은 친구들은 모두 늦도록 잠에 빠지고, 잠 없고 부지런한 동양인만 일출의 장관을 누린 셈이다.

어제 시작한 통돼지 바비큐는 오늘 낮이 되어서야 완성되었다. 마침 새침데기

말라위 호수에서 일출을 기다리다.

영국인 친구 리아가 생일이어서 누군가 즉석 케이크를 만들어 해변 모래밭에서 파티가 벌어졌다. 다 익은 고기를 다듬고 손질하는 사람은 믿음직한 크리스티다. 그는 듬직한 체구에 말이 없고 묵묵히 할 일을 찾아 하는 영국인 남자다. 팀 중에는 채식주의자도 있었지만 돼지 한 마리가 한 끼 식사에 바닥을 보일 정도로 식욕들이 왕성하다. 스물다섯번째 생일을 맞은 리아는 특별히 준비해 온 중국 전통의상을 입고 화장까지 하고 있었다. 그들의 파티 문화는 장소와 시간을 초월한다. 아니 어쩌면 파티를 즐기기 위해 사는 사람들인지도 모른다. 어두운 캠프에서 케이크에 불을 켜고 모두들 해피 버스데이 투 유, 해피 버스데이, 리아~' 생일 축하 노래를 부르며 술잔을 부딪쳤다. 곁에는 초콜릿을 넣은 바나나가 숯불에 구워지고, 화기애애한 대화와 싱그러운 웃음들, 파티는 식을 줄 모르고 늦도록 이어졌다.

어촌 가는 길

처음 칸데 비치에서 가장 궁금했던 곳은 북쪽 해변이었는데 오후엔 그 해변을 꼭 가 보고 싶었다. 멀리서 보면 마을이 있는 것도 같고, 주민들이 떼로 모여 있는 것 같기도 한 그곳, 사람들은 그곳에서부터 뭔가를 머리에 이거나 손에 들고 캠프장을 지나 다른 마을로 가곤 했다. 특히 바구니나 울긋불긋한 그릇을 이고 지나가는 여자들의 모습에서 내가 꿈꾸던 아프리카적인 색감을 발견하곤 했는데, 하루 종일 해변에 앉아 그들의 아름다운 모습을 지켜보는 것만으로도 나는 충분히 황홀했다. 그러나 무엇 때문에 그토록 많은 사람들이 아침부터 오후까지 북적거리는지 궁금했다.

한참을 걸어갔을 때 신선하고도 비릿한 냄새가 확 끼쳐 오며 비로소 윤곽이 드러나기 시작한다. 모두가 내 불량한 시력 탓이다. 그곳은 칸데 비치 어촌으로, 어업에 종사하는 사람들이 얼기설기 판자로 집을 지어 집성촌을 이루고 있었고,

마을 앞에는 백여 척의 와투가 모여 진기한 그림을 연출한다. 오늘은 바람 때문에 조업을 하기가 어려운 날인가 보다. 우리네 포구 그림이 그러하듯 마을 한쪽에선 어부들이 술병을 앞에 놓고 논쟁이 뜨겁고, 여자들은 바람 부는 해변에서 빨래를 하거나 아이들을 불러들이고, 노인들은 그물을 손질하고 있었는데 가까이 가자 금세 아이들 속에 둘러싸이고 만다. 장난 심하고, 잘 떠들고, 명랑 쾌활하고, 아무때나 안기는 이곳 아이들.

아이들 속에서 안데스 산맥 어디쯤에나 가야 만날 것 같은 붉은 원피스 입은 여자아이가 눈에 들어왔다. 나이는 열두 살. 귓속말로 이름을 묻자 '브렌다'라 했다. 역시 영어식 이름이다. 브렌다는 어른의 원피스를 입고 있었고, 머리는 또래들처럼 박박 밀었으나 웃음과 몸짓은 매우 야성적이고 반항적인 분위기를 가진 아이였다. 브렌다는 친구들이 뭘 하든 말든 혼자 신바람이 나서 온몸을 흔들어대며 춤을 추었다. 그러다가 뭔가 생각난 듯 까르륵 웃고 떠들며 안겨 오는 아이, 나는 여러 아이들 속에서 유독 분위기가 다른 브렌다와 단 둘만의 시간을 보내고 싶었으나 한꺼번에 많은 아이들이 달려드는 바람에 사진 한 장 제대로 찍을 수 없었다. 검은 피부에 하얀 웃음과 현란한 몸짓, 붉은 원피스. 모르긴 해도 이 아이에게선 집시의 피가 흐르지 않을까 싶었다.

나를 사로잡았던 저 붉은 원피스, 나는 이 아이에게서
뜨거운 집시의 피를 느꼈다.

아프리카 트럭여행·9

KAN DE BEACH / KAN DE BEACH CAMP

정해진 대본(아프리카에서 띄우는 편지 - 제9신)

김형, 사춘기 무렵 닥치는 대로 읽었던 삼류 소설에는 눈물나는 대목이 늘 정해져 있었습니다. 눈물은 정점이 아니라 누구나 정점 근처에서 미리 맛보는 것인 줄 알았는데, 우연히 친구들과 이야기를 나누면서 친구들과 내가 다르다는 것을 알았습니다. 언제나 앞서갔던 감정 몰입은 생을 참 김빠지고 재미없게 만들었습니다. 소설이 내게 너무 빨리 세상의 음지를 가르쳐 준 것이지요.

혼자 떠난 아프리카 여행도 크게 다르지 않습니다. 내가 어디서 누굴 만나고 무엇을 하고 무슨 생각을 하든 그것은 전적으로 내 안의 나와 적당한 타협점을 찾아내야 할 문제입니다. 어딜 가 봐야 그렇고 그렇겠지 하는 생각은 어쩌다 일상에서나 허락할 일이지, 시간을 아껴야 할 여행에서는 당연히 피해야 할 적입니다. 낯선 풍경을 만나 그 풍경 속으로 뛰어들고, 아이들을 만나고, 사람들의 다양한 표정을 읽어내는 하루하루 이 사소한 즐거움들이 지난 시간을 돌아보게 하고, 미래의 지향점을 제시해 주기도 하는 지금의 시간이 새삼 고마워집니다. 불행이, 있는 것을 외면하고 없는 것에 집착하는 그릇된 욕망에서 비롯된 것이라면 내가 아프리카행 차표를 끊을 수 있었던 것은 돈이나 시간이 아니라 나를 아끼는 나만의 사랑법이었는지도 모르겠습니다.

아프리카에 와서 아이들 때문에 몇 번 허물어질 뻔했습니다. 단지 헐벗고 가난해서가 아니라 뭐라고 표현하기 어려운 아이들의 눈, 무슨 말이 필요할까요? 아이들 눈 속에는 너무나 많은 말이 담겨 있는데 막연하지만 답이 있다면 여행이 끝날 때쯤 얻을 수 있지 않을까 생각해 봅니다.

나는 아침에 텐트에서 눈을 뜨면 가장 먼저 하늘을 봅니다. 그리고 내가 지금 어디에 있는지 잊지 않기 위해 흐린 눈을 닦고 푸른 세상과 인사를 나눕니다. 오늘 아침 텐트 주변을 맴도는 새소리에 귀가 열려 우주만물과 교감하는 축복을 누렸습니다.

저 푸른 초원을 팔랑거리는 나비라고 호기심과 소심함이나 슬픔 비슷한 것이 없겠는가. 호수의 물고기라고 용맹한 사자라고 외로움이 없겠는가. 저 새는 왜 하필 저 나무며, 저 아이는 왜 검은색 피부를 가지고 이곳에 태어났고, 지금 나는 왜 이곳에 있는가.

김형, 오늘 이 헛소리 읽으면서 내 몰골 상상해 보시기 바랍니다. ― 칸데 비치에서

원시 처녀들

저녁 무렵 호숫가에 나가면 빨래나 목욕을 하는 마을 처녀들을 흔하게 볼 수 있다. 그들의 빨래 요령은 간단하다. 대야에 물을 퍼 빨래를 설렁설렁 문지른 다음 호수에 들어가 헹구면 그만이다. 해가 있을 때 빨래가 끝나면 백사장 여기저기에 널고 빨래가 마르는 동안 물놀이 겸 목욕을 하는데, 인도 여자들이 사리로 몸을 가리고 갠지스로 뛰어드는 것과는 다르다. 이곳 처녀들은 누가 있든 말든 대낮에도 그냥 벗고 들어간다. 여자들이 목욕을 하면 남자들이 알아서 피하고 남자들이 목욕을 할 때면 여자들이 알아서 피한다. 아니면 서로 얼마간의 거리를 두고 못 본 척 그냥 목욕을 하기도 한다. 발가벗은 처녀들이 아이들과 낄낄대며 목욕하는 곳을 지나가면서 무안하고 부끄러운 사람은 오히려 나다.

고개를 다른 곳으로 돌리고 지나가다가 처녀들이 부르는 소리에 멈춰 서자 그들은 겨우 아래만 가리고 서서 사진을 찍어 달라고 조른다. 가슴엔 헹구지 못한 비누거품이 그대로 묻어 있고, 어깨에 번들거리는 윤기, 굵은 허벅지를 타고내리는 물방울은 매혹적인 야생의 원시성을 그대로 보여준다. 남자들이 저 모습을 보면 짐승 같은 욕정을 느끼는 것은 자연스럽고 당연하지 않을까 싶기도 하다. 곧 결혼을 할 거라고 했는데 나이를 물으니 열다섯 살이란다. 풍만한 젖가슴과 엉덩이가 너무나 탄력 있어 보인다. 허나 피어오르는 여자의 몸이란 조금씩 베

일에 가려졌을 때가 신비로운 법인데, 이곳 처녀들은 순수함은 있어도 너무나 당당한 나머지 수줍음이 없다. 오늘 나는 자신의 벗은 몸을 사진으로 보고 싶어 하는 호기심 많은 아프리카의 처녀들로 인해 주체할 수 없는 열정으로 카메라 셔터를 누르지 않으면 안 되었다.

> 호수에서 목욕하던
> 푸르디푸른 처녀들이 돌아가고 나면
> 이번에는 시퍼런 총각들 차례다
> 총각들은 처녀들이 흘리고 간
> 탱탱한 웃음으로 몸서리를 치고
> 아무 영문도 모르고
> 줄줄이 작살에 끌려 나온
> 죄 없는 어린 물고기들.

곤도웨이

해변에서 두 소녀 자웨네(12세)와 곤도웨이(13세)가 나를 위해 준비한 이벤트는 특별했다. '우렐레 우레헤~ 우렐레 우레헤~' 리듬에 맞춰 온몸을 흔들며 춤을 추는 것이다. 엉덩이와 손동작은 단순 그 자체지만 리듬만큼은 흥겹기 그지없다. 이들의 춤은 한 번 시작하면 쉽게 멈추지 않는다. 나중에 목욕하던 처녀들도 합세하고 근처 조무래기들까지 몰려와 해변은 금세 축제장으로 변했다. 신명이 몸에 밴 아이들 춤은 언제 보아도 재미있다.

춤이 끝나고 밝고 씩씩한 소녀 곤도웨이가 백사장에 벌렁 드러누워 가쁜 숨을 고를 때였다. 상의는 팔이 긴 푸른 셔츠를 입고 있었고 하의는 캉가를 두르고 있었는데, 낡을 대로 낡은 속옷 사이로 아래가 훤히 열려 있었다. 나는 곤도웨이가 창피해 할까 봐 장난스럽게 아래가 열렸다는 사인을 눈짓으로 보냈지만, 정작 곤도웨이는 그 말이 무엇을 의미하는지조차 모르는 듯했다. 내가 뭐라 할 수

카메라만 보면 달려드는 칸데 비치의 개구쟁이들,
얼마나 집요하게 따라다니는지…

록 낄낄거리며 아래 따윈 상관없다는 듯 가랑이를 벌린 채 재미있어 한다. 열세 살, 이제 사춘기에 접어든 소녀의 몸이라기엔 뭔가 일그러져 정상적이지 못했다.

그날 밤 텐트에 누워 곰곰 생각해 보니 곤도웨이의 아랫도리가 왜 그토록 측은하게 일그러져 있었는지 알 듯했다. 곤도웨이는 할례(割禮)를 받은 아이였다.

여성 할례

부족마다 차이를 보이지만 아프리카 풍습 중에는 여성에게 주어진 불합리한 관습으로 할례가 있다. 물론 그들 나름대로 의미를 지닌 풍습이다. 일반적으로 남성의 경우는 성기의 표피를 자르는 것이지만, 여성 할례는 남성과 크게 다르다. 보통 '여성 할례'라 하지만 더 정확한 것은 '여성 생식기 절단'이 맞는 표현이다. 아프리카뿐 아니라 지구 곳곳에선 아직도 사금파리나 무딘 연장을 이용한 여성들의 생식기 절단이 그대로 행해지고 있다. 관습에 따라 겉으로 드러난 음핵만을 절제하기도 하지만, 어느 지역에선 음부를 모두 드러내기도 한다. 시술은 대개 면허가 없는 의사나 자연에서 생겨난 종교를 따르고 지키는 마을의 주술사가 하는데, 이때 불결하고 비위생적 시술에 의한 과다출혈로 사망하는 경우도 있다. 이밖에도 음부 기형으로 고통을 받기도 하고, 감염으로 불임이 되기도 하며, 결혼 후 원만하지 못한 성생활에 고통을 호소하는 여성도 많다. 할례는 빠르면 생후 7일 만에 하기도 하나 보통 사춘기에 접어들면서 시술을 한다. 할례를 받은 소녀는 성숙한 여성으로 대우해 주고, 불완전한 자에서 완전한 자로 변한다고 믿는다.

아프리카에서는 이슬람의 영향이 강한 지역에서 성행하지만 그밖의 지역, 특히 서북아프리카 수단, 소말리아, 에티오피아 등지에서는 약 90퍼센트의 여성이 할례의식에 동참하고 있다. 여성 할례는 여성의 성적 욕구를 억누르고, 혼전 순결을 강요하기 위한 남성 중심의 사고에서 비롯된 것으로, 여성의 몸이 본능적 쾌락을 무시한 채 오직 출산의 도구로만 쓰이기를 강요한다는 것을 알 수 있다. 아프리카에서도 모든 부족이 할례를 하는 것은 아니지만 케냐에서는 주로 마사이, 삼부루, 키시, 메루족 등 부족공동체에서 행해지는 것으로 알려진다. 대개 할례는 종교적 의례로 행해지나 이는 결혼 전에 거쳐야 할 필수다.

노인의 웃음

포구 가는 길에 목욕을 하는지 수영을 하는지 저만치 노인의 발가벗은 뒷모습이 눈에 들어왔다. 그는 이웃마을의 노인으로 젊은 여자들의 눈을 피해 이쯤 떨어져 목욕을 하고 있는 듯 보였다. 검은 피부에 흰 머리카락과 수염이 고목에 내린 백설(白雪)을 연상하게 한다. 물속에선 파도가 일렁일 때마다 마른 장작 같은 몸이 따라서 휘청거렸다. 파도를 타면서 그리 즐거워하는 것인지 노인은 가끔 소리내 웃기도 했다. 나는 가던 길을 멈추고 모래사장에서 그를 구경하고 있었다. 그와의 거리가 1백 미터는 족히 되었으니 발가벗었다는 것은 알았지만 구체적인 표정을 읽기엔 애매한 거리였다. 하얀 포말 사이로 노인의 검은 몸이 앙상한 갈비뼈와 더불어 또렷한 각을 보인다. 살아 있는 것은 '둥글다'라는 정의는 수정되어야 할 것 같다.

한참 후, 목욕을 마친 노인과 마주 앉았다. 아무리 봐도 노인의 백발은 인상적이다. 내가 말할 때 그는 미소지었고, 그가 웃을 때 나는 침묵했다. 그의 손에는 너덜너덜한 수건 하나가 들려져 있었다. 나는 가방 속에서 닥치는 대로 낡은 수건을 대신할 수 있는 무엇인가를 찾고 있었다. 다행히 새 양말 한 켤레가 손끝에 딸려 나왔다.

"필요한가요? 가지세요."

양말 한 켤레에 더욱 화사해지는 노인. 그 모습이 하도 밝아서 사진을 찍어 보여주었더니 입을 가리고 두 발을 동동 구르며 웃는다. 고목 같은 얼굴 어디에 저런 웃음이 숨어 있었을까? 노인의 웃음 속에는 갓난아기에게서나 볼 수 있는 해맑은 빛이 깃들어 있었다. 얼마 후 노인은 반대편 마을로 사라졌다. 그날 이후 아프리카에 머무는 동안 잊을 만하면 그는 내 기억 속으로 찾아와 나를 미소짓게 만들었다. 온화한 얼굴은 사진으로 잡았으나 웃음은 잡을 수 없었던, 그날 그 해변에서 만난 노인.

무게 잡지 않는 인자한 만델라 할아버지와
인도 타지마할의 늙은 릭샤꾼을 닮은
칸데 비치의 노인
침묵은 항상 무겁거나 늘 가벼운 게 아니라서
때론 검은 벽돌로 쌓은 독방 같은 거라며
그래서 대책 없이 고독하기도 하고 쓸쓸한 거라며
노인의 어깨에 내려앉은 침묵이 말했을 때
천지에 가장 빛나는 햇살 한 줌이
그의 등에 꽂힌 걸 보았다

노을 속으로 걸어 들어간 노인이 호수에 몸을 담그자
호수가 두둥실 부풀어 올랐다
깡마른 노인의 벗은 몸이 팽창했다가 수축한다
그의 몸에서 떨어져 나온 비늘이 사방으로 흩어지니
지상에 반짝거리지 않은 것은 없다
허나, 노인이 지나간 자리에 남은 시든 사과의 쓸쓸한 향기
저 멀리 점으로 사라지는 노인의 그림자
끝내는 점도 그림자도 아닌 것이
'소멸은 없어지는 게 아니라 사라지는 건가요?'
그날 밤 텐트에 엎드려 일기를 쓸 때
노인에게 물어 보지 못한 걸 후회했다.

칸데 비치 소묘, 사진 소동

칸데 비치는 아름다운 곳이다. 더욱이 내가 머무는 캠프촌을 비롯해 양쪽으로 긴 백사장을 따라 이어지는 해변은 그냥 바라만 보아도 마음이 깨끗하게 정화되는 그런 곳이다. 호수는 얼마나 많은 물고기들을 품어 기르는지, 물속으로 들어가면 떼지어 다니는 어린 고기를 손으로 잡을 수 있을 정도니 물에 들어가면 나오고 싶지 않은 건 당연하다.

친구들은 저마다 이곳에서 즐길 수 있는 모든 놀이를 찾느라 분주하다. 캠프촌 앞 작은 섬으로 사람들은 배를 타고 나가 낚시를 하거나 요트를 즐기기도 한다. 섬은 여행자들에게 풍요롭고 아름다운 것을 꿈꾸도록 돕는다. 대부분의 여행자들은 마을이나 캠프촌 밖으로 나가는 일이 별로 없다. 그건 캠프촌 안에서 모든 걸 해결할 수 있기도 하고, 마을 주민들의 생활 같은 건 아무런 관심이 없다는 뜻이기도 하다. 그들은 자기가 하고 싶은 일만 하고 즐기고 싶은 것만 즐긴다. 칸데 비치는 물놀이뿐 아니라 한낮 뜨거운 백사장에 엎드려 일광욕하기에도 더없이 좋은 곳이다. 장기간 트럭여행에 시달려 온 유럽인들은 남녀노소 벌거벗고 아프리카의 태양을 만끽하며 휴가를 보낸다. 캠프촌을 지키는 몇 마리의 개들은 이미 여행자들의 기분을 다 읽고 있어서 함께 공을 던지며 물놀이도 하고, 혼자 있으면 곁에 와서 몸을 비비며 장난을 걸 정도다.

캠프 바에서 어제 저녁 만난 마을 촌장 후까마비리가 나를 기억하고 인사를 건넨다. 많은 친구들 속에서 나를 기억해낸 것은 순전히 피부색 때문이었을 게다.

늦은 오후, 바람 부는 호숫가에서 빨래를 하던 여자는 낡아서 한쪽 어깨가 드러난 상의를 입

길에서 만난 마을 청년.

106

고 있었다. 빨래는 그녀가 입은 상의만큼이나 낡아 있었고, 내 카메라 안에 들어온 그녀의 표정은 낡은 옷과 상관없이 행복해 보였다. 자기 사진을 들여다보고 웃는 모습도 그랬다. 이곳 아이들은 카메라만 보면 달려든다. 작살로 고기를 잡아 돌아가는 꼬맹이들이나 마을 청년들도 조금만 관심을 보이면 우르르 몰려와 포즈를 취하며 말을 거는데 그들의 첫마디는 항상 똑같다.

"What's your name? Please photo me. Please photo."

골목에 나가자 마을 아주머니들이 대기하고 있다. 사진을 찍어 달라고 하기 위해서다. 다시 그곳에서 30분쯤 지체하고 움직였을 때 마을 안내를 해주기로 한 윈스턴이 자기 집을 보여주겠다며 손을 끌었다. 붉은 벽돌로 지은 단층집인데 약 8평쯤 되는 크기다. 이 마을의 집들은 대부분 흙집인데 윈스턴의 집은 달랐다. 꽤 부자인 듯 자랑하고 싶어하는 윈스턴의 양해를 구하고 내부를 둘러보았다. 방 두 개에 복도로 쓰이는 좁은 공간이 하나, 작은 방은 아버지 어머니가 쓰고, 다른 방 하나는 할머니와 네 명의 동생이 함께 잔다고 했다. 대여섯이 잠을 자기엔 좁은 듯했으나 별 문제가 없다고 했다. 그런데 방이라고 보여준 집 안은 벽과 지붕만 있고 가구도, 변변한 이불도 없이 흙바닥에 보자기 같은 얇은 천 두어 장이 전부였다. 어디 숨길 만한 곳도 없으니 그게 전부인 셈이다. 지금은 겨울이라 저녁엔 두꺼운 슬리핑 백을 덮고도 조금 한기를 느낄 정도의 기온인데 어떻게 이불 한 채 없이 저렇게 살아낼 수 있는 건지, 그러나 입고 있는 옷이 전부인 윈스턴의 표정은 자신만만 밝기만 하다.

칸데 비치 장날이다. 시내 장터로 가는 길 주변은 온통 카사바 밭이다. 사람들은 밭일을 하다 말고 손을 흔들고, 머리에 짐을 인 여자들의 표정도 화사하기만 하다. 보디가드나 다름없는 윈스턴과 틴틴은 나를 위해 무엇이든 해줄 수 있을 것 같았다. 읍에 도착하자 먼저 병원으로 안내하더니 대기실에서 조금 기다리라고 한다. 무슨 영문인지 몰라 복도를 서성거리는데 문이 열리자 건장한 의사가 나를 안내했다. 의사는 몇 마디 질문을 던지더니 열심히 설명을 했다. 그 병원은 개인이나 국가에서 운영하는 것이 아니라 유니세프 기금으로 운영되는 병원이라는 것이다. 오래전부터 나와 인연을 맺은 유니세프가 지원하는 아프리카 현지 병원을 이렇게 두 발로 걸어와 말라리아에 걸린 환자와 그를 돌보는 의사를 만나고 있다는 것이 믿기지 않았다. 세계의 가난한 어린이들과 기아와 질병에 무방비로 노출되어 있는 빈민을 대상으로 차별 없는 구호정신을 슬로건으로 하는 국제봉사단체 유니세프, 설명이 끝나자 그는 기부 박스가 있는 곳으로 나를 안내했고 나는 기꺼이 몇 푼의 돈을 넣었다.

한참 후 윈스턴과 틴틴은 나를 인근 학교로 안내했다. 방학이라 학생이 없는 빈 교실에서 우리 셋은 서로 번갈아 가며 선생님도 되고 학생도 되었다. 나는 칠판에다 그 많은 단어 중 '대한민국'을 썼고, 윈스턴과 틴틴은 각각 자기 이름을 썼다. 병원 입구에서 어떤 남자가 가방을 열고 뱀 두 마리를 내 앞에 풀어놓아 혼비백산했는데, 학교를 견학하고 나와 보니 그는 아직 그곳을 떠나지 않고 있다가 나더러 뱀을 사란다. 이럴 수가!

더위에 지쳐 거리 이발소 옆 바에서 콜라를 마셨다. 윈스턴과 틴틴은 어느새 착하고 다정한 내 친구가 되어 있었다. 친구가 있다는 것은 세상에 내 편이 있다는 말이 아닌가. 그들을 앞세워 걷는 걸음이 넉넉하고 뿌듯하다. 돌아오는 길에 한 처녀를 만났는데 단연 눈에 띄는 미모다. 그녀는 틴틴의 마을 친구라고 했다. 누구 말처럼 사랑은 기침처럼 숨기지 못하는 법인지, 읍내로 데이트를 간다고 했는데 화려한 치장에 얼굴엔 기분 좋은 행복이 그대로 묻어났다.

"혹 당신, 미스 말라위?"

아니라며 쾌활하게 웃는다. 그녀가 기분 좋아하는 틈을 놓치지 않고 카메라를 꺼냈다. 고맙게도 좁은 길에 서서 포즈를 취해 주었다. 뒤로 물러나 있는 틴틴도 그녀도 나도 뜨거운 태양 아래에서 행복했다.

이제 칸데 비치 청년들은 내 얼굴은 물론 이름까지도 모두 기억한다. 처음 해변에서 그들을 만나 아시아에서 왔다고 했을 때, 그들은 인도 혹은 동양의 구도자(스님)를 떠올렸던 모양이다. 잠시 만나고 헤어지면서 다소곳하게 고개를 숙이며 두 손 합장으로 인사를 하는 게 아닌가. 처음엔 그 모습이 귀엽고 깜찍해 배를 잡고 웃었다. 그게 재미있었던지 해변에서나 마을에서나 기념품을 파는 가게에서도 만나는 청년마다 내게만 하는 인사법은 합장이다.

뭄주주 시장 풍경. 풍성한 과일과
곡물류가 주를 이룬다.

아프리카 트럭여행·10

CHITIMBA / CHITIMBA CAMP

뭄주주 시장 풍경(아프리카에서 띄우는 편지 - 제10신)

김형, 치팀바 오는 길에 뭄주주 재래시장에서 한 시간 정도 자유시간이 주어졌습니다. 드문드문 마른 땅에 아카시아나무가 자라고, 안쪽으로 허술하게 서 있는 건물들은 빈민가의 판자촌을 연상하게 했습니다. 나도 일행을 따라 난장으로 갔지요. 역시 시장은 활기가 넘쳤고, 이곳 사람들에게 피부색이 다른 동양여자는 여전히 구경거리였습니다.

여기 시장의 풍경을 그려 볼 테니 상상해 보시기 바랍니다. 산더미처럼 쌓인 바나나, 노란 망고, 빨간 토마토, 오렌지, 검은 아프까로, 코코넛, 고구마, 감자, 쌀, 카사바, 옥수수가루, 사탕수수, 구제품 옷, 아프리카 여자들이 입는 캉가, 마사이들의 옷 슈카, 울긋불긋 플라스틱 그릇들, 신발 수선, 자전거 수리점, 공중 화장실, 길거리 약초 병원, 함부로 들여다볼 수 없는 눈, 피부의 윤기, 박박 밀어 버린 머리통, 매혹적인 미소, 트랜지스터에서 흘러나오는 하쿠나 마타타의 격동적인 리듬, 머리를 긁적이는 촌부, 검은 봉지에 우르르 쏟아지던 토마토를 머쓱하게 바라보는 남자, 온갖 액세서리로 치장한 뚱보 아줌마, 화장실 앞에서 졸고 있는 여자, 무스탕을 입은 미녀, 흙을 먹고 있는 아이, 열일곱 살의 아기 아빠, 열세 살 아줌마, 어느 복서를 닮은 쌀 장수, 낄낄거리며 시장 구경을 하는 젊은 연인들….

시장을 돌아보고 시내를 막 벗어나려는데 경찰이 검문을 하려는지 차를 세우는 겁니다. 트럭 버스에 올라와 두리번두리번하더니만 하필이면 나보고 뭐라고 하는 겁니다. 뭐가 문젠가 싶어서 긴장하고 있는데, 이 정신 나간 경찰이 주소를 적어 주며 돌아가면 자기에게 편지를 하라는 것이 아니겠습니까. 차 안의 많은 백인 처녀들을 보란 듯 따돌리고 유독 내게 관심을 보인 이유는 지금도 미스터리입니다. 검지도 희지도 않고 젊지도 늙지도 않은 내게

111

필이 꽂혔던 걸까요.

　뒷좌석에 앉은 뉴질랜드 부부가 산 어른 키 크기의 기린 나무 조각이 차가 덜컹대던 통에 내 어깨를 덮쳐 가벼운 부상을 입었습니다. 그들도 걱정이 되었던지 자꾸 물어 보았지만 참는 것을 미덕으로 아는 한국 사람, 어디 엄살떠나요. 아팠지만 괜찮다고 그랬지요. 캠프에 도착해 옷을 갈아입을 때 보니 시퍼렇게 멍이 들었더군요. 말라위 경찰과 눈 한 번 맞춘 대가라 치고 잊으려는데 좀 아프군요. 약을 먹고 파스를 발랐는데 곧 괜찮아지겠지요.

　대자연의 파노라마는 언제 봐도 경이롭지만 여행중 인상적인 것은 역시 누군가를 만난다는 것입니다. 아이들이면 좋겠고 아이들이 아니어도 좋습니다. 이곳 치팀바에선 더 많은 아이들을 만날 것입니다.

　오늘은 7월의 마지막 날입니다. 8월에는 좀더 아름다운 아프리카를 만날 기대로 한껏 부풀어 있음을 전합니다. ― 치팀바에서

자연주의자

　뭄주주는 도시 규모도 컸지만 재래시장을 둘러보고서야 정말 큰 도시라는 것을 알았다. 우리네 재래시장과 크게 다르지 않은 시장은 옷이나 생필품은 물론 건물들은 허술했지만 많은 상품이 쌓여 있었고, 그밖에 카사바를 비롯한 곡물이나 야채, 과일 시장은 그냥 바닥에 펼쳐 놓고 사고 판다. 젊은 청년들은 치킨이나 감자튀김 같은 요리를 거리 포장마차에서 팔고, 아주머니들은 난장에 앉아 고구마나 바나나를 흥정한다. 건물 안쪽으로 들어가면 다닥다닥 붙은 가게들이 손님을 부르지만 화장실은 유료다. 화장실 입구에 들어서자 어두컴컴한 구석에 앉아 있던 여자가 흰 치아를 드러내며 손을 내민다. 돈을 주면 파란색 두루마리 화장지를 조금 주는데, 볼일을 본 다음 필요하면 알아서 쓰라는 거다. 대나무나 바나나 잎으로 만든 제품들이 눈에 뜨이고 울긋불긋한 플라스틱 그릇들도 시선을 끈다.

　시장 입구에 아카시아나무가 드물게 서 있어 사람들은 잎도 없는 아카시아나무 그늘 아래 앉아 담소를 나누며 오렌지나 카사바 같은 것을 팔기도 한다. 쌀

〉 장터에서 감자튀김을 팔던 청년.
〉〉 권투선수를 연상시키는 시장의 쌀장수.

장수 청년이 사진을 부쳐 달라고 주소를 적어 주었다. 개성 있는 표정이 인상파 복서를 연상하게 했던 그의 이름은 '쿰비카노(Kumbikano)'. 과일을 사라고 조르던 청년의 한 손엔 바나나가 다른 한 손엔 아프까로가 들려 있다. 나는 검디 검은 아프리카 사람들의 피부색을 닮은 아프까로의 맛이 궁금했으나 나중에 먹어 보고 생각보다 밍밍해 실망하고 말았다.

치팀바는 큰 도로를 사이에 두고 산 아래 마을과 호수 마을로 구분된다. 뒷산을 넘어가면 며칠 전에 들렀던 리빙스토니아 비치가 나온다고 했다. 큰길가로 허술한 야채 가게가 몇 있고, 그 옆에 눈에 띄는 바가 있는데 이름이 텍사스다. 마을 사람들은 그들이 어디에 있든 이방인들에게 관심을 보인다. 쉬라, 딘다우네, 마르, 세 아이가 나를 따라왔는데 목적은 한 가지다. 볼펜을 달라는 것이다.

치팀바 캠프는 다른 곳과 비교해 시설이 미흡하다. 우선 전기가 없고 화장실에는 수도꼭지는 있는데 정작 필요한 물이 없다. 물은 큰 드럼통에 호수에서 퍼온 물을 붓고 장작을 피워 덥혀 주는데, 그 물로 씻으려면 차라리 호수에 나가 몸을 담그는 편이 훨씬 낫다.

예감 좋은 하루다. 이른 새벽, 수평선으로 떠오르는 일출을 보려고 나가니 아직 아무도 없다. 이때다 싶어 옷을 벗고 호수로 뛰어들었다. 해는 6시에 하늘을 열었다. 새벽 바람은 차갑지 않았고 수온도 적당했다. 알몸으로 물속을 헤엄치고 있는데 저편에서 백인 노부부가 호숫가로 걸어오고 있었다. 얼마의 간격을 두긴 했지만 그들도 내 시선은 아랑곳 않고 옷을 벗고 물로 뛰어들었다. 그들의 머리는 백설이었고 몸은 비만하다 못해 대지를 향해 늘어져 있었지만 새벽 호수에서 나누는 두 사람의 알몸 포옹은 더없이 아름다웠다. 아마 그들도 나 같은 자연주의자들인지, 낮에 캠핑카 앞에서 만났을 때 그들이 나를 알아보고 몹시 반가워했다. 동지애를 느꼈던 것인지.

말라위 전통배에 계속 마음이 끌린다. 새벽 호숫가에서 본 몇 척의 배들도 모두 같은 모양을 하고 있었다. 오후에 이 마을에서 가장 오래 배를 만들었고 그의 솜씨를 따를 사람이 없다는 목수를 만났는데, 어제는 어린 아들과 배를 다듬더니 오늘은 친구 조제프(Joezef)가 곁에서 거들어 주고 있다. 목수의 날렵한 손놀림은 부지런해 보였고, 진지한 대화와 눈빛에서 재주꾼이라는 걸 의심하지 않게 했다. 그는 아주 어렸을 때부터 아버지를 따라 그 일을 배웠는데 지금은 어린 아들에게 가르쳐 주고 있다고 한다. 이름은 '스파크 뭄소유야(Spark Mumsowoya)'. 보통 작은 배 하나를 만드는 데 열흘 정도 걸리지만 그 이상 걸리기도 한다고 했다. 뭄소유야는 친절한 아저씨였고, 마을 사람들은 그를 장인이라고 불렀다.

자연을 닮은 아이들과 놀다

오전엔 팀 동료를 따라 등산을 하기로 했다. 왕복 5시간이 소요되는 등산을 지원한 사람은 나를 포함해 여덟 명이었다. 약속된 시간, 등산화를 꺼내 신고 물과 샌드위치를 준비한 뒤 동료를 따라 마을 신작로를 지나 1킬로미터쯤 걸었을까. 염려했던 무릎에 이상이 생겼다. 친구들에게 짐이 되는 것이 두렵고 미안해 산행을 포기하지 않으면 안 되었다. 하지만 그 길로 곧 캠프촌으로 돌아올 수는 없어 혼자 산 아래까지 천천히 걸어 보기로 했다. 아니나 다를까, 아이들이 하나 둘 모여들더니 나를 따라다니는 친구들은 순식간에 열 명이 넘었다.

나는 아이들을 앞세워 이집저집을 기웃거렸다. 마을엔 갓난아기에게 젖을 물리는 젊은 아기 엄마들을 많이 볼 수 있었는데, 그들은 대부분 스무 살 안팎의 어린 나이로 일찍 결혼을 하여 여러 명의 아이를 키우고 있는 것이다.

마당에 망고나무가 있는 집 앞을 지나는데, 누군가 뒤에서 부르는 사람이 있었다. 그는 노란색 브라질 축구팀 유니폼을 입고 있었는데, 이름이 랍손(Rabson)으로 나이는 서른 살이었다. 마당에 몇 명의 아이들이 함께 있었는데 모두 자신의 아이는 아니라고 했다. 어린 그의 아내는 남편의 말을 잘 들었다. 그런 그가 나를 부른 건 자신의 가족사진을 찍어 달라는 부탁을 하기 위해서였다. 그는 아내를 부르더니 마당에 차렷 자세로 아이를 안고 곁에 서라고 명령했다. 가족사진을 찍으려는 그의 손에는 작은 카세트 라디오가 들려져 있었고, 머리는 이상한 수건으로 멋을 부렸다. 나는 아이들 속에 섞여 나도 모르게 그만 웃음이 터져 나왔다. 가족사진을 찍는 데 가장 자랑하고 싶은 게 카세트인가 보다 그렇게 생각했는데, 안으로 들어가더니 도무지 이해할 수 없는 이상한 가발 하나를 다시 가지고 나와 근엄하게 폼을 잡더니, 이번에는 아내를 곁에 세우고 자기는 의자에 앉아서 종이를 손에 들고 뭔가를 읽고 있는 심오한 표정 연기를 하며 사진을 찍어 달라 하지 않는가. 나는 그의 모습이 하도 재미있어 배꼽을 잡느라 제대로 된 사진을 찍을 수가 없었다. 나중에 사진을 보여주었더니, 매우 흐뭇해 하며 주소를 적어 주고는 가장 먼저 카세트부터 안으로 모시고 들어갔다.

마을 끝집에 멈췄을 때 한 남자가 마당에 앉아 있었다. 인사를 나누며 킴이라 했더니 그가 반색하기에 왜 그러느냐 물으니 자기 이름이 '아킴(Aackim AMC)'이란다. 그의 어린 딸 브렌다는 마당에서 카사바를 나무 절구에 빻고 있었다. 나를 따라온 아이들은 아킴의 마당에 주렁주렁 달려 있는 열매를 따기 위해 나무

나를 배꼽잡고 웃게 만들었던 가족.
남편 랍손은 이 사진을 위해 가발을 쓰고 손에는
책과 거울을 들고 심오한 포즈를 취하고, 아내는
뭐니뭐니해도 카세트가 최고라며 카세트를 들고 있다.

위로 올라가고 있었지만 아무도 말리는 사람은 없었다. 땅콩처럼 생긴 열매를 아이들이 따서 먹어 보라고 주었는데 너무 시다. 열매 이름이 '무사파(Musapa)' 인데, 비타민이 풍부하고 더위와 갈증 해소에 좋다고 한다. 아킴의 집에서는 치 팀바 마을 앞에 바다처럼 펼쳐져 있는 호수가 한눈에 내려다보이고 뒤로는 큰 산이 버티고 있다.

한나절 따라다니던 아이들은 점심때가 되어서도 돌아갈 생각을 않는다. 그래 서 차례대로 아이의 생김새와 특징과 이름을 받아 적으며 독사진을 찍어 주기로 했다. 저마다 각각 멋진 포즈를 취하며 좋아하던 아이들이 눈에 선하다.

미사(Misa, 12세)-짧은 머리에 얼룩무늬 옷. 사보니(Saboni, 10세)-노란색 셔 츠에 찢어진 반바지. 페레진(Pelejin, 10세)-줄무늬 셔츠에 인도 스님 같은 인상. 브렌다(Blenda, 12세)-몹시 마른 녀석, 내 손을 끝까지 놓지 않으려던. 위디 (Widi, 8세)-등판 없는 파란 상의. 네우이티(Newueiti, 10세)-상의를 입지 않은 터프가이. 게셀리아(Gesellia, 6세)-노란 원피스 차림에 웃음이 인상적인. 브렌 다 곤드웨이(Blenda Gondwey, 7세)-말없이 따라만 다니던 블랙 원피스. 판데이 (Panday, 7세)-낡은 노란 셔츠. 옹가니 곤드웨이(Oingani Gondwey, 10세)-빨간 티, 너덜너덜한 바지. 브렌다(Blenda, 11세)-흰 셔츠 입은 예쁜 아킴의 딸. 무이 싸(5세)-몸에 상처가 많은 벌거숭이. 브렌다(Blenda, 10세)-찢어진 체크무늬 셔 츠. 고트윈(Goetwin, 8세)-끝까지 내 손을 놓지 않던 아이. 바하트(Bahat, 13 세)-잘 웃고 잘 떠드는 수다쟁이. 막스웰(Magswel, 12세)-찢어진 반바지. 마이 티(Maite, 6세)-웃음이 인상적인 흰색 치마. 마기 엔도비(7세)-옷감보다 구멍이 더 많은 원피스.

사진과 아이들의 인상을 혼동하지 않기 위해 이름 옆에 인상착의를 적어 놓고 보니 아이들이 더욱 정다워진다. 많은 아이들 중에 열 살짜리 페레진은 인상이 정말 독특한 아이였는데, 그 아이는 인도에서 만난 어느 라마승을 상기시켰다.

부모 중 어느 한 사람은 인도계 혈통을 가졌을 것이다. 내가 저를 관심 있게 보고 있다는 걸 알았을까. 얼마나 집요하게 따라다니는지, '킴! 사진 한 번만 더, 딱 한 번만 더!'

오늘은 하루 종일 아이들 사진을 찍어 주느라 곤혹스러웠다. 집과 집으로 이어지는 길들이 제법 험한데 그 마을에도 역시 신발을 신은 아이는 하나도 없다. 온전한 옷을 입은 아이도 찾아볼 수 없다. 있다면 언제나 검은 피부에 반짝반짝 빛나는 눈과 해맑은 웃음이다.

저녁에 텐트에 누워 낮에 찍은 사진들을 돌려 보며 수첩에 적은 아프리카 아이들의 이름을 하나하나 호명해 본다. 더러는 아프리카 냄새가 나고 더러는 식민지 냄새가 난다. 돌아가면 기억 속에서 나를 즐겁게 할 가난한 아이들의 많은 이름과 눈빛.

오전에 이동한 구간은 고무나무 숲이 끝없이 이어졌다. 원주민들이 길 옆에서 생고무로 공을 만들어 팔고 있길래, 여행이 끝나 이 트럭 버스를 떠날 때까지 가지고 놀 공 하나를 샀다. 오후엔 성을 쌓아 놓은 듯한 산정을 지나 석탄을 채굴하는 광산촌을 지났다. 사람도 석탄도 산도 나무도 모두 검다.

***

다락방에 들어가다가 느닷없이 거미줄이 목을 졸라 올 때, 존재가 연탄 부엌 국자 안에 고인 먼지 같다고 느껴질 때, 혼에 뼈대를 세우는 일이 벅차게 느껴질 때, 마음에 바를 연고를 찾았을 때, 배워야 할 슬픔이 넘칠 때…. 쓰다만 시는 언제 다시 쓰나.

아프리카 트럭여행·11
CHITIMBA / CHITIMBA CAMP

신만이 영혼을 읽을 수 있는 것은 아닌 듯(아프리카에서 띄우는 편지 - 제11신)

김형, 오늘은 바람이 좀 심한 하루였습니다.

어제부터 마을에 나가면 나를 따라다니던 아이가 있었는데, 오늘은 카사바 반죽 같은 것을 먹다가 나를 보자 자꾸만 그걸 먹으라는 겁니다. 몇 번을 권했으나 선뜻 받질 않자 약간 실망한 듯한 아이 눈에는 "이렇게 맛있는 걸 왜 안 먹어"라고 씌어 있었습니다. 부끄럽게도 끝내 나는 그것을 받아 입으로 가져갈 수 없었습니다. 사실은 더러운 손에 다닥다닥 붙은 파리떼와 시커먼 먼지 때문이었는데, 내가 아이의 청을 거절했던 이유는 궁색하게도 한 가지였습니다. "고마워. 그런데 난 배부르니까 너나 많이 먹어." 이 말로 손사래를 치는 나를 보고 아이는 무슨 생각을 했을까요.

이곳 아이들의 눈은 왜 그토록 맑습니까. 아이들과 놀면서 나를 돌아보게 됩니다. 그리고 신만이 영혼을 읽을 수 있는 것이 아니구나 하는 생각을 하게 됩니다. 나이든 사람에게도 천진성 같은 것이 있을지 모르지만 불행하게도 탐욕에 가려 그것을 누리지 못합니다. 나는 이곳 검은 아이들의 맑은 영혼 속에서 자연의 운행을 영민하게 읽고 그로 인해 내 영혼도 차츰 맑아지는 걸 느낍니다. 우리가 문명으로 보다 더 가까이 가려 발버둥칠 때 이곳 아이들은 스스로 자연이면서도 자연에 보다 가까이 가려는 듯 보입니다. 우리와 다른 모습이지요.

마을에 나가면 아이들은 서로 경쟁이라도 하듯 달려들어 내 손부터 차지하려고 쟁탈전을 벌이지만, 자리를 잡고 앉으면 어느새 누군가는 내 머리칼을 만지고 있습니다. 남자아이들뿐 아니라 여자아이들조차도 모두 박박 밀어 버린 자신들의 머리와 다른 내 머리를 매우 부럽고 신기해 합니다. 그러면 나는 아무것도 없는 그들의 민머리를 쓰다듬어 주곤 하지요. 그

119

이런 아이들을 만나지 못했다면
내 여행은 얼마나 메말랐을까.

런 아이들을 어떻게 외면할 수가 있겠습니까. 보면 볼수록 연민이 생길 뿐이지요. 하지만 어차피 한 번의 짧은 인연이니 마음 깊은 정은 나누지 않을 것입니다. 물론 아이들도 헤어지기만 하면 금방 잊을 것이니 그것은 그리 신경 쓰지 않아도 될 문제지요.

오늘 그래도 내가 위안을 얻은 것은 '모세'라는 소년에게 그가 원하는 꿈 하나를 작은 선물로 주었다는 것입니다. 언젠가 김형에게 모세를 소개시켜 주면 좋겠다는 상상은 나를 미소짓게 만듭니다. 지금 이 행복 바이러스가 멀리 있는 형에게 전해지기를 바랍니다.

이곳에서 학교를 다니는 아이들은 정말 복 받은 아이들입니다. 학교가 끝나면 책보자기를 허리에 질끈 묶고 카사바 밭을 지나 좁은 숲길을 걸어 집으로 돌아가는 풍경은 언제 보아도 그렇게 푸근할 수가 없습니다. 예전엔 우리도 그랬잖아요. 삼삼오오 짝을 지어 메뚜기 뛰는 논둑을 지나 고개를 넘어 엄마가 기다리는 굴뚝에 연기 피어오르는 초가집으로 돌아가던 그 향수⋯.

새로운 것, 문명적인 것은 우리의 정서를 달뜨게 하지만 오래된 것, 옛것은 정서를 순화시키고 심신을 가라앉히잖아요. 아프리카 도처에서 우리의 과거를 만나고 있으니 이것이야말로 얼마나 복된 일입니까. 그래서 이 불편을 기꺼이 참아내고 있는지도 모르겠습니다. 그리고 지금은 속도에 지배당하는 일상을 벗어났다는 사실 하나만으로도 충분히 좋습니다. ─ 치팀바에서

모세의 꿈

유난히 물을 좋아해서일까. 칸데 비치에서의 며칠은 바람처럼 흘러갔다. 고마워라, 다시 동북으로 이동하는 동안 호수는 한 번도 오른쪽 명치끝을 떠나지 않았다. 말라위는 그리 큰 나라가 아니지만 전체 면적의 3분의 1이 호수라는 이유만으로도 충분히 예감이 좋았다. 내륙에 속해 바다가 없는 대신 호수가 있고, 내전이 없는 민주공화국으로 기후는 온화하고 사람들은 유순하고 정이 넘치며 친절하고⋯. 나는 호수에 대한 상상력을 한껏 부풀리며 이곳까지 왔었다. 그러나 말라위는 한껏 부푼 기대보다 더 아름다운 곳이 아닌가.

"전 워크맨을 좋아하는데 선물로 그것을 제게 주실 수 없을까요(I like walkman please send to me as gift from Kim)."

모세 리렌다(Moses Nyrenda)로부터 메모를 받은 건 처음 그를 만나 10분도 채 안 된 치팀바 해변에서였다. 오늘 아침 떠나기 싫은 칸데 비치를 출발해 도중에 뭄주주를 지나면서 재래시장을 둘러보고 꽤 긴 시간을 길에서 보냈는데도 늦지 않게 치팀바에 도착할 수 있었다. 칸데 비치만큼은 아니지만 치팀바도 해변을 끼고 있어서 인상이 좋다. 급하게 텐트를 치고 해변으로 나가 보니 몇 명의 마을 아이들이 눈에 띄었다. 세 명의 아이들이 내게 다가왔고 그중 한 명이 열여덟 살 고등학생 모세 리렌다였다. 그는 자기가 직접 만든 구리 팔찌를 팔기 위해 동생을 앞세워 접근해 왔다. 그러나 나는 그들이 팔고자 하는 물건을 기분좋게 거절하는 방법을 이미 터득하고 있었다.

"이 팔찌 두 개에 1달러 달랠 거지? 미안해, 어제 나는 충분히 샀거든."

보통 그 정도 되면 아이들은 입을 다문다. 그리고 몇 마디 대화가 오고 갔을 뿐인 내게 불쑥 쪽지 한 장을 내밀었다. 그의 표정은 특별히 무겁거나 진지해 보이지도 그렇다고 가벼워 보이지도 않았고 다만 자기의 희망사항을 말하는 것뿐이라는 일상적 어투였다. 나는 좀 의아했다. 처음 보는 동양인 여자에게 워크맨을 선물 받고 싶다고 당당하게 말할 수 있는 당돌하고도 자유로운 사고는 어디서 온 것일까.

그의 쪽지에 내가 관심을 보이자 설명이 이어졌다.

"헤이 킴. 워크맨이 뭔지는 알죠? (모세는 손에 워크맨을 들고 이어폰을 끼고 음악을 듣는 시늉을 하며 흥얼흥얼 리듬에 맞추어 몸을 움직이기 시작했다. 마치 지금 이어폰 속에서 그가 좋아하는 가수의 노래가 흘러나오는 것처럼.) 난요, 워크맨 하나 갖는 것이 꿈이에요. 소원이라구요. 그런데 너무 비싸서 가질 수가 없어요. 왜냐면 난 돈이 없으니까요. 아마 앞으로도 가질 수 없을 걸요. 만약 킴이 한국으로 돌아가 내게 워크맨을 보내 준다면 나는 정말 너무너무 행복할 것 같아요. 어쩌면 이 세상에서 제일…."

모세는 '만약'이라는 말과 '너무너무 행복'이라는 말을 강조했다. 그리고 내 앞에서 틈만 나면 두 눈을 지그시 감고 음악에 도취한 듯 매우 행복한 표정을 지어 보였는데, 그의 표정만으로도 나는 그가 얼마나 워크맨을 갖고 싶어하는지 알 수 있었다.

나는 우리 집 아이들 서랍마다 굴러 다니던 몇 개의 워크맨을 떠올리며 물었다.

"그거 얼마지(이럴 때 나는 정말 인내가 부족하다)?"

내 말이 끝나기가 무섭게 모세의 입가에는 미소가 번졌고 눈빛 또한 살아나기 시작했다. 곁에는 모세의 친구 모지스(Mozis)와 얼굴이 다른 동생도 함께 있었는데, 다음 여행지로 탄자니아에 갈 거라고 했더니 필요할 거라며 몇 마디 스와힐리어를 가르쳐 주었고, 그날은 그쯤에서 헤어졌다.

앞으로 이틀 더 치팀바에 머물 예정이니 서두를 필요가 없었고, 만일을 생각해 특별히 기대하지 않도록 결정적인 말 또한 아꼈다. 대신 내일 모세가 갖고 싶다던 워크맨이 도대체 어떤 건지 가게에 가서 내 눈으로 직접 한 번 보고 싶었을 뿐이다.

"너 동양의 대한민국이라는 나라 알기나 해?"

나는 모래밭에 세계지도를 그려 놓고 말라위와 한국의 위치를 손가락으로 그려 넣으며 물었다.

"그럼요, 월드컵을 치른 부자 나라잖아요."

나는 '부자 나라'라는 말에 피식 웃음을 터뜨렸다.

"그럼, 한국 사람 만난 적 있어?"

"아니요, 킴이 처음이에요."

다음날 해변에서 모세를 만났지만 더 이상 팔찌에 대한 이야기는 없었고 오직 워크맨에 대해서만 말했다. 그는 잘 웃고 잘 떠들었지만 표정에서 어떤 음모나

나로 하여금 워크맨을 선물하게 했던
모세와 그의 친구.

기분 나쁜 배후는 느껴지지 않았다. 생각해 보면 나는 이미 너무나 순수한 모세
에게 반해 있었는지도 모른다.

그가 잠시 호수를 바라보고 있을 때 툭 한마디 던졌다.

"모세, 오늘 오후에 우리 워크맨이나 보러 갈까?"

"정말이요?"

눈이 휘둥그래진 녀석의 입이 금세 귀에 걸렸다.

오후 약속 시간에 맞추어 마을 입구에서 모세가 나를 기다렸다. 그가 워크맨
파는 가게라며 안내했을 때, 주인은 자신의 일처럼 신바람이 나서 관심을 보였
지만 끝내는 물건이 없다며 아쉬워했다. 가게 주인은 모세가 워크맨을 가질 수
없다는 사실보다 얼마라도 돈을 벌 기회가 사라진 것에 대한 서운함을 감추지
못했다. 그곳은 잡화를 파는 구멍가게였는데, 겉으로 봐도 그런 전자제품을 팔

만한 곳은 아닌 듯 보였다. 마을을 다 뒤졌지만 모세가 갖고 싶어하던 워크맨은 어디에도 없었다. 지금까지의 백인 여행자들이 그러했듯 내일이면 내가 치팀바를 떠난다는 것을 아는 모세는 겉으로는 싱글벙글 웃고 있었지만 아마 속은 타들어 갔을 것이다.

숙소로 돌아와 해변에서 수영을 하고 있는데 모세가 나를 불렀다. 어디서 구했는지 낡은 워크맨 하나를 들고 와 보여주면서 설득하기 시작했다. 묵묵히 설명을 듣고 있던 나는 드디어 모세에게 분명한 내 뜻을 설명하지 않을 수 없었다.

"모세, 워크맨을 선물하고 싶은 건 사실이야. 그런데 이건 너무 낡았어. 아주 고물이잖아. 나는 새것을 원해. 알았니? 이를테면 성능이 좋은 '메이드 인 코리아' 같은 것을 선물하고 싶다구!"

얼마 후 다시 나타난 모세의 손에는 새것은 아니지만 조금 전보다 나은 워크맨이 들려져 있었다. 곁에는 친구도 있었고 '메이드 인 차이나'의 중고 워크맨을 취급하는 가게 주인도 따라와 설명을 거들었다. 이제 더 이상 방법은 없어 보였다.

"그래 좋아, 이거라도 네가 좋다면."

나는 가게 주인한데 직접 돈을 지불하고 워크맨을 받아 모세에게 건넸다.

"자. 여기 있다. 킴의 선물이야. 그런데 조건이 있어. 첫째는 한국을 기억해주는 것이고, 두번째는 그렇게 좋아하는 음악 실컷 듣는 대신 공부 더 열심히 하는 거야, 알았지? 공부 많이 해서 워크맨보다 더 큰 꿈을 가지란 말이야. 네가 열심히만 하면 다음엔 한국산 엠피스리, 아니 그보다 더 좋은 것도 문제없어."

내 부탁과 함께 워크맨을 손에 쥔 모세는 행복감을 숨기지 못한 채 이어폰을 귀에 걸고 깃털처럼 가볍고 화사한 모습으로 겅중겅중 하늘을 향해 뛰어올랐다. 이마를 적신 땀이 태양에 번들거리며 윤기를 더했다. 저 명랑 쾌활한 소년이 가지고 싶은 워크맨을 손에 들고 음악에 도취된 모습이라니!

그 순간 떠오르는 장면 하나가 있었다. 영화 「샤인(Shine)」속의 주인공, 맨 가슴을 풀어 헤친 바바리 코트의 주인공, 제프리 러쉬가 열연한 데이비드 헬프 갓(David Helfgot)의 연주, 라흐마니노프 피아노 협주곡 3번 d단조가 흘러나오면 서 느린 동작으로 새처럼 하늘로 날아오르던 바로 그 장면, 음악 아니면 아무것 도 사랑할 수 없었던 헬프갓, 아니 자신의 음악 속에서 천국과 지옥을 함께 누 렸던 사람.

불행은 정말 불행해서가 아니라 곁에 있는 행복을 찾아내지 못했을 그때가 아 닐까. 나는 모세의 표정을 읽으며 전율하고 있었다. 꿈을 이룬 모세만이 아니라 선물을 받고 좋아하는 그를 보면서 내가 느낀 것이 진짜 행복임이 분명했다.

소란했던 주위가 조용해지고 정신을 차리고 보니 구리 팔찌 두 개가 내 손에 들려져 있었다. 처음 모세를 만났을 때 내게 사라고 했던 그 팔찌다. 사양했지 만 끝내 선물이라며 놓고 간 팔찌 두 개가 햇살에 반짝거렸다. 나는 한국으로 돌 아가 말라위 치팀바 호수 마을에 사는 열여덟 살 소년 모세가 만든 구리 팔찌를 내 아이들이 끼고 행복해 할 모습을 상상하고 있었다. 모세의 행복이 내 딸들에 게 그대로 전해지리라.

아프리카 트럭여행·12
CHITIMBA / CHITIMBA CAMP

평등한 아름다움(아프리카에서 띄우는 편지 - 제12신)

김형, 오늘 저녁 말라위 호수를 보면서 모두 평등하게 아름답고 모두 평등하게 눈부셨으면 하는 소망을 신께 빌었습니다.

낮에 캠프에서 일하는 흑인 종업원을 야단치는 백인을 유심히 관찰했습니다. 야단을 치는 사람은 이 캠프의 주인일 테고 야단을 맞는 사람은 이곳에서 일하는 현지인이겠지요. 무엇을 잘못했는지는 모르지만 내가 안타까웠던 것은 몹시 겁에 질린 종업원의 표정이었습니다.

사실 흑인에 대한 백인의 시선은 겉으로는 별로 표시가 안 납니다. 그러나 자세히 보면 다릅니다. 이들의 태도는 불편이나 귀찮음이 아니라 일방적인 무시입니다. 이러한 현상들은 도처에서 눈 속의 가시처럼 나를 불편하게 만듭니다. 나는 흑과 백 어느 편도 아니지만 굳이 선택하라면 흑 편이겠지요. 이유를 들자면 아직은, 아니 앞으로도 영원히 흑은 약자일 테니까요.

그러나 크게 걱정은 안하렵니다. 이곳도 꽃이 피고 새가 울고 사람이 마을을 이루고 사는 곳인데요, 뭐. 흑인들이 가지고 있는 천성 중에는 내가 정말 부러워하는 낙천성이 있습니다. 이곳 사람들은 누가 뭐라 해도 하쿠나 마타타(문제없다)입니다. 오늘 야단맞고 상심했을 그도 내일이면 처음으로 돌아가 있을 것입니다. 문제라면 보지 말았어야 할 것을 내가 보았다는 것뿐이지요. 이런 생각을 하느니 차라리 여름이 오면 이 마을 망고나무에 얼마나 많은 망고가 달릴까 상상하는 일이 더 낫겠습니다.

처음 칸데 비치에 이어 치팀바에서 다시 와투(전통배)를 보았을 때 나는 배가 가지고 있

해변가의 고성

는 곡선에 반했습니다. 호숫가 백사장에 올려 놓은 와투가 게으른 물개를 닮았다고 생각했는데, 다시 보니 물개보다는 우리의 선, 그러니까 가장 한국적인 선을 가지고 있음을 발견하고는 혼자 감격하고 혼자 놀랐습니다. 와투는 영락없는 조선 어머니 고무신과 버선코의 부드러운 선을 닮았습니다. 자연적인 색감, 날렵하되 둥글고 둥글되 무디지 않은, 왜 와투가 아무리 봐도 질리지 않는지 이제야 그 답을 찾았습니다. 이곳 치팀바에서 와투 제작의 일인자라는 목수를 만나 도끼 하나로 배를 다듬는 것을 지켜보면서 아무 치장 없는 자연 그대로의 와투가 더욱 좋아졌습니다.

다시 말하지만, 나는 와투를 발견하는 순간 아프리카가 어머니의 땅이라는 나름의 해석과 믿음을 가지게 되었습니다. 투박하고 거친 것 같으면서도 모두 내주고 인내하고 보듬어주고 기다려 주는 대지, 그곳이 바로 내가 찾아낸 아프리카입니다. 와투를 실컷 볼 수 있어서 좋았던 치팀바는 오늘이 마지막입니다. 내일은 이닝가노 갑니다.

오늘 저녁에 만난 호수는 왠지 혼자 받은 밥상처럼 쓸쓸해 보입니다.

굿 나잇! ── 치팀바에서

저녁 7시와 8시 사이, 치팀바 풍경

물기침 쿨럭대던 호수는 잠들어 고요하고
반딧불이 몇
망고나무 가지에서 춤출 뿐
마을은 암흑이다

검은 사람들은 암흑을 두려워하지 않는다
자기 안으로 드는 길을 아는 이들에게
암흑은 에너지요 생산과 연결되는 구원의 빛이기 때문이다
골목엔 집으로 돌아가는 사람들의 발소리
그릇 달그락거리는 소리도 멎고
천사 같은 아이들은 맨바닥에 발을 포개고 누워
불빛 없는 방에서 가르랑거리며 잠들어 있다
아무도 이 정적에 틈입할 수 없는

아프리카의 겨울밤
그러나 어느 창문 없는 집 아랫목에선
잠 못 이루는 어른도 있으리라.

나는 내 머리가 너무 싫어

마른 카사바를 나무 절구에 빻고 있는 그녀는 보통의 여자들이 그러하듯 짧은 머리칼을 바싹 당겨 전체를 땋고 있었다. 곁에는 절구질을 방해하는 젖먹이가 있었지만 배를 보니 또 만삭이다. 얼마 후, 그녀는 카사바 가루 묻은 손으로 내 머리를 만지고 있었다. 예기치 못한 행동에 놀라 돌아보니 그녀의 표정엔 아이들과 다르지 않게 부러움과 절망이 반죽되어 있다.

"당신 머리도 예쁜데요, 뭐."

그녀는 내 말이 끝나기가 무섭게 고개를 저었다.

"아뇨, 내 머리는 미워요. 싫어요. 나도 당신 같은 머리를 갖고 싶다구요."

그녀는 한참 내 머릿결을 만지고 쓰다듬는 일을 계속했다. 그의 얼굴에는 평소 다른 머리를 꼭 한 번 만져 보고 싶었던 소원을 마침내 이룬 사람처럼 기쁘면서도 허탈한 미소가 스쳐 갔다. 잠시 후 그녀는 다시 자리로 돌아가 절구질을 계속했다. 내 머리에서 여전히 시선을 거두지 못한 채.

그들은 피부색 못지않게 곱슬거리는 머리칼을 신의 저주, 좀더 심하게 말하면 천형으로 받아들이는 것 같다. 일찍이 식민지시대에 보아 왔던 유럽인들의 금발이나 비단 같은 아랍인들의 검은 머릿결은 애초 그들이 아시아나 유럽인들과는 다른 삶을 부여받았다는 불행한 인식을 갖게 만들었다. 시골에 거주하는 젊고 가난한 여자들의 얼굴에는 밝은 천성과 어두운 그늘이 대조를 이룬다. 때론 너무 밝아서 오히려 어두워 보일 만큼.

130

아이와 휴지

넘어졌는지 한 아이 얼굴에는 제법 험한 상처가 있었다. 덧난 상처에 고름까지 고였다. 안쓰러워 닦으라며 얼른 휴지를 꺼내 주었다. 집에서 가져간 꽃무늬 두루마리 휴지였는데, 아이는 휴지를 받고도 좀처럼 쓸 생각을 하지 않았다. 나는 다시 닦으라는 시늉을 해 보이며 다그쳤다. 그래도 녀석은 진물과 고름은 닦을 생각은 않고 계속 휴지를 뺨에 살살 대 보고 문지르는 시늉만 하는 것이 아닌가. 알고 보니 녀석은 그게 너무 부드러워 상처를 닦기에는 아까웠던 것이다. 마을 아이들과 구르며 뛸 때도 녀석은 세상에 그렇게 부드러운 것은 다시없는 듯 손에 쥐고 있던 휴지를 대 보기만 할 뿐 끝내 쓰지는 않았다. 나는 아이 맘을 그렇게 이해했다. 녀석에게 휴지는 휴지가 아니었다. 어머니의 부드러운 속살 아니면 새의 깃털이었을 게다.

아프리카인들의 주식 카사바

한 농가를 찾아갔다. 노인은 마당에 솥단지를 걸어 놓고 불을 피우고 있었다. 빈둥거리고 있던 남자는 내가 들어가자 마지못한 듯 일어나 닭 모이를 주고 아이들은 마당에서 땅따먹기에 정신이 없었다. 어디를 가든 마을 대부분의 여자들은 카사바 밭에서 일을 한다. 어느 누구도 카사바를 떠나서는 살 수 없다.

아프리카인들의 절대 주식인 카사바를 손질하는 과정을 지켜보았다. 여자

집 앞 카사바 밭가에서 카사바를
만들고 있는 아주머니.

는 항아리를 차고 앉아 물에 삭힌 카사바를 건져내 채반에 널었다. 일주일 정도 물에 담가 둔 것이라고 했다. 그렇게 사나흘 채반에 널어 말린 후, 나무 절구에 빻아 고운 채에 걸러 가루를 내어 밀가루처럼 음식의 재료로 쓴다. 아프리카 사람들은 카사바, 옥수수, 감자 등이 주식이지만 어디나 가장 흔하고 쉽게 재배되는 것은 역시 카사바다.

카사바의 가지를 30센티미터 정도로 잘라서 땅에 꽂으면 뿌리가 내리면서 6-12개월 이내에 고구마 같은 덩이뿌리가 달린다. 토질의 영향을 거의 받지 않는 것이 특징이다. 보통 1년 정도 지나면 나무는 어른의 키만큼 자라고, 심은 뒤 1년이 지나면 수확한다. 구근식물로 사방으로 퍼지고 고구마처럼 굵어지며 길이가 30-50센티미터, 지름이 20센티미터이고, 바깥 껍질은 갈색을 띠며 내부는 노란색이 도는 흰색이다. 이 덩이뿌리에는 20-25퍼센트의 녹말이 들어 있고 칼슘과 비타민 C가 풍부하다.

학교에서 돌아오는 여자아이들.

물에 담가 두면 감자를 삭힐 때처럼 역겨운 냄새가 나지만 건조가 되면 냄새는 사라진다. 색깔은 희고 모양은 큰 고구마를 닮았지만 섬유질이 많아 잘 바스라지지 않는다. 다 마른 카사바는 돌처럼 딱딱해지는데 이를 나무 절구에 찧은 다음 고운 채로 걸러낸다. 저장하기 용이하도록 한꺼번에 가루를 만들어 놓고, 필요할 때 죽을 쑤거나 밀전병처럼 부쳐 먹기도 하고 그밖에 과자나 약용 등으로도 널리 쓰인다. 시장에 가면 어디서나 자루에 담아 됫박으로 파는 걸 볼 수 있는데 언뜻 보면 밀가루와 크게 다르지 않다.

캉가를 입은 여자들이 뜨거운 빛을 피하려고 머리에 화려한 수건을 쓰고 카사바 밭에서 노래를 흥얼거리며 일하는 것을 지켜보노라면 열대에 와 있다는 것이 그렇게 실감이 날 수가 없다.

아프리카 트럭여행·13

TANZANIA IRINGA / MAKAMBA CAMP

근심 없는 바람과 놀며(아프리카에서 띄우는 편지 - 제13신)

김형, 텐트 사이를 비집고 들어오는 빛 세례를 받으며 상쾌한 하루를 맞았습니다. 세상의 첫 빛이 이러했을까요, 세상의 마지막 빛이 이럴까요. 눈을 뜨는 순간 나도 모르게 괴성을 질렀으니까요. 텐트 속에서 모기장에 걸린 하늘을 쳐다보고 있는데 나무에 주렁주렁 매달려 있는 아프리카 원숭이들이 근심 없는 바람과 어울려 평화로운 아침을 열고 있었습니다.

그 순간, 감히 내 앞에 펼쳐진 세상보다 더 아름다운 곳이 존재하리라는 것은 믿고 싶지 않았습니다. 그가 누구든 곁에 있기만 하면 주저없이 달려들어 입맞춤이라도 할 것 같았습니다. 그러나 왜 모르겠습니까. 우리네 생이 그러하듯 절박한 것은 언제나 멀리 있어서 그리움은 그리움만으로 끝날 확률이 높잖아요. 그러나 그리움이 있다는 것은 살아 있음의 벅찬 증표이니 누구에게든 감사하지 않을 수 없지요.

신께서 보다 넓은 세상을 경험하라고 두 발을 주셨고, 외로운 사람 안아 주라고 두 팔을 주셨다면, 나는 부끄럽지 않게 그렇게 했으며 그로 인해 감사했는지 생각해 봅니다. 그러나 여행에서 얻은 결론이 있다면 지금 이 순간, 이 생 너머까지는 생각하지 말자는 것이었고, 그것은 겸허하게 우주를 바라보고 자연을 누리되 나머지는 신께 맡기면 된다는 것이었습니다. 그러나 신조차도 믿을 수 없을 그때에도 그것을 불행이라 단정짓지 말고 다른 길이 있을 거라 믿고 찾으면 되지 않을까요.

우리의 불행은 보이지 않는 것을 믿지 못하는 것이지만, 믿고 못 믿고는 역시 개인의 문제로 누구도 간섭되어질 것은 아니지 않을까요.

문득 내 존재가 막막해질 때가 있습니다. 마냥 느슨해져 버린 것이 위안이 되다가 어느 땐

집 앞에 앉아 있는 여자. 나는 저 모습에서
아프리카를 읽었다.

지나치게 헐거워져 버린 것을 용서할 수 없기도 하거든요. 그래서 아프리카에 와 있는 것은
아닐는지요.

밭 가운데나 들판에 망고나무가 많이 보이는데, 망고나무는 이파리가 없고 덩치만 큰 바
오밥나무에 비해 잎도 푸르고 외형도 둥글둥글 모나지 않은 것이 풍만한 가슴을 가진 어머
니를 연상시킵니다. 이곳의 나무들은 넓은 땅 때문인지 하나같이 헐거운 간격을 유지하고
있습니다. 사람과 사람 사이가 그러하듯 나무와 나무 사이도 저 정도 간격은 필요하겠구나
하는 생각을 했습니다.

슬픔 없는 삶은 없어 보입니다. 넉넉함도 슬프고 쓸쓸함도 배고픔도 자유나 사랑조차도
이곳에선 애잔하고 슬픕니다. 뜨거운 태양과 넘치는 정열이 있음에도 왠지 그렇습니다.

내가 여행을 좋아하는 이유는 언제나 예기치 못한 상황, 즉 순간순간이 드라마틱하다는
것이거든요. 오늘 아이들과 보낸 시간도 내겐 한 편의 각본 없는 드라마였습니다.

내일은 루사카로 갑니다. 그곳에서도 친구들은 나를 기다리겠지요. 매일 캠프 밖에서 나
를 기다려 주는 이곳 아이들처럼. — 탄자니아 이링가에서

천국 뒤에 숨은 지옥

말라위 치팀바에서 탄자니아 아루사로 가는 여정은 길어서인지 꽤나 힘이 들었다. 새벽 5시에 출발하여 말라위 호수 수평선에서 떠오르는 해를 마중하고 북상하면서 보는 풍경은 매혹적이다 못해 신기루처럼 여겨졌다. 어느 곳에서 차를 세우고 내려도 상관없을 듯 모두 같지만 서로 다른 자연이다. 아침 일찍 호숫가에서 낚시를 하는 사람도 있고 어딘가로 달려가는 아이들도 있다. 적당한 거리를 유지하면서 보는 풍경은 이곳이 낙원이라는 것을 의심하지 않게 한다.

이방인이라 그럴까. 달리는 동안 마음엔 우거진 열대림의 낭만만 있고 현실감은 없다. 노란색 대나무에 둘러싸인 풀과 소똥을 이겨 마든 집, 능선을 따라 끝없이 펼쳐지는 녹차밭. 가도가도 바나나로 뒤덮인 정글 속의 농장들, 철지난 옥수수밭, 한 구비를 돌면 올망졸망 아이들이 집 앞에 나와 고사리 같은 손을 흔들고, 다시 한 구비를 돌면 발가벗은 아이들이 어른을 따라 들판을 누비는 풍경은 내가 아프리카에 와 있다는 것을 부정할 수 없도록 한다.

내가 만난 젊은 아프리카 여자들의 공통점은 대개 어린아이를 안고 있거나 그렇지 않으면 뱃속에 또다른 아이를 가지고 있다는 것이었다. 대부분 아이는 생

기는 대로 낳는다고 했다. 유아 사망률도 작용을 했겠지만 아무리 가난해도 다산을 미덕으로 생각하는 부족들이 많아 아이를 신이 준 선물로 생각한다는 것이다. 열여섯 살에 두세 명의 아이를 가진 엄마를 찾는 것은 조금도 어려운 일이 아니었다.

몇 킬로미터든 동북으로의 이동이니 이제 기온은 그리 걱정하지 않아도 될 것이다. 동아프리카의 중심 나라인 탄자니아는 아프리카의 대표라 할 만한 자연의 보고를 가진 크고 넓은 나라인데, 나는 이곳 탄자니아에서 2주를 보내게 될 것이다. 아카시아 아프리카 여행사는 동부 아프리카의 핵심인 이 나라가 가지고 있는 자연의 보고를 놓치지 않을 것이다. 아프리카 여행의 진수를 보여줄 탄자니아는 기대와 상상으로 나를 한껏 부풀게 만들었다.

카롱가 슈퍼마켓에서 물건을 사고 남은 잔돈 720콰차를 아이들에게 나누어 주었다. 늘 잔돈을 준비해 두어야 할 것 같다. 좀더 많이, 좀더 골고루.

도대체 모를 일

그렇게 다정해 보이던 영국팀 젊은 커플이 다투었는지 국경 사무실 근처에서 각자 배낭을 내려 다른 방향으로 헤어지는 것 같더니만 한참 후 언제 그랬냐 싶게 다시 차에 올라와 있다. 참으로 알 수 없는 일이다. 젊어서, 젊음을 주체할 수 없어서 생기는 반란이었거나 그들만의 사랑법이었을 게다. 어쨌든 그들은 트럭버스에 다시 합류했다. 파트너가 없어 그런 싸움도 못하는 친구들은 서로 눈을 맞추고 킬킬거리며 뒤에서 흉보기에 바쁘지만, 정작 그들은 다른 친구들의 반응 따윈 안중에도 없는 듯 더 열정적으로 키스를 나눈다. 영화 같은 저들의 장난, 도대체 모를 일이다.

9시에 국경 통과. 송괘(Songwe) 강이 흐르는 탄자니아 국경을 넘을 때 보니 어떤 남자 군인과 젊은 여자가 만나 나누는 인사법이 독특했다. 둘은 먼저 악수와 함께 몇 마디 이야기를 나누더니 여자가 무릎을 살짝 굽힘과 동시에 상대방 남자와 주먹 쥔 손을 가볍게 부딪친다. 만나서 반갑고 환영한다는 의미가 담긴 저 부족들만의 인사법일 게다.

탄자니아로 접어들면서 풍경은 확연히 바뀌었다. 말라위는 가난하지만 때 묻지 않은 자연으로 나를 사로잡았는데, 국경을 넘어서는 순간 문명의 분위기와 더불어 풍요가 느껴졌다. 끝없이 능선으로 이어지는 녹차밭과 바나나밭과 밀밭, 그 넓이가 몽골의 초원만큼이나 광활하다.

치말라(Chimala), 마쿰바쿠(Mukunbako), 마핑가(Mahainga)를 거쳐 이링가 (Iringa)에 도착해 보니 해가 떨어지기 직전이다. 오늘은 12시간 30분이나 차를 탔다. 산속의 외딴 캠프는 적막감이 더하다. 스텝 지역이라 그런지 바람이 몹시 차다. 겨울 파카를 꺼내 입고 보니 추운 잠자리 걱정을 하지 않을 수 없다. 캠프장 주변에는 민가 하나 보이지 않았고, 다만 들어오는 길을 따라 밖으로 조금 걸어 나가자 다른 캠프로 들어가는 우거진 송림 길이 이어졌다. 나무 그늘에 가려 숲은 이미 밤의 색깔에 가까운데, 저 멀리 밝은 곳에서 어두운 곳을 향해 남녀가 걸어오고 있었다. 캠프촌에서 허드렛일을 마치고 집으로 돌아가는 젊은이들인 모양이다. 그들의 얼굴에는 노동의 고단함은 있었지만 하루 일을 끝낸 자의 잔잔한 안도와 행복감이 느껴졌다.

그들을 배웅하고 좀더 걸어가자 정원 가득 꽃으로 덮인 저택이 보였다. 그곳역시 여행자들을 위한 캠프거나 백인이 거주하는 저택인 듯했다. 솔숲 사이로지는 해를 배웅하고 캠프로 돌아오는데 입구에서 경비를 서는 아저씨와 눈이 마주쳤다. 그는 안쪽과 무전을 하면서 추위를 참을 수 없는 듯 상체를 잔뜩 웅크린 채 와들와들 떨고 있었다. 먼저 인사를 하자 마지못해 웃음으로 답하는 그의표정에서 나는 고통을 읽었다.

아프리카 트럭여행·14

DAR ES SALAAM / MIKUMI NATIONAL PARK /
THE INDIAN OCEAN / AKIDA'S GARDEN CAMP

바오밥나무와 다르에스살람(아프리카에서 띄우는 편지 - 제14신)

김형, 오늘은 새벽 일찍 출발해 큰 산을 앞에 두고 일출을 보았는데 그 산을 넘는 동안은
비가 내렸습니다. 마치 그것이 무엇이든 달게 받겠다는 듯 양떼를 앞세우고 숲속으로 사라
지는 어린 목동과 흙벽에 바나나 잎으로 지붕을 엮은 허물어질 듯한 집들은 매우 아프리카
적이어서 오래 기억에 남을 듯싶습니다. 아프리카에 왔다는 걸 잊지 않도록 하려는지 이곳
은 어디나 바나나가 자라고 어디나 누더기를 걸친 맨발의 아이들이 뛰놉니다.

한나절을 달리는 동안 계속 바오밥나무와 함께 달렸습니다. 세상에 그렇게 큰 나무가 그
렇게 넓은 땅을 차지하고 있다니, 엉뚱하게도 나는 그들이 바보들의 집단 같다는 생각을 했
답니다.

미쿠미 국립공원을 지나면서 다양한 동물들을 만났습니다. 사슴을 닮은 톰슨가젤이 환영
인사라도 하듯 팔랑팔랑 꼬리를 흔드는 모습이 지친 심신을 즐겁게 했습니다. 얼룩말과 기
린은 또 어땠구요.

오늘 달린 길은 유난히 굴곡이 심해 차가 얼마나 요동치는지 그동안 방치해 두었던 벨트
를 당겨 매고도 불안했습니다. 트럭여행, 참 공포스럽기도 하지만 그만큼 재미도 있습니다.
태양은 뜨겁고, 차 안은 언제나 음악과 젊음의 열기로 후끈거리고, 기사의 기분에 따라 얼
마나 달려대는지, 그 높은 천장에 머리가 닿을락말락하는데 스릴이 장난 아니었습니다. 뛰
는 트럭은 마치 치타가 눈앞의 먹이를 쫓아 맹추격하는 박진감 넘치는 장면을 연상하게 합
니다. 그럼에도 나는 잘 견뎌냈습니다. 캠프에 도착해 무릎과 허리에 감은 자석 띠를 푸는
데 별 탈 없이 견뎌 준 몸이 얼마나 대견하던지요. '그래, 잘했다. 잘했어.' 내가 나를 칭

〉 야자 열매를 따기 위해 나무에 올라가고 있다.
　아프리카 어디서나 쉽게 볼 수 있는 풍경이다.

찬해 주었다니까요. 이 정도 되면 파워 넘치는 트럭여행의 진수, 상상이 가시죠.

오늘은 탄자니아에서 가장 큰 도시 다르에스살람에 도착해 물빛이 환상인 인도양과 첫 대면을 한 기록적인 날입니다. 이런 색깔의 바다도 있었구나 하면서 나는 대책 없이 흥분했습니다. 트럭을 배에 싣고 숙소로 가는 길에 항구와 어시장 주변에서 만난 사람들은 매우 깊은 인상을 남겼습니다. 터미널에서 본 어느 서양인 커플의 뜨거운 포옹은 사랑이 혁명보다 무섭고 강하다는 메시지를 주더군요. 하기야 이 정도 바다라면 누군들 불 같은 사랑을 생각하지 않겠습니다. 그리고 드디어 숙소에 짐을 풀었고 달이 뜬 인도양으로 뛰어들었습니다.

늦은 밤, 해변에 앉아 김형이 있는 그곳과 내가 있는 이곳의 까마득한 거리를 생각했습니다. 그가 누구든 멀면 멀수록 더 그리워지는 것은 형도 다르지 않겠지요. 해변이라 그런지 밤은 춥습니다. 벗이 있다면 달빛 아래 나란히 앉아 기타를 뜯으며 조용한 노래라도 몇 소절 부르고 싶은 밤입니다. ― 다르에스살람에서

인도양에 첫발을 담그다

이링가, 4시 기상, 5시 출발. 새벽에 이동하면서 높고 낮은 산들을 만났다. 큰 산 하나를 앞에 두고 일출을 보며 고개를 넘을 때, 험한 길을 사정없이 달리는 바람에 거칠게 차가 뛰었다. 엉덩방아를 수없이 찧다가 이래선 안 되겠다 싶어 안전벨트를 조여 맸지만 허리 때문에 여전히 위기를 느껴야 했다.

아프리카에 오던 첫날부터 보기 시작한 바오밥나무는 단연코 오늘의 일정에서 절정을 이루었다. 도로를 따라 끝없이 펼쳐져 있는 바오밥나무의 왕국. 산에도 있고 초원에도 있고 마을에도 있고 집 앞에도 있고, 놀랍기도 해라. 벌거벗은 채 뿌리를 하늘로 쳐든 우스꽝스러움. 기형적이고 근엄해 보이기도 하는 바오밥나무에 정신이 팔려 시간을 잊고 있었다. 한 가지 나무가 저토록 다양한 표정을 연출할 수 있다는 것이 믿기지 않을 만큼, 오래 쳐다보고 있으면 혼을 빼앗길 것 같은 바오밥나무.

다양한 표정을 가진 바오밥나무를 카메라에 담고 싶었는데 달리는 차 안에서만 실컷 보았을 뿐, 만져 보지도 사진을 찍지도 못하고 지나쳐 왔다.

점심을 먹기 위해 한적한 길 옆에 차를 세웠는데, 화려하게 치장한 마사이 여자 둘이 다가와 우리들을 구경했다. 저만치 서 있는 아이들에게 비스킷을 나누어 주었지만 수줍어서 받지도 못한다.

한 시간 동안 저속으로 미쿠미 국립공원을 통과했다. 운이 좋으면 얼룩말이나 기린이 지나가는 것을 볼 수 있다고 했는데 공원 입구에 들어서자 톰슨가젤, 얼룩말, 기린, 원숭이가 차례대로 나타났다. 차 안은 금세 환호가 터지고 크리스티는 간간히 트럭을 세워 동물들을 구경할 수 있도록 배려했다. 이링가를 출발하자 도시는 무아토(Muwayonto), 모로고레(Morgore), 찰린제(Chalrnze) 그리고 다르에스살람(Dar es Salaam)으로 이어졌다.

평화의 항구도시 다르에스살람에 도착해 은행에서 2백 달러를 환전하고, 동아프리카 어디에나 있는 슈퍼마켓 숍라이트에서 물과 먹을거리를 사고, 토산품 구경하고, 사람 구경하고, 그리고 시계바늘을 한 시간 앞당겨 돌린다. 그러니까 한 시간을 번 셈이다. 그래서일까, 시간이 남아 화장실에 갔더니 문은 굳게 잠겨 있다. 릴롱궤에서처럼 또? 난처해 하자 안에 아무도 없다는 걸 확인한 뒤에 남자 화장실 문을 열어 주던 키다리 아저씨. 밖에서 누가 오나 망까지 봐 주던 친절한 남자.

다르에스살람은 한 나라의 수도답게 정말 큰 도시다. 아랍풍의 낡은 건물들과 새로운 빌딩들이 서로 시간 경쟁을 하듯 엉켜 있다. 바다를 배경으로 한 거리의 가로수들도 인상 깊다. 오후가 되어서인지 거리는 북적거렸고, 시내 끝에서 말로만 듣던 인도양을 만났다. 페리 선착장의 문이 열리자 한꺼번에 우르르 몰려나오는 사람들. 인종시장을 연상하게 한다. 트럭 버스 안에서 페리로 몰려가는 사람들이 빚어내는 풍경을 카메라에 담았다. 렌즈 속에서 식민지시대 노예시장으로 팔려 가는 흑인들의 아픈 역사가 오버랩되었다.

모두들 긴 여정에 지쳐 있었지만 바다를 보자 다시 환호가 터지고 6시가 지나

인도양, 그야말로 한 폭의 수채화다.

해안가 숙소인 아키다 가든 캠프(Akida's Garden Camp)로 향한다. 바다에 안기자 습하고 짠내음이 코끝을 자극하고, 발밑에는 꿈틀대며 도망가는 게들의 경주가 바쁘다. 물색깔은 흰 천에 잉크를 푼 듯 엷은 하늘색이고, 모래는 밀가루처럼 희고 곱다.

바닷물에 뛰어들었다가 야자수 숲에 둘러싸인 캠프촌 풀장에 들고 보니 풀장물도 짜다. 그리고 보니 이곳에선 짜지 않은 게 없다. 세면장의 물도 샤워장의 물도 모두 짜다. 그래서 몸 씻을 물이 없다. 그래도 바다가 있다는 것은 얼마나 위안인지, 바다 가장 가까운 곳 야자수 그늘 아래 나만을 위한 텐트를 쳤다. 연이은 행군에 피부는 그슬려 있고, 몸은 적당히 길이 들어 가볍지도 무겁지도 않다. 지금 나를 행복하게 하는 것은 살갗을 스치는 인도양의 바람이고, 싫은 것은 혼자라는 것이다.

저녁밥은 인도양을 바라보며 캠프에서 준비한 성찬으로 즐겼다. 향료를 섞어 찐 밥과 훈제한 치킨, 야채볶음, 나는 허겁지겁 밥숟갈을 입으로 가져갔다. 아프리카에 온 후 가장 성대한 식사였다.

늦은 밤 화장실 문에 다닥다닥 붙어 있는 도마뱀, 도대체 도망갈 생각을 하지 않으니 내가 알아서 피할 수밖에 없다. 모기가 내 말을 알아듣는 것일까. 모기에 물리지 않아야겠다고 생각하는 날은 꼭 모기에 물린다.

밤중에 잠이 오질 않거나 화장실 볼일이 있을 때 혹은 아프리카의 밤이 궁금해 밖으로 나가 보면 세상이 모두 정지한 듯 고요뿐이지만, 나 외에 깨어 있는 사람이 있는데 그들이 바로 캠프촌을 지키는 경비원들이다. 인기척이 나면 캠프의 손님인지 아닌지 금세 알아보고 방해하지 않는 범위 내에서 경비를 선다.

한밤중 어느 시간이라도 밖에 나갔을 때 경비원들을 만나지 않았던 적은 없다. 여행자, 아니 백인에 대한 그들의 경비는 그만큼 철저하다. 그러나 나 외에 바들바들 떨며 눈을 멀뚱멀뚱 굴리며 깨어 있는 사람이 있다는 것이 위로가 되

아키다 가든 캠프. 먼 길을 달려온 트럭들이
이곳에서 인도양을 눈앞에 두고 며칠 쉬어 간다.

지는 않는다. 왜 나는, 나를 지켜 주기 위해 잠자지 않고 추위에 떠는 저들과 내
가 가진 담요 한 장 선뜻 나누지 못하는지. 그러고 보니 모기에 뜯기고 도마뱀
을 걱정하는 나는 아파할 자격도 없는 사람이다.

아프리카 트럭여행·15

FERRY ZANZIBAR / ZANZIBAR-WHITE STONE CITY / GARDEN LODGE

푸들푸들한 고통과 미친 자유(아프리카에서 띄우는 편지 - 제15신)

김형, 다르에스살람에서 하룻밤 유숙하고 오늘은 꿈에 그리던 인도양의 아름다운 섬 잔지바르에 와 있습니다. 오면서 배가 얼마나 흔들렸는지 처음 30분쯤은 바깥으로 나가 주변의 그림 같은 섬들을 둘러보며 카메라 셔터를 누르느라 신바람이 났지만 나중엔 지독한 멀미로 괴로운 뱃놀이를 견뎌야 했습니다. 호텔에 도착해 침대에 누워 있는데도 계속 배가 흔들리는 것 같아서 몸을 씻고 두어 시간 눈을 붙였다가 일어나 보니 새로운 세상이 기다리고 있군요.

잔지바르는 참 묘한 분위기를 풍기는 섬입니다. 내가 묵고 있는 시내 중심가 건물들은 대부분 아랍풍의 분위기를 담고 있고, 눈 닿는 곳마다 오래된 모스크의 돔과 높은 대문들은 신비로운 느낌마저 듭니다. 좁은 골목을 돌아다니며 집집마다 특색 있는 창문과 문양이 화려한 키 높은 나무 대문을 구경하는 것도 즐겁고, 카페의 외벽에 그려진 벽화를 구경하는 일도 흥미롭습니다.

서양 연인들은 야외 바에 앉아 인도양을 바라보며 다투어 사랑을 확인하기에 바쁘지만 아시아인은 거의 보이지 않아 내 존재를 잊게 만듭니다. 그래서 나는 맘껏 자유로워지기로 했습니다.

그러나 이 미친 자유를 누가 알겠습니까?

애인이나 벗이 동행해도 좋았겠지만 혼자 지독하게 외로워 보는 것도 좋아 죽을 지경입니다. 바다를 보고, 골목에 그득 쌓인 코코넛을 보고, 몸뚱이보다 남근을 크게 깎은 나무 조각에 눈을 맞추고, 낡은 기둥과 모서리를 더듬어 보고, 멋진 남자, 레게 음악의 영웅 밥 말리의 초상화에 입도 맞춰 보고, 무슬림 남자의 눈빛을 탐하기도 하고, 땅콩 파는 소년과 말장난도 하고, 전망 좋은 아프리카 하우스에 들어가 무슨 맛일까 하고 메뉴도 골라 보고, 아무나 보고 실실대기도 하고, 일기장을 감추지 않아도 되고, 아, 그리고 모두 다 사랑할 수 있고….

돌아보면 내가 시를 쓴다고 문학개론을 공부하고 세상을 기웃거리는 사이, 어느 친구는 능력 있는 방송작가가 되고, 화가가 되고, 교수가 되고, 사위 자랑을 일삼는 장모가 되고, 카운터에서 돈 세는 중국집 주인이 되고, 그리고 더러는 갱년기의 허무를 이기지 못해 세상을 등지기도 하고 그랬습니다. 눈물과 청승이 주식이었던 때가 내게도 있긴 있었습니다. 이렇게 세상을 떠돌아다닐 자유가 사주팔자에 있으리라고는 상상조차 하지 못했던 때의 이야깁니다. 나는 살아 있는 자만이 겪을 수 있는 이 푸들푸들한 고통이 좋습니다. 지금이 바로 그렇거든요.

지금까지와는 뭔가 다른 변화가 내 안에서 일고 있습니다. 오늘 아프리카 하우스에서 아랍 영화 속에서나 보았던 물담배를 폼나게 피워 봤는데 담배에서 사과향기가 나던 걸요.

3박4일로는 일정이 너무 짧을 것 같아 지레 아쉽고 걱정입니다. — 잔지바르 섬에서

매혹의 섬 잔지바르

이른 새벽에 일어나 잔지바르에 갈 준비를 서두른다. 어젯밤 어디선가 스피커를 통해 코란 읽는 소리가 들렸는데 오늘 새벽에도 같은 소리가 들렸다. 가까운 곳에 모스크가 있는 모양이다. 그러고 보니 이제 배를 탈 때도 주변에 무슬림들이 많이 있었던 것 같다. 엘레나는 잔지바르에 갈 때 꼭 가지고 가야 할 것으로 여권, 노란 카드(황열 예방접종 카드), 썬크림, 수영복, 두꺼운 여벌 옷 등을 일러 주었는데, 나중에 차를 타고 보니 내 배낭이 가장 크다. 그만큼 내 준비는 젊은이들과 다르다.

여객선 터미널에 앉아 몇 사람이 쓴 잔지바르 방문기를 떠올리는 동안 내 마음은 이미 잔지바르의 하늘과 물빛에 쏠려 있었다. 'SEA BUS'라고 적힌 페리호는 2021257번으로 체크 타임 10시, 출발 시간 10시 30분이었고, 배삯은 25달러,

여객선 터미널까지 택시비 5달러, 출항신고서에 이름, 국적, 여권 번호, 출발지, 도착지, 며칠을 어디에 머물 예정인지 등등을 적어 넣는다. 파도 때문에 배는 좀 흔들렸지만 하늘은 맑다.

잔지바르는 고대 무역항으로 스와힐리 문화가 꽃핀 곳으로도 유명하다. 어딜 가나 기후나 지리적 여건 등이 생활방식과 문화를 지배하듯 잔지바르도 예외는 아닐 것이다.

다르에스살람 여객선 터미널을 떠나 그림 같은 작은 섬 몇 개를 지나자 곧 망망대해가 나타났다. 배 안에는 흑인과 백인들이 반반씩 섞여 술렁거렸다. 흑인들은 대부분 그곳에 사는 사람들이고, 백인들은 서양에서 온 여행자들이다. 다르에스살람에서 쾌속선으로 45분, 여객선으로 한 시간 반이 걸린다고 했지만 배는 꼬박 두 시간을 달린 후에야 잔지바르 선착장에 도착했다.

다르에스살람과 같이 이곳도 탄자니아 땅이지만 외국인은 여권과 황열 카드를 심사하는 데 조금 시간이 걸렸다. 트럭을 다르에스살람에 두고 가벼운 소지품만으로 여객선을 탔기 때문에 잔지바르에서는 각자 알아서 해변의 호텔이나 방갈로에서 잠을 자야 하고, 식사 또한 개인적으로 해결해야 하므로 3일 동안은 자유로운 시간을 보장받은 셈이다.

아담하고 조용한 인도양의 작은 섬을 떠올렸지만 잔지바르는 상상했던 것보다 크고 혼잡하고 넓어 아무런 계획 없이 보내기엔 적절치 못하다. 그래도 가이드 엘레나가 동행해 주어서 필요할 때 그에게 도움을 청하면 되고, 함께 온 친구들에게 그가 안내해 준 스톤 타운(Stone Town) 로드에 자리한 가든 로지(Garden Lodge)에 숙소를 정하고 해변과 가까운 시내를 돌아보기로 했다. 아프리카에 와서 처음으로 20달러짜리 호텔에서 잠을 자는 기분이 그럴듯하다. 오늘 하루 이곳에서 묵고 나머지 이틀은 북쪽 해안으로 내려간다고 했던가. 호텔 삼층 야외 식당에 앉으면 정면에 커다란 모스크 돔이 보이고, 그 너머로 푸른 인

해인에 위치한 호델이 운영하는 비디 위 레스토랑,
이곳에서 인도양으로 지는 해를 보며
한 잔 와인을 곁들인 생선요리는
어느 귀족의 만찬도 부럽지 않다.

인도양 잔지바르 섬의 청년.

도앙이 펼쳐져 있다. 바다를 보며 식사를 한다는 것이 꿈만 같다.

그리고 이곳에 오니 문득 생각난다. 인도양을 배경으로 흰 모래 백사장을 축구장으로 쓴다는 잔지바르의 젊은 어부 축구팀 '레퍼즈' 팀원들을 만나 볼 수 있을까.

보이는 울타리와 보이지 않는 울타리

긴 일정은 아니지만 하루이틀이라도 캠프촌에 머무는 동안 늘 갑갑함을 느끼게 만드는 것은 캠프촌 주변의 높은 울타리다. 울타리는 담 하나로 끝나지 않고 이중 삼중 철통 같은 경비를 서는데 차가 들어와도 통행증이 있어야 하고, 안과 밖이 철저하게 달리 관리되는 울타리는 곧 흑과 백의 경계를 상징하는 듯 보인다. 내가 이용한 여행사 역시 영국에 본부를 두고 있으니 당연히 우리 팀이 이용하는 캠프촌이나 예약된 호텔도 주인은 백인이다.

아프리카의 최고 지도자가 흑인이고, 크고 작은 상점의 주인들도 흑인이 대부분지만 여전히 아프리카는 유럽인들의 것처럼 느껴질 때가 많다. 주인이 누구라도 상관없이 이름난 여행지의 호텔 점원이나 경비원은 모두 흑인이고 청소나 심부름 같은 허드렛일을 하는 사람 역시 흑인이다. 반면 어딜 가나 늘 최상급의 대접을 받고 혜택을 누리는 자는 따로 있다. 가든에 거름을 주고 꽃을 기르는 사람은 흑인이고 그 꽃의 향기를 즐기는 사람은 백인이다. 쓰레기를 치우는 사람은 흑인이지만 쓰레기를 버리는 사람은 백인이다. 남의 땅에서 주인 행세를 하는 것은 식민지시대가 막을 내릴 때 모두 끝나야 마땅하지만 그렇지 못한 것이 지금의 현실이다. 백인 밑에서 최소의 임금으로 생계를 잇는 오늘날의 많은 흑인들은 예전 노예시대와 무엇이 다른가. 때로 흑인들의 눈빛을 보며 강국이 약국을 지배하는 엄연한 현실에 진저리를 치며 아파한다고 해도 무엇 하나 달라질 것 같지는 않다. 왜 인간은 평등을 운운하면서 이 극명한 간격을 좁힐 수 없는 것인지.

일몰에 취해 즐긴 물담배

이들의 삶을 만나지 않고, 이들의 살을 부비지 않은 여행이 무슨 의미가 있는가. 그러나 이 아름다운 섬이 노예왕국이었다는 아픈 역사는 잠시 잊고 싶다. 각자 호텔에 짐을 풀었지만 오후 5시, 팀은 인도양이 한눈에 내려다보이는 잔지바르에서도 전망 좋기로 유명한 레스토랑 아프리카 하우스에서 모임을 가졌다. 2층 야외 바는 인도양을 꿈꿀 때, 내가 가장 꿈꾸었던 낭만적인 풍경, 좋아하는 사람과 나란히 해지는 바다를 마냥 바라보다가 저녁이 오는 것을 함께 보고 싶었던 바로 그런 장소였다.

잔지바르에서 아프리카 하우스의 명성은 유명하다. 스테이크 맛은 물론 와인과 커피 맛이 특별하고, 그보다 더 좋은 것은 기막히게 아름다운 전망이다. 음악은 「아웃 오브 아프리카」의 그 느리고 고요한 모차르트가 흐르고, 사람늘은 가족, 친구나 연인과 식사와 담소로 행복한 시간을 보낸다.

우리 팀은 모두 모여 넓은 바에서 가장 많은 단체 손님이 되었다. 각자 술과 음료를 주문하면 종업원은 눈치껏 개인별 계산서를 청구한다. 그때 각자 돈을 지불하는 것은 자연스럽다. 그 많은 사람이 각자 시키고 각자 계산하는데 한 번도 다른 사람과 섞이거나 혼돈하지 않은 걸 보면 이곳 종업원들은 이 같은 유럽식 계산법에 익숙해 있다는 것을 알 수 있다.

누가 시켰는지 두 대의 물담배가 우리 팀 테이블에 놓여졌다. 취기가 오른 젊은이들이 돌아가면서 파이프를 빨고, 그들의 권유에 나도 몇 모금 맛을 봤는데 은근한 사과향기가 나쁘지 않다. 동양인 여자가 물담배를 피우는 그림이 그럴듯했는지 곁에서 자꾸만 사진을 찍어 주겠다고 성화를 해 나도 그들처럼 사진 한 컷을 남겼다. 맛보다 더 흥미로운 것은 아랍 영화에 나오는 그 흥미진진한 담배를 피우는 장면이다. 화려한 옥 도자기로 디자인된 항아리에 물담배를 넣고, 용기 위쪽에 불붙은 숯을 올리는데 긴 호스에 달려 있는 파이프를 빨면, 빠는 힘만큼 숯이 타게 되고 숯이 타는 것과 동시에 담배 맛이 우러난다. 이 담배는 하나 시키면 여러 사람이 돌아가며 즐길 수 있는 것이 장점이다. 누가 빨아도 그대로 영화의 한 장면이 되는 물담배를 몇 번 연속으로 빨았더니 정신이 몽롱해지고 드디어 몸이 솜방망이처럼 나른해지기 시작했다. 그렇다면 나는 담배 맛을 제대로 즐긴 것인가.

잔지바르 섬 케냐 라타 스트리트, 아프리카 하우스 바에서 맞는 일몰은 인상 깊다. 황혼의 바다에 돛배 다우가 떠 있고 해변을 걷는 연인들의 포옹도 석양만큼이나 아름답다. 검은 피부의 아이들이 자전거를 끌고 집으로 돌아가고 어부들은 해변에서 그물을 손질하며 하루를 접는다. 오렌지를 실은 손수레가 있고 땅콩을 파는 어린아이들도 석양에 물들어 모두 붉다.

아프리카 하우스에는 인도양 외에 눈길을 끄는 것이 또 있다. 바의 중앙 기둥에 세계 여러 나라의 거리가 표시되어 있는 기둥 장식이다. 나이로비 669킬로미터, 런던 7,474킬로미터, 케이프타운 3,679킬로미터, 두바이 3,959킬로미터, 뉴욕 12,450킬로미터, 도쿄 11,395킬로미터. 그러니까 한국은 지금 내가 앉아 차를

잔지바르, 나를 매료시켰던 다우(전통돛배)가
석양을 따라 항해하고 있다.

마시며 저녁노을에 취해 있는 이곳, 인도양 잔지바르 섬 아프리카 하우스 바에
서 얼마나 멀리 떨어져 있단 말인가.

우리의 코란도

잔지바르에 와서 두 대의 인상적인 자동차를 보았는데, 한 대는 선착장 뒷골
목에서 본 트럭으로 자동차의 양쪽 문과 의자 등이 모두 나무로 제작되어 있었
다. 물론 유리창 같은 것은 없었고 겨우 지붕 있는 운전석과 백미러, 짐칸이 전
부였다. 얼마나 오래된 차인지 주인이 자리를 비우고 없어 확인할 길이 없었다.
다른 한 대는 적포도주색의 우리나라 코란도였는데 비교적 상태가 좋았다. 아마
쌍용이 초기에 만든 자동차일텐데, 다르에스살람에 있는 우리나라 영사관 직원

들이 타다가 두고 간 것은 아니었을까 싶었다. 좁은 골목 붉은 장미가 흐드러지게 핀 담장 아래 적포도주색 지프에 새겨진 선명한 글씨 '코란도(Korando)'를 '코리아(Korea)'로 읽다가 그 다음엔 '코리안도(Koreando)'로 읽으며 주인 없는 차의 보닛을 손가락으로 쓰다듬으며 보고 또 보았다. 아파트 지하 주차장에 세워 두고 온 나의 코란도 지프는 지금쯤 심심해 하며 조용히 주인을 기다릴 것이다.

잔지바르의 명물, 야간 어시장

해가 넘어가자 우리는 자리를 옮겼다. 엘레나의 제안은 저녁 어시장에 나가 해물을 즐기는 것이었다. 마침 모두들 적당히 시장했으므로 그의 제안은 귀를 번쩍 뜨이게 했다. 어시장은 낮에 배가 도착한 선착장 바로 옆이었는데, 낮에는 여행자나 잔지바르 시민들이 쉬어 가는 공원으로 쓰고, 밤에는 이른바 이곳의 명물인 야간 어시장으로 탈바꿈하는 곳이다.

잔지바르에서 소규모로 장사를 하는 사람 중에는 마사이 남자들이 많다. 전통 의상 슈카를 걸친 그들의 복장은 어딜 가나 눈에 잘 뜨이는데, 한쪽에선 그런 마사이들의 기념품 야시장이 서고, 다른 한쪽은 손수레에 갓 잡아 올린 싱싱한 해물을 꼬치에 꿰어 즉석에서 숯불에 구워 파는 해산물 시장이다. 이곳 밤 풍경은 지글지글 해물 굽는 냄새로 들끓고 여기저기에서 북적대는 사람들의 열기로 활기가 넘친다. 잔지바르에 왔다면 한 번쯤 거치지 않을 수 없는 곳이다. 이곳에서 파는 다양한 해물의 종류는 셀 수 없다. 우리가 쉽게 먹을 수 없는 바다가재를 비롯한 참치, 어패류 등 그 종류가 매우 다양하다.

어시장에 일단 발을 들여놓으면 냄새는 물론 시각만으로도 즐겁다. 마음에 드는 포장마차를 골라 간이의자에 자리를 잡고 앉거나 더러는 선 채로 이것저것 취향대로 골라 맛보는 재미는 미식가가 아니라도 만족감을 느끼기에 충분하다.

순박한 잔지바르의 사람과 술과 해산물이 풍성한 이곳 재래 어시장은 바로 곁 인도양에서 잡은 해산물로 저렴한 가격에 배를 채울 수 있는 곳이다.

여행은 이런 맛도 있는 것이다. 나는 이렇게 사람 냄새 풍성한 곳을 좋아하고, 그들과 섞여 웃음과 대화를 공유할 수 있는 분위기를 좋아한다. 해산물을 배불리 먹고 먹음직스러운 야채 만두 하나를 기름 묻은 신문지에 둘둘 말아 터벅터벅 걸어서 돌아오는 길에 늦은 밤 좌판에 앉아 있는 마사이 사내의 눈빛을 외면할 수가 없어 손잡이에 기린 조각을 새긴 주걱 한 세트를 샀다. 돌아가면 잔지바르 야시장 어귀에서 마사이 사내를 외면하지 못해 산 주걱 세트를 주방에 걸어 두고 원시의 사람 냄새 바람 냄새 가득한 잔지바르의 어시장 밤 풍경을 떠올리리라.

여행안내소에서 잔지바르 세부 지도 한 장을 5천 실링에 샀다. 호텔 20달러, 기념품 20달러, 바의 음료·와인 20달러, 스페이스 투어 예약 25달러, 저녁 해물 요리 3천2백 실링, 엽서 다섯 장 2천 5백 실링, 인터넷 30분 2천 실링, 빵 다섯 조각 4천 실링, 망고 세 개 9백 실링, 음료 잡비 2천5백 실링, 그리고 남은 잔돈은 한쪽 다리가 없는 아이에게 주었다.

아프리카 트럭여행·16

ZANZIBAR-WHITE STONE CITY /
SUNSET LODGE / SPACE TOUR

한때 지옥이었던 낙원(아프리카에서 띄우는 편지 - 제16신)

김형, 탄자니아 잔지바르 섬 우체국에서 몇 자 씁니다.

평일 한낮인데 우체국에 오니 두꺼운 철제문이 내려져 있어 쉬는 날인가 보다 하고 문 앞 계단에 쭈그리고 앉아 젊은이들의 만칼라 게임을 지켜보다가, 그래도 심심해 검은 차도르를 쓰고 지나가는 무슬림 여자들을 눈으로 쫓고 있는데 직원이 와서 셔터를 올립니다. 오후 2시인데 말입니다.

그녀는 묻기도 전에 점심시간이었다며 친절한 설명까지 덧붙이네요. 문을 열고 창구로 돌아간 직원은 아침 출근 때 그랬던 것처럼 차를 마시는지 컵을 앞에 놓고 흥얼거리는군요. 점심 때 기분 좋은 일이라도 있었던 모양입니다. 저 풍보 아가씨가 흥얼거리니 내 마음도 따라 즐거워집니다. 행복이 전염된다는 말은 이렇게 아프리카에서도 확인이 되는군요.

잔지바르, 이곳은 눈부시게 아름다운 인도양 가운데 떠 있는 섬입니다. 참 많이 눈에 익은 풍경인데 생각해 보니 그림엽서에 단골로 등장하는 그런 곳입니다. 이렇게 아름다운 섬이 바로 유럽 식민지시대 동아프리카에서 노예무역이 가장 성행했던 곳이라니 실감이 나질 않습니다.

그때의 아픈 역사는 아직도 도처에 상처로 남아 있지만, 이제 잔지바르는 흑과 백이 적당히 섞여 겉으로는 평화롭습니다. 안타까운 것은 이제 당연히 이 섬의 주인이 되어야 할 흑인들이 주인처럼 보이지 않고 아직도 노예의 자리에 있는 듯한 느낌을 받게 된다는 것입니다. 이유는 잘 모르겠습니다. 흑인이 가진 특유의 정서 때문일까요?

좁은 골목을 돌아다니다가 무슬림이 경영하는 가게에서 무지 큰 망고를 샀습니다. 기후의 영향이겠지만 이 섬의 망고는 신선할 뿐 아니라 맛이 특별하군요. 이들의 아픈 과거와 상관없이 잔지바르는 혀끝에 안기는 신선하고 달콤한 망고향기로 남을 것 같습니다.

잠보(안녕하세요). 카리브(환영합니다). 하쿠나 마타타(문제없어요). 싼티 싸나(고맙습니다).

아프리카에서 가장 먼저 배우고 가장 많이 쓰는 말입니다. 모두 스와힐리어인데, 달리는 트럭 안에 라디오를 들을 때나 사람들 속에서도 이제는 쉽게 이 단어가 귀에 들어온답니다. 아프리카에서 공식적으로 쓰는 언어는 스와힐리어와 영어인데, 내 마음에 들어오는 단어는 잠보도 카리브도 아닙니다. 오직 '싼티 싸나'입니다. 싼티 싸나! ― 잔지바르에서

바가모요, '내 심장을 이곳에 두고 간다'

옛 시가지 스톤 타운에 있는 성공회 성당인 그리스도 교회는 건너 섬 바가모요('내 심장을 이곳에 두고 간다'라는 의미)에서 출발한 노예사냥꾼들이 1천5백 킬로미터나 떨어진 내륙에서 무작위로 잡아 온 흑인 노예들을 경매에 붙이던 바로 그 자리에 노예제도 폐지를 기념해 116년 전에 지은 성당이다.

교회에 들어서면 지하에 예전 노예를 감금했던 방이 두 개 있고, 그 방 외부 벽으로 손바닥만한 환기구가 있는데, 내가 갔을 때는 아침이라 그 환기구로 햇살이 질긴 생명줄처럼 비쳐 들어오고 있었다. 중앙 기둥에는 노예들의 발목을 묶은 쇠사슬이 그대로 매달려 있었다. 영문도 모르고 끌려온 흑인 노예들이 이 작은 방에 각각 70명 이상 수용되었다고 하니 상상만으로도 숨이 막힐 지경이다. 침침한 방에 걸터앉아 안내자의 설명을 듣고 나오면서 돌기둥에 걸려 있는 쇠사슬을 목에 걸어 보았다. 섬뜩하다. 나중에 혼자 사진을 찍고 나오는데 그때 그들의 아우성과 절규가 내 뒷덜미를 잡아당기는 것 같은 환청 때문에 몸서리를 쳐야 했다. 교회 1층에는 기념품을 파는 가게가 있었지만 그곳에 걸린 그림 속 원주민 처녀의 화사한 웃음조차도 왠지 으스스하게 느껴졌다.

그 당시 노예 감옥의 참상을 설명해 주던 모건 프리먼을 닮은 나이든 현지 가

이드는 기름기 번드레한 백인들 앞에서 담담한 어조로 감방이 있던 자리와 단편적인 실상을 설명할 뿐 별다른 표정이 없다.

하면, 나는 무엇을 보겠다고 아직도 분단의 상처를 그대로 간직한 동양의 작은 나라에서 홀로 대양을 건너와 저 잘난 백인 우월주의자들 틈에 끼여 있는 것일까.

그에게 무슨 죄가 있으랴만 가이드가 설명을 하는 동안 나는 일행 중 가장 이기적이고 잘난 척하는 영국 국적을 가진 남자의 얼굴을 뚫어져라 쳐다보았다. 그냥 묻어 두기에는 너무나 많은 사람들이 이유 없이 처형되거나 끌려가 평생을 짐승처럼 살아야 했던 끔찍한 노예제도를 떠올리면서 누구에겐지 모를 적의를 가라앉히느라 한동안 씩씩거려야만 했다.

인도양의 작은 섬 바가모요
이 말의 뜻은
내 심장을 이곳에 두고 간다
라고 했다

내 심장을 이곳에 두고 간다
내 심장을 이곳에 두고 간다

처음 이 말을 듣는 순간
나는 심장이 멎는 줄 알았다

보지 않고도 보이는 사람들
듣지 않고도 들리는 절규

그때 섬이 되거나
바다가 되지 못한 사람들

지금도 여전히
바가모요로 돌아온다는

소문을 들었다

왜 그렇지 않으랴
심장을 그곳에 두고 떠났으니.

노예무역은 주로 서아프리카를 중심으로 이루어졌으나, 동아프리카 지역에서 노예무역의 중심이 되었던 곳은 잔지바르다. 보통 노예는 16–45세 사이 건장하고 우수한 흑인 남녀들을 차출했지만, 그들은 아프리카의 노예만 약탈해 간 게 아니라 많은 자원과 쓸 만한 것들은 모조리 쓸어 갔다. 약 4백 년 전, 19세기 중엽 아프리카에서 마지막으로 노예선이 떠날 때까지 3천만 명을 넘는 노예가 신대륙으로 팔려 갔다는 통계는 그때의 참혹했던 상황을 그대로 전한다. 하지만 그중에 혈기왕성한 노예들이 반항을 일삼자 그대로 바다에 던져졌고, 목적지에 도착하기도 전에 굶주림, 학대, 질병, 자살 등으로 중도에 사라져 간 사람만 해도 백만 명이 넘는다고 하니 피해자의 후손은 물론 많은 사람들을 아직도 치떨리게 한다.

1877년 건립한 대성당 왼쪽 뜰에는 목에 쇠사슬을 감은 노예들이 지하 감옥에 갇혀 있는 모습을 새긴 조각작품이 야외에 전시되어 있다. 그들 다섯 명의 남녀는 목과 손발에 녹슨 쇠사슬을 감고 있는데 그들의 초점 잃은 표정에서 노예로 끌려갈 당시의 공포와 체념을 그대로 읽을 수 있다. 교회 옆에는 현재 학교가 있어 하얀 교복을 입은 어린아이들의 깔깔대는 웃음소리가 지하 감옥을 돌아보고 나온 여행자의 무거운 의식을 흔들어 깨운다.

노예제도 폐지기념으로 세운 성당의 낡은 출입문과는 달리 성당 안의 스테인드 글라스는 화려하다. 무엇을 위한 것인지는 알 수 없으나 사람들은 여전히 마리아와 예수의 사진 밑에서 기도를 하고 있다. 성당 새대 왼편, 작은 나무 십자가는 리빙스턴이 잠비아 치탐보에서 숨을 거둘 때 마지막으로 그의 머리 위에 그늘을 드리워 준 나무로 만들었다고 전해진다. 역시 노예무역 폐지를 위해 헌신한 리빙스턴을 기념하기 위한 것이라고 한다.

과거 노예시장으로 흑인들이 그토록 꺼려했던 잔지바르가 이제는 동아프리카의 관광을 주도하는 휴양지로 탈바꿈해 흑과 백을 초월하여 많은 사람들이 삶의 터전을 이루며 거쳐 가고 있으니 이런 것을 두고 역사적 아이러니라 하는지.

잔지바르는 사철 좋은 기후로 과일이 풍성하고 특산품으로는 향료, 피혁, 상아 등이 유명하다. 특히 잔지바르 항구 주변으로 오래된 건물들은 그리 높지 않으면서도 고풍스러운 아랍의 분위기를 유감없이 보여준다. 건물을 지을 때 세심한 마음을 기울인 흔적인 듯 대문이나 창살에 새긴 나무 조각품들은 정교하고 예술적이다. 골목을 돌며 집 하나하나를 들여다보는 것도 흥미롭고 그 안에서 장사를 하거나 현재 살고 있는 무슬림 여자들이 얼굴을 가리고 대문을 나서는 모습을 보고 있노라면 시간 가는 줄 모른다.

좁은 골목마다 진열되어 있는 기념품 가게들은 그들의 독특한 의상과 함께 아프리카의 분위기를 고스란히 전한다. 상점들은 저마다 특색 있고 대형 조각품이나 벽 전체를 그림으로 장식한 야외 바에 앉아 담소하는 유럽인들의 모습에는

잔지바르의 아름다운 벽화.

과거 자신의 조상들이 저지른 아픈 역사는 안중에도 없고 다만 그 자리에 그들이 머물고 있는 것만이 전부인 듯하다.

우체국에 서서 친구에게 엽서를 썼다. 잔지바르가 한때 아프리카에서 가장 큰 노예시장이었다는 말은 눌러 두고 다만 물빛 아름답고 바람 좋은 인도양이라는 것과 무사히 여행 잘하고 있다는 안부만 몇 줄 적었다. 시간이 걸리겠지만 엽서는 잔지바르의 어두운 과거와 짠내음을 담아 원하는 주소로 실어다 줄 것이다.

혁명 없는 삶이 어디 있으랴

아프리카에 와서 지속적으로 나를 떠나지 않은 단어가 있다면 그건 '식민지'이고, 그 단어 뒤에 따라오는 것은 '노예와 혁명'이다. 제대로 반항 한 번 해보지도 못하고 끌려가면서 이곳 인도양에서 삶을 마감한 수많은 노예들의 애끊는 절규를 왜 자꾸 되새김하고 있는 것일까. 왜 이 아름다운 곳에서 끔찍한 과거를 떠올리는 것일까. 식민지시대를 살아 본 사람들만이 가질 수 있는 정서일 거라 그렇게 쉽게 단정지을 수 없는 왠지 모를 갑갑함, 그러나 혁명 없는 삶이 어디 있으랴. 우울해지지 않으려면 잊어야 한다. 역사고 혁명이고.

오늘 일정은 팀을 반으로 나누어 한 팀은 가까운 섬으로 낚시, 스킨스쿠버를 떠나고 나는 다른 팀에 합류해 스파이스 팜(농장 견학)을 하기로 했다. 스파이스 팜이란 기후 좋고 비옥한 잔지바르의 특산물(과일, 약초, 향신료, 차 등)을 재배하는 대단위 농장 견학을 일컫는 말로, 이곳에서 몇 안 되는 여행자를 위한 상품이라고 한다. 나는 배멀미에 지쳐 있어서 어떻게든 배를 타야 하는 이벤트라면 피하고 싶었다.

스파이스 팜의 이모저모를 소개해 줄 현지 가이드 알라는 유머가 넘친다. 독특한 발음도 재미있고 코미디언을 연상시키는 그는 쉽게 사람을 웃기는 재주를 가진 원주민이다.

162

레몬그래스(모기약, 레몬향, 차 향료), 구아바나무(잼, 젤리 원료), 뿌리와 잎이 같은 이누아니아(썬크림, 파우더, 비스킷, 물감, 향신료), 망고나무(카누 제작, 과일, 주스, 해독제), 생강(차, 약초, 향신료), 카다눈(약초, 향신료), 코코넛(모자, 옷감, 오일, 로션, 음식의 향 재료), 망고나무를 휘감고 자라는 바닐라나무 열매 끝에서 나는 강한 바닐라 향기(아이스크림이나 과자를 만드는 향신료), 파파야(추잉껌), 붉은 열매 아나토(천연 립스틱), 건드리면 움츠러드는 미모사잎, 코코넛나무(초콜릿, 파우더, 캔디 재료), 후추나무(블랙 앤 레드), 보음매(물담배 향기), 패션푸르트(신맛, 젤리 과육), 흰 과육의 파스타 데프트(검은 씨에서 나는 신맛과 단맛), 오렌지, 귤, 바나나, 카스타드 애플, 티코트리, 커피나무, 카사바, 팜트리…. 견학이 끝나자 각종 차와 과일을 시식하는 차례다. 처음 보고 처음 먹어 보는 열대과일 맛이 지친 심신을 산뜻하게 회복시켜 주었다.

오전 내내 열대림 속에서 보내고 점심은 향료가 섞인 노란 밥과 마른 생선튀김에 나물이 섞여 나온 현지 식으로 대신했다. 냄새 때문에 먹을 수 없을 것 같던 생선이 의외로 맛이 좋았다.

노예무역의 슬픈 역사

검은 해안이라는 뜻을 가진 잔지바르는 예전 페르시아 상인들이 백옥같이 하얀 백사장에 검은 사람들을 보고 지은 이름이라고 한다. 1499년 세계일주에 나선 포르투갈 항해가 바스코 다 가마가 잔지바르를 방문, 이를 시작으로 16세기 초 그들이 동아프리카 해안의 지배자가 된다. 하지만 그들도 아랍인에게 쫓겨나고 그 자리에 오만의 술탄 왕국이 건설된다. 그뒤 19세기 초 술탄 왕국이 그들의 수도 무스카트에서 잔지바르로 옮겨 1백34년 동안이나 지배해 왔다. 그 왕국의 번성은 불행하게도 노예무역을 통해서였고, 그후 1964년 혁명이 일어나 그들을 지배하던 술탄이 영국으로 망명하자 노예의 후손 아프리카인과 아랍인의 살육전이 벌어져 약 1만3천 명이 희생되었다. 이에 잔지바르 혁명정부가 위협을 느껴 나머지 탕가니카와 합병, 드디어 지금의 탄자니아로 재탄생한 것이다.

와투와 다우

잔지바르의 명물 중에는 말라위에서 보았던 와투와 모양이 다른 배가 있다. 돛을 단 전통범선과 일반 어부들이 가까운 바다에 그물을 놓거나 고기를 잡으러 갈 때 타는 작은 목선이다. 돛을 단 배의 이름은 다우(Dau)라고 하는데, 바람을 이용해 돛으로 방향을 잡아 움직인다. 돛은 배의 크기에 따라 다르고 풍향과 풍속에 따라 속도를 조절할 수 있다.

와투와 다우는 비슷하지만 서로 다르다. 말라위 배 와투가 통나무를 그대로 깎아 모양을 살린 목선이라면, 탄자니아의 다우는 큰 나무를 얇게 잘라 만든 배다. 앞의 와투가 거의 자연적이라면 다우는 크기와 모양을 다르게 할 수 있는 인위적인 제작이 가능한데, 다우의 경우 날렵한 디자인이 돋보인다.

하루에도 수없이 물 색깔이 바뀌는 이곳에서 가장 아름다운 것은 하늘과 바다빛이고 다음으론 다우다. 해질 무렵 바다에 떠 있는 다우는 이곳에서만 볼 수 있는 명물이다. 오늘도 저녁 바다에 넋을 빼앗겼다. 신은 어떻게 저토록 매혹적인 색깔을 만드는 건지. 오늘도 다우를 따라 서북으로 이동하면서 바다에 지는 일몰을 마중하고 방갈로로 돌아왔다.

드디어 계속 허기가 지는 현상이 나타났다. 그간 빵조각으로 잘 버티어 왔는데 이건 우리의 음식을 먹고 싶다는 신호라 거부할 수가 없다. 해가 진 다음 주변에 널린 나뭇가지를 주워 밥을 해 먹기로 했다. 비상으로 아껴둔 고추장과 라면을 먹어야 할 때가 온 것이다. 두근거리는 가슴으로 조심스럽게 불을 피웠는데, 아니나 다를까 어떤 남자가 와서 땅밑에 케이블 선이 깔려 있다고 조심하란다. 자리를 고른다고 골랐는데 왜 하필이면 케이블이 지나가는 곳인가. 다행히 밥을 뜸 들이고 있을 때라 얼른 불을 끄겠다 했더니 그는 순순히 돌아가 주었다. 이 저녁 인도양의 품에서 고추장에 비빈 밥맛을 어떻게 설명하겠는가.

지키지 못한 약속

바닷가에서 액세서리를 사라고 조르는 마사이 전통복장을 한 남자들이 찾아오면 뒤를 이어 아이들이 코코넛 같은 과일 음료를 들고 찾아온다. 그리고 차도르를 쓴 무슬림 여자들도 번갈아 찾아와 휴식을 방해하는데 그들은 서양 아이들이 좋아하는 문신을 해주거나 마사지를 전문으로 한다. 한 시간에 5달러를 받고 해변에서 손발과 어깨, 허리 등을 차례대로 마사지해 준다.

오전 내내 잊을 만하면 찾아오는 여자들은 모두 그냥 돌려보냈는데, 또 한 여자가 다가와 앉는다. 체격이 아담하고 얼굴도 참하다. 묻지 않았지만 무슬림이라 소개하며 이름을 가르쳐 주었는데 무아나(Muana)라고 했다. 마사지보다 나는 그녀의 온몸에 그린 문신이 신기해 말을 걸기 시작했다. 특히 무슬림 여자들은 외부 사람들에게 자기 모습을 보여주는 것을 극히 싫어하고, 그만큼 폐쇄적이라는 것을 알고 있기에 나는 빈말 삼아 부탁을 했던 것이다.

"무아나, 예쁜 문신이 그려진 당신 손과 발, 카메라에 좀 담아도 될까요?"

그녀는 쾌히 허락을 해주었다. 내 앞에서 바다를 배경으로 앉아 신비의 베일인 차도르를 쓰고 미소 짓는 무아나는 정말로 아름답고 사랑스러운 여자였다. 처음 내 앞에서 마사지를 받으라고 권했을 때 나는 기분좋게 거절했었다. 그리고 오늘은 아니지만 내일이라면 한 번 생각해 보겠다고 했다. 자리를 일어서면서 그는 거듭 다짐을 하듯 묻고 있었다.

"내일 다시 와도 되죠?"

그 때문에 무아나는 팔과 다리를 이리저리 걷어 보이며 맘 놓고 사진을 찍게 했을까. 하지만 그녀는 다 알고 있었을 것이다. 내일은 내가 이곳에 없다는 것을. 그러면서도 혹시나 하는 마음에 다른 사람에게 손님을 빼앗기지 않기 위해 그렇게 다짐을 하고 싶었을 것이다.

늦은 오후, 몇몇의 젊은 무슬림 여자들이 마사지를 권했지만 내심 무아나와의 약속이 마음에 걸려 그녀를 기다렸으나 나타나지 않았다. 다음날 아침이면 떠나고 없을 내 숙소 앞에서 동양인 여자를 찾고 있을 무아나.

나는 꽤 늦도록 해변을 떠나지 않았지만 검고 노란 꽃무늬 캉가를 입고 차도를 쓴 그녀는 만날 수 없었다. 낮에 그녀를 거절했던 일이 그토록 후회스러울 수가 없었다. 다른 여자들처럼 무아나가 조금만 더 졸랐더라면 분명 기회를 주었을 텐데 아쉬울 뿐이었다. 그날 늦도록 무아나를 기다리며 해변에서 적은 몇 줄의 글이다.

"무아나에게 내일은 마사지를 받을 수 있을 거라 말했는데 못 지킬 것 같다. 그랬을 경우 그녀는 단지 5달러를 벌 수 없을 뿐이지만, 나는 5백 달러 이상의 죄책감을 느낄 것 같은데, 이 빚을 어쩌나."

마사이 청년과 사진을 찍었다. 마사이 사람들이 걸치는 슈카와 내 울 담요는 색깔이 비슷하다. 그걸 본 마사이 청년이 물건을 내보이며 내 담요와 그의 슈카를 바꾸자고 한다. 내가 그럴 수 없는 이유를 설명하자 그는 머리를 긁적이며 머쓱해 했다. 내 담요는 촉감 좋고 가볍고 따뜻하지만 마사이 슈카는 그렇지 못했다. 물론 내 담요도 돌아갈 때 다른 이의 손에 가 있겠지만 아직 산행이 남아 있어서 미안하게도 그의 부탁을 들어줄 수가 없었다. 그와 나란히 서서 사진을 찍었는데 그의 눈빛은 돌아서면서도 내 담요에 꽂혀 있었다.

***

언제부턴가 익숙하다는 것은 곧 끝을 의미하는 말이 되었다. 절정이라는 말도 마찬가지. 지는 태양이 아니라 정오의 태양 속에서도 조락 혹은 끝이라는 단어를 생각한다. 너무 눈부셔서 춥거나 혹은 슬프거나.

아프리카 트럭여행·17

ZANZIBAR-WHITE STONE CITY /
SUNSET LODGE / SPACE TOUR

느려서 아름다운 것들(아프리카에서 띄우는 편지 - 제17신)

김형, 혼자 중얼거리고 있답니다. 자신의 의지와 상관없이 여자로 태어난 것은 누구의 뜻인가요? 평생 알라를 믿고 코란의 율법을 따라야 하는 것은 누구의 뜻인가요? 왜 여자들, 저 어린아이들조차도 얼굴을 가리고 살아야 하는지요.

이른 아침 엄마의 손에 이끌려 무슬림 학교에 가는 어린아이를 보았습니다. 차도르 쓴 모습이 천사 같았는데, 보고 싶었지만 베일에 가려진 두 모녀의 얼굴은 끝내 보지 못했습니다. 본 것이 있다면 순종과 억압에 짓눌린 모녀의 뒷모습이었는데 눈부신 태양 때문이었을까요. 나는 그들에게서 말할 수 없는 슬픔 같은 걸 느껴야 했습니다.

아침에 만난 모녀의 영상을 잊으려고 한 것은 아니지만 오후에는 내가 좋아하는 바다에서 뒹굴었습니다. 순간순간 색깔을 바꾸는 인도양의 물빛 정말 끝내줍니다. 내 골수에 푸른 물이 들도록 한 며칠은 아무것도 욕심내지 말고 바다에 뛰어들거나 그냥 바라만 봐도 좋을 것 같습니다. 누구나 마음에 지우개 하나쯤 가지고 살고 싶을 때가 있잖아요. 때로 잡스런 생각을 지우고 싶을 때 바다는 특별한 효험이 있는 듯합니다.

인도양에서 나는 작습니다. 그러나 작으면 작은 대로 균등하게 빛날 수 있는 태양이 있다는 것이 이렇게 좋을 수가 없습니다. 희거나 검거나 노랗거나 모두 벌거벗은 사람들, 벌거벗은 사람들에게선 평등과 자유가 느껴집니다. 감추지 않아서겠죠.

느려서 아름다운 것들은 많습니다. 지금 내가 보고 있는 잔지바르의 사람과 자연이 그렇습니다.

김형, 생각해 보니 태양과 바다에 홀려 무엇을 읽어야 하며 무엇을 고민해야 하는지 잠시

169

잊고 있었습니다. 집을 떠난 지 꽤 여러 날이 지났는데 이제 비로소 내 안에서 조금씩 열림이 이루어지고 있습니다. 그간은 매일매일 움직여야 했고, 20대들의 사이클에 나를 맞추느라 정신이 없어 정작 나를 돌볼 틈이 없었습니다. 자고 일어나면 배낭을 꾸리고, 자고 일어나면 떠나는 일로 지쳐 가고 있었는데, 이곳 섬에서 지낸 며칠은 새로운 에너지를 공급받을 수 있어 충족감이 느껴집니다.

지난밤은 내 안에 어떤 절벽도 모서리도 만들지 않겠다는 서약을 인도양에 했습니다. 그걸 지키기 위해서는 누구에게라도 지금보다는 관대해져야 할 것 같습니다.

원초적 안정감을 주는 것으로는 호수나 강도 좋지만 역시 가장 효과가 뛰어난 것은 가슴이 후련해지는 바다입니다. 몇 번인가 나는 이곳 짜디짠 인도양에 이물로 가득한 내장을 꺼내 헹군 다음 좋은 햇살에 말려 제자리에 넣었습니다. 살아갈 이유가 하나 둘 사라져 아무것도 남지 않을 때 지금 이 시간의 맑은 사유를 잊지 않았으면 하는 바람을 가져 봅니다.

오늘은 어제 만났던 마사이 청년의 윙크를 받았습니다. 멀리 석양을 안고 북쪽 해변으로 사라지는 그가 왜 바다를 향해 걸어가고 있다고 느껴졌을까요. 나도 그를 따라 해지는 바다로 가고 싶었습니다. 설령 돌아오는 길을 잃을지라도.

편지에 물빛을 담을 수 없어 그림엽서로 대신합니다. ― 잔지바르 북쪽 해변에서

작열하는 태양과 물빛

기독교가 성한 아프리카에서도 잔지바르는 무슬림이 많기로 유명한 곳이다. 거리에는 검은 차도르를 쓴 여자들이 자주 눈에 들어오고 골목마다 이슬람의 성전인 모스크가 있다. 어디서 무얼 하든 하루에 다섯 번 알라신께 기도하는 그들의 신앙은 언제 보아도 경이롭다. 스톤 타운에 머물 땐 이른 새벽 모스크에서 들려오는 코란 읽는 소리에 잠을 깼는데, 잔지바르의 북쪽 해변으로 올라온 이곳 역시 무슬림들이 많다.

무슬림 학교에 다니는 아이들은 교복조차도 일반 학교에 다니는 아이들과 구별된다. 여자아이들은 철저히 얼굴을 가리고 남자아이들도 그들의 전통복장을 입는다. 마을 가운데 있는 바오밥나무를 찾아갔다가 방금 학교가 파했는지 교복

170

차림으로 책가방을 메고 돌아오는 학생들을 만났다. 중학생쯤 된 남녀 학생들인데, 말을 걸기도 하고 웃기도 잘해 인사를 나누고 기다렸다가 저만큼 지나간 뒤 카메라를 꺼내 사진을 찍으려 했을 때 뜻하지 않은 일이 벌어졌다. 몇몇 학생들은 카메라를 피해 도망을 쳤지만, 나머지 여학생들은 돌을 던지며 소리를 질렀다.

"사진 찍지 마세요, 돈을 내세요. 돈을 내세요(No photo, give me money. Give me money)!"

그들의 반응은 의외로 강경했다. 나는 끝내 미안하다는 말로 사과를 하고 수습하려 했지만 그들은 좀처럼 화를 풀지 않았다. 미리 양해를 구하지 않은 깃이 실수였다. 무슬림의 율법을 가볍게 생각한 경솔함을 그때만큼 후회한 적도 없다. 생업에 종사하는 현지인들은 여행자들이 그들을 대상으로 함부로 사진 찍는 것을 원치 않는다. 그것은 문화의 관습에서 오는 차이라는 걸 알고 있기에 그들 뜻에 따르지만 예쁜 여학생들이 외국인에게 돌을 던지는 행위를 이해하기란 쉽지 않았다. 결국 원하는 사진을 찍지도 못하고 미안하다는 말로 거듭 사과를 했음에도 돌은 계속 날아왔다.

부겐빌레아

부겐빌레아, 막무가내로 달려드는 저 시뻘건 과속, 이 한 마디에 숨이 턱 막히는 듯하다. 동아프리카 어느 곳에서도 이 꽃이 없는 곳은 없다. 캠프장 울타리, 야자잎으로 엮은 지붕, 메마른 마사이 마을의 소똥집에도 부겐빌레아는 난리였다. 후일 마사이 사람에게 이름을 물었을 때, 그는 마사이족을 상징하는 꽃이라며 이름을 가르쳐 주었다. 그리고 보니 이 꽃은 지독히 붉은색을 좋아하는 마사이 사람들의 망토 슈카의 색깔을 닮았다. 부겐빌레아, 이른 봄 우리나라 공원이나 길거리마다 흐드러지게 피어 뭇 사내들 가슴에 불 지르는 영산홍이 떠올

학교에서 돌아오는 길인데 사진을 찍으려 하자
돌을 던지며 항의하는 소녀들.

라 고개를 돌리는데 이곳 사람들은 너나없이 환장하게 좋아하는 꽃이란다.

방갈로 앞마당은 각 동마다 작은 정원이 따로 있고 울타리마다 형형색색 꽃을 피운 넝쿨식물이 자라고 있다. 이른 아침부터 내 방 앞에서 부겐빌레아를 꺾는 청년은 나와 눈이 마주치자 수줍은 듯 머쓱해 하더니 다른 곳으로 옮겨 가며 계속 꽃을 꺾었다. 한참 후, 그에겐 풍성한 꽃다발이 그의 얼굴 전체를 가릴 만큼 들려져 있었다. 뜨거운 햇빛 속에서 한나절 땀을 흘리며 준비한 저 꽃의 주인공은 누구이며 얼마나 행복할까 혼자 상상하고 혼자 좋아하다가 바다로 나갔다. 그렇게 화창한 날씨가 오후엔 바람이 구름을 몰고 와 흐리다가 개이기를 반복했다.

해변은 해가 뜨면 금세 뜨거워지지만 구름이 덮이고 바람이라도 불면 몹시 춥다. 며칠 관찰하면서 본 이곳 바다는 정말 요술을 부리는 듯하다. 그건 하늘 색이 바뀔 때마다 물빛도 따라 바뀐다는 것인데, 그것도 바다 전체가 바뀌는 것이 아니라 부분적으로 바뀌는 색의 변화를 매일 넋을 놓고 바라보아야 했다.

음악을 듣거나 눈을 감고 나무 그늘에 누워 듣는, 바람이 야자수 잎을 스치고

> 마사이를 상징하는 꽃 부겐빌레아, 아프리카 지천에 깔려 있는 꽃이다.

지나가는 소리와 빗소리를 구별하기란 쉽지 않다. 방갈로에서 잠을 잘 때는 더욱 그랬다. 밤중에 몇 번씩 빗소리에 벌떡 일어나 나가 보면 아무 일도 아닌 듯 바람이 야자잎을 흔들 뿐, 나는 인도양의 바람에게 번번이 그렇게 속을 수밖에 없었다.

***

'왜 나는 여기인가'라는 질문을 잊고 지냈다. 나는 이곳에 오기 위해 수십 년을 기다렸고, 제자리로 돌아가기 위해 다시 수십 년을 기다릴 것이다. 삶의 부응과 아무런 상관이 없는 이곳에서 보내는 날들이 왜 이리 쓸쓸하면서도 행복한가!

도무지 이중성을 허락하지 않을 것 같은 저 빛, 그러나 안과 밖이 동시에 같을 필요도 다를 필요도 없는 어느 경계에서 내가 그리워하는 것은 세상 밖, 오직 당신이다. 그리고 다시 묻는다. 왜 나는 아직 여기인가.

이슬람과 차도르

원래 이슬람 의상은 사막의 모래바람과 열기를 막기 위한 것으로 해석된다. 여성이 머리에 베일을 쓰는 이유는 남성과 여성이 다르다는 것을 구별하기 위해서다. 여성은 성적 욕구가 강한 반면 절제력이 떨어지는 것으로 보아, 여성이 자신을 드러내는 것은 남성을 유혹하는 것으로 간주됐다. 보수적 이슬람 시각에서 여성은 유혹이며 사회 혼란의 원인으로 인식됐다.

무슬림의 불평등한 여성 억압정책은 탈레반 정권이 들어서면서 더욱 심화되었다. 탈레반은 모든 여성은 외부로 자신을 드러내선 안 된다고 엄중히 지시하고 가르쳤는데, 8세 이상 소녀들의 교육 금지, 여자대학 폐쇄, 취업 금지, 부르카(burka) 착용 등 극단적인 여성정책을 썼다. 남편이 일찍 죽거나 외도를 하는 여성들은 사회적인 재판을 받기 전에 가족으로부터 살해를 당하는 경우도 있다.

이슬람 국가에서 여성들의 베일은 나라나 종교적 성향, 계층, 연령, 취향에 따라 다양하다. 튀니지 등 상대적으로 개방된 북아프리카와 일부 페르시아 만 지역 이슬람 여성들은 대체로 흰색이나 다양한 색의 두건 모양으로 입고 벗기 편한 '히잡(hijab)'을 선호하거나 아예 쓰지 않기도 한다. 이란에서는 보통 얼굴을 가리는 검은색 '차도르(chador)'를 착용하며, 보수적인 사우디아라비아와 탈레반 정권하의 아프가니스탄 여성들은 머리끝에서 발끝, 심지어 장갑으로 손까지 가리는 '부르카'를 입는다.

아프리카 트럭여행·18

FERRY SEABUS / DAR ES SALAAM /
AKIDA'S GARDEN CAMP

다시 다르에스살람으로(아프리카에서 띄우는 편지 - 제18신)

김형, 일정이 정확하거나, 정해져 있지 않은 지금과 같은 여행에서 하루가 분명하게 느껴
지는 것은 매일 일출과 일몰을 놓치지 않아서인 것 같습니다. 오래전부터 인식된 습관이지
만 어쩌다 일출을 놓치는 것은 그저 그런데 일몰을 놓쳤을 땐 불안과 안타까움이 교차되는
걸 보면 나도 모르는 자연의 흐름을 생각하지 않을 수 없습니다.

오늘은 잔지바르에서 다르에스살람으로 오는 바다 한가운데서 지는 해를 마중했습니다.
갈 때 시작된 멀미는 올 때도 예외가 아니었지만 망망대해에서 보는 해는 여전히 나를 안절
부절못하게 했습니다. 정말이지, 일몰은 질리지도 않고 볼 때마다 신비롭습니다. 그리고 보
면 정신의 센서는 우리가 이해할 수 없는 암호로 가득한 문서 같습니다. 평생 풀어도 다 못
풀 암호를 위해 생이 존재하고 있는지도 모를 일입니다. 다 풀 수도 없겠지만 왠지 풀어도
안 될 것 같은 문서들.

흔들리는 배 안에서 쓰고 싶었던 엽서는 끝내 펼쳐 보지도 못했습니다. 그리움이든 고통
이든 몸이 견딜 수 없이 절실해질 때 내가 자주 바라보는 곳은 서쪽입니다. 언젠가는 가야
할 곳이기 때문이지요.

적당한 간격이 있었다면 아름다웠겠지만 배 위에서 바라보는 망망대해는 모든 것들이 너
무 멀고 아득한 거리를 두고 있어서 감히 접근을 꿈꿀 수 없는 외로움이 있었습니다. 이 외
로움을 사람들은 섬이라고도 하지요. 이같이 외로움이 깊어지면 결국 아무것도 할 수 없게
되는데, 이럴 땐 누구라도 온몸으로 순종하고 맙니다.

배를 갈아타고 누군가 기다려 줄 것 같은 야자수 우거진 숙소로 돌아오니 밤이었습니다.

175

내게 환영의 인사를 건네는 것은 우글거리는 도마뱀과 바다에서 올라온 어린 게들뿐 온기를 느낄 만한 것은 어디에도 없었습니다. 그리고 마지막으로 개미떼와 한바탕 전쟁을 치렀습니다. 생각해 보니 이 여행도 수난의 연속입니다. 어제는 모기떼가, 오늘은 개미떼가, 전세도 월세도 아닌 일세 사는 텐트에 동숙을 한 셈입니다. 기도를 드릴 때 혹 신에게 개미나 모기를 부탁하지 않은 것이 문제였을까요.

오늘따라 바람은 왜 그리 눅눅하고 칙칙하기만 한지, 잔지바르가 이곳까지 나를 따라왔는지 한동안 나는 다르에스살람에 와 있다는 것을 잊고 있었습니다.

내일은 꿈에 그리던 마사이들의 마을 아루사로 갑니다. — 다르에스살람에서

망망대해에서 석양을 보다

잔지바르에서 다시 다르에스살람으로 돌아가는 날이다. 다시는, 정말 다시는 타고 싶지 않은 배. 바람으로 인해 파도는 거칠고 파도가 거친 만큼 배는 정신 없이 흔들렸다. 맞바람으로 갈 때에 비해 시간도 더 걸리고, 내 자리는 탁자를 사이에 두고 마주 앉아야 하는 좌석으로 지정좌석이 없는 배인데 승선이 늦어 무슬림 남자와 여자가 섞여 앉은 자리를 택할 수밖에 없었다. 그것도 배가 달리는 역방향으로 앉아 멀미가 더했다. 마주하고 앉은 거구의 남자는 눈빛이 매섭다. 흑인이니 피부가 검은 거야 당연하지만 마치 얼굴에 검은 페인트를 칠한 듯 번들거리기까지 한 그는 내가 아프리카에서 만난 사람 중 가장 검은 사람으로 기록될 것이다.

옆자리 여자는 검은 차도르를 쓰고 앞의 남자와 계속 뭔가 이야기를 주고받았는데 잔지바르 해변에서 마사지를 권하던 무아나처럼 손과 발에 문신을 하고 있다. 자신을 드러내지 못하니 억압된 감정의 발산으로 제 살을 찔러 그들 고유의 문양이나 꽃을 새겨 치장하는 것은 아닌지. 그가 일생 겪어야 할 숙명적인 생애. 끝내 관습의 테두리를 벗어나지 못하는 여자의 눈빛이 깊고 쓸쓸해 보였다.

멀미로 초죽음이 되어 다르에스살람 선착장에 도착하자 날이 저물고 있다. 다

항해를 끝내고 포구로 돌아온 디우,
돛을 접고 있어 또다른 모습이다.

시 배를 갈아타고 트럭이 기다리는 숙소로 돌아가는 차 안에서 보니 다른 친구들도 나처럼 지친 표정이 역력하다. 나흘이 지났을 뿐인데 트럭 버스와 텐트가 있는 캠프촌으로 돌아가는 일이 고향으로 돌아가는 것만큼 설레기까지 한다. 캠프에 남아 있던 크리스티가 피자와 빵과 고기로 저녁을 준비해 놓고 기다리고 있다. 그러니 식사가 끝나는 대로 각자 텐트로 돌아가 쉬기만 하면 된다. 내일은 마사이들을 만나러 아루사로 갈 것이다. 가는 길에 어쩌면 킬리만자로를 보게 될지도 모르겠다. 상상만으로도 즐겁다.

저녁을 끝내고 텐트로 돌아와 지퍼를 여니 눅눅한 공기 때문에 불쾌감이 높다. 그러나 문제는 다음이다. 랜턴을 켜 텐트 안 여기저기를 비추자 이게 웬일인가. 내가 부재한 사이 개미떼가 텐트를 점령한 것이다. 수많은 개미떼들, 천장과 모서리를 까맣게 덮은 개미들은 며칠 만에 돌아온 나를 경악하게 만들었다. 나는 얼떨결에 미친 듯 머리를 흔들어대며 텐트 밖으로 뛰쳐나갔다. 그 순간 바다에 풍덩 뛰어들 생각인들 왜 안했겠는가. 난감하고 황당할 뿐이었다. 다른 텐트엔 별 문제가 없어 보이는데 왜 내 텐트에만 이런 일이.

텐트를 옆자리로 옮긴 뒤, 지칠 대로 지친 나는 모기약 한 통을 텐트에 쏟아붓고 캄캄한 해변의 야자수 아래 앉아 펑펑 눈물을 쏟았다. 참았던 고통이 한꺼번에 폭발한 것이다. 한참 뒤 기분을 가라앉히고 돌아와 텐트 안에 까맣게 죽은 개미를 쓸어내고 문을 열어 환기를 시키려 했지만 바람은 없고 습기가 많아 독한 냄새는 쉬이 사라지지 않는다.

사실 아프리카에서 무서운 것들은 사자나 치타가 아니라 체체파리나 말라리아를 퍼뜨리는 모기 같은 것들이다. 체체파리는 말이 파리지 표피가 풍뎅이처럼 단단해서 웬만큼 때려서는 잘 죽지도 않는다. 이 파리에 물리면 졸다가 죽는 수면병에 걸리기 쉽지만, 말라리아 모기 또한 치사율이 높아 주의를 게을리하면 안 된다. 하지만 발등에 떨어진 불은 나를 뜯어먹겠다고 달려드는 개미와 모기들이다.

　빌어먹을! 나는 내가 알고 있는 가장 험한 소리를 내뱉으며 계속 머리를 쥐어
뜯었다. 오늘은 최악의 날, 밖에서 모기에게 순순히 헌혈을 하고 말라리아에 걸
리든가 텐트 안에 들어가 약냄새에 질식사하든가 둘 중 하나다.

＊＊＊

　네가 바다를 생각할 때 내가 숲에 있다는 사실을 너무 나무라지는 마라. 무엇
을 바라 이곳에 왔는가도 중요하지만 현재로서는 지금 무엇을 하고 있는가가 더
절실하기 때문이다. 이 생에 내가 이토록 말이 어눌한 것은 전생에 너무 많은 말
을 해 버렸기 때문이라고 아카시아 가시가 내 살을 콕콕 찌르며 일러 주지 않았
다면 지금보다 나는 더 불행했을까? 답해 주라, 당신에게 묻고 있는 거다.

아프리카 트럭여행·19

MOSHI, ARUSHA, MASAI VILLAGE SNEAK PARK CAMP

'아웃 오브 아프리카'를 들으며(아프리카에서 띄우는 편지 - 제19신)

김형, 소소한 즐거움들이 일상을 살게 했다면 여행에서는 결코 달콤하지만은 않은 고독이 나를 견디게 합니다. 어제도 그랬고 오늘도 그랬습니다. 그건 곁에 아무도 없거나 너무 많아서가 아니라 일상에 잠재하고 있던 외로운 자아, 아니 본능이 발동해서일 겁니다. 동물 백화점이라는 응고롱고로 분화구에서 내리쬐는 태양을 온몸으로 받으며 허니문중인 사자를 차를 타고 쫓고 있을 때의 일입니다. 갑자기 온몸에 힘이 빠지면서 정신이 혼몽해지는 순간에 스치는 생각이 있었습니다.

사자는 물론 이 거대한 분화구 안에 살고 있는 수많은 동식물과 이곳에 서 있는 나는 천지간에 다 같은 질료로 만들어졌고, 그 질료란 눈에 보이는 현상뿐 아니라 무수한 기(氣)의 교감이 이루어낸 환상 같다는 것. 그때 잠깐 나는 적멸에 들었던 것 같기도 합니다.

조용필의 「킬리만자로의 표범」, 안치환의 「사람이 꽃보다 아름다워」, 강산에의 「강물을 거슬러올라가는 연어들처럼」, 이문세, 이소라, 그리고 모차르트의 「아웃 오브 아프리카」, 서른 곡 정도 담아 온 음악 중 이 몇 곡은 정말 질리게 듣고 있습니다. 눈을 감고 듣는 모차르트의 「아웃 오브 아프리카」는 흘러가는 구름에 내 혼이 실린 듯 검은 아프리카를 실감나게 하는군요. 순간, 여행이 이런 거구나 싶었는데, 서울에선 생각할 수 없는 그런 감정입니다.

바나나를 제외하면 아프리카를 대변하는 나무는 세 가지로 망고, 바오밥나무, 아카시아를 들 수 있습니다. 망고가 아프리카 사람들의 입을 먹여 살린다면, 바오밥나무는 아프리카 사람들의 영혼을 먹여 살리고, 아카시아는 메마른 사바나 초원의 초식동물들을 먹여 살립니다. 어떤 나무가 더 많다 적다를 말할 수 없을 만큼 이 세 나무가 차지하는 비율은 매우 큽니다. 바오밥나무는 우선 그 크기에 압도되고, 아카시아는 끈질긴 생명력과 조형미에 끌리게 되고, 망고나무는 배고픈 이곳 아이들을 위로해 주니, 우주만물 세상에 존재하는 모든 것이 귀치지 않은 것은 정말로 없다는 생각을 다시 하게 됩니다. 망고를 좋아하지 않던 내가 이곳에선 거의 매일 망고를 먹습니다. 여행은 이렇게 나를 변화시킵니다.

분명 다른 파트너가 있는 것으로 기억하고 있었는데 아침에 아는 친구가 다른 텐트에서 나오는 걸 우연히 봤습니다. '저 자유분방한 연애주의자들' 하면서 그냥 웃었습니다. 젊음을 주체할 수 없어서, 아니 젊지 않고서야 어찌 저런 연애가 가능하겠습니까. 이 트럭여행을 통해 나는 지금 유럽식 사고를 들여다보고 있는 중입니다. 아직은 닮고 싶은 것보다는 닮지 말아야 할 것들이 더 많아 보입니다.

오늘은 그리도 바라던 마사이를 만났습니다. 나도 다른 차원의 삶을 바라 황홀한 실종을 꿈꾸기도 했지만 아직 그런 일은 일어나지 않았습니다. 내가 다시 편지를 띄울 수 없다면 마사이 남자를 의심해도 좋겠습니다.

정신이 조금 허물어지는 듯합니다. 불편한 몸이 그렇게 만든 것인데 이러고도 몸이 정신을 담는 그릇에 불과하다는 말을 믿으라는 건지, 잠시 회의하고 있습니다.

돌아보면 내가 아프리카를 갈망했던 것이 아니라 아프리카가 나를 원했던 것은 아니었을까요. 그렇지 않고서야 내가 어찌 이렇게 마사이들과 같은 자리에 있을 수 있었겠습니까. 왠지 오늘은 그런 생각이 듭니다. ― 아루사에서

마사이 마을 방문

다르에스살람 시내를 벗어나자 드문드문 마사이 마을이 보이기 시작했다. 마사이들의 특별한 의상은 그들이 어디에 있든 눈에 들어오게 마련이어서 그들의 주거지가 멀지 않다는 것을 감잡는 일도 어렵지 않았다. 잔지바르에 머무는 동안 관광객을 상대로 장사를 하는 젊은 마사이들을 몇 번 접하긴 했지만 그들은 그곳에 터를 잡고 사는 마사이들이 아니어서 아쉬움이 더했다. 그러나 자동차를 타고 이동하면서 드물게 보이는 마사이 가옥과 사람들은 나를 매우 달뜨게 만들

었다.

오전 내내 달렸더니 이제 본격적으로 마사이 마을이 보이기 시작한다. 킬리만자로를 가려면 모시를 경유해야 하는데, 모시는 아프리카 최고봉 킬리만자로뿐 아니라 커피 주산지로도 유명한 곳이다. 아루사를 향해 달리는 길, 사바나 지역에 작은 호수라도 눈에 들어오면 그 주위에 많은 소떼를 볼 수 있고, 멀지 않은 곳에 마사이 마을이 있다는 것을 알 수 있다. 그리고 소떼가 있는 곳은 반드시 마사이 남자가 있는데, 어린 소년이나 여자들도 더러 눈에 띄었다.

달리는 차 안에서 나는 부풀어오르는 감정을 주체하지 못해 뭐 마려운 사람처럼 끙끙대고 있었다. 저 사바나의 흙바람, 아카시아나무, 저 지독한 먼지, 흙먼지 사이로 소를 몰고 가는 마사이의 앙상한 두 다리, 바람에 흩날리는 마사이의 상징 붉은 슈카, 옆구리의 스틱, 창, 눈, 눈빛. 나는 마치 꿈속에서 영화를 보고 있는 듯한 착각이 들었다. 탄자니아 땅 세렝게티에서부터 이곳 아루사 일대와 케냐 마사이마라까지는 아프리카에서도 마사이들이 집중적으로 모여 사는 곳답게 언제 어디서나 쉽게 마사이를 만난다. 그러나 시장이나 마을이 아닌 차를 타고 지나가면서 먼 풍경으로 만나는 마사이들은 내게 현실과 이상을 혼돈하게 만들었다. 시간에 구애받지 않고 날이 저물면 나무 밑에서 소와 함께 잠을 청하고, 다시 날이 새면 풀과 물을 따라 사바나 초원을 떠도는 마사이가 더없이 자유롭고 행복해 보인다. 그러면 나는 여기까지 와서 꿈을 꾸고 있는 걸까.

아루사에서의 며칠

마사이 박물관을 견학한 뒤 마사이 마을로 향했다. 원한다면 낙타를 탈 수 있었지만 나는 몇몇 친구들과 걷기를 고집했다. 사바나에 부는 흙바람의 위력을 실감하며 걸어서 도착한 마을은 숙소에서 그리 멀지 않았다. 이들 마을은 매우 황량한 평지에 있었는데, 고만고만한 키의 낮은 집들은 온통 흙먼지로 탁해 보

사바나의 거센 바람을 안고 마사이 여자들이
마른 짚단을 나르고 있다.

인다. 마을 어귀 가시 울타리가 있는 손바닥만한 밭에서 자라는 채소들은 안쓰
럽다 못해 딱할 지경이다. 아프리카 어느 지역에서나 흔하게 보아 왔던 바나나
나무나 망고나무지만 이 마을에는 눈을 씻고 봐도 없다. 있다면 오직 드문드문
서 있는 아카시아뿐이다. 여자들은 모두 일하러 나가고, 어린아이들과 열 명쯤
되는 젊은 남자들이 나와 우리 일행을 환영해 주었다. 소똥으로 바른 집 앞에 간
간이 나이든 여자들이 아이를 안고 있었지만 여행자들에게 특별히 관심을 보이
지는 않았다. 당나귀 등에다 마른 옥수숫대를 싣고 오는 아이들도 보였고 소똥
을 짓이겨 벽에 칠하는 여자도 있었다. 돌아오는 길에 머리에 짚단을 이고 가는
한 여자와 눈이 마주치자 나도 모르게 온몸이 경직되는 느낌을 받았는데, 혹 그
녀는 마을의 길흉화복을 점치는 주술사가 아니었을까.

　마사이들이 '회전하는 사다리'라고 부르는 회오리바람이 지독한 흙먼지를
일으키며 마을을 훑고 지나가자 사람들은 먼지 속으로 사라졌다가 바람이 멈추
자 곧 제자리로 돌아왔다. 저 척박한 먼지 구덩이 속에서 어떻게 살아낸다는 것
인지. 그래도 아이들은 아이들대로 몰려다니고 어른들은 어른들대로 분주하다.

치장하기 좋아하는 부족

흑인들은 머리가 자라면 자란 머리칼이 다시 두피를 파고들어 대부분 삭발을 하는데 두상만 보면 여자인지 남자인지 구별하기가 쉽지 않다. 물론 몸에 두른 장식을 보면 알 수 있지만, 일반 남자에 비해 여자들의 치장은 상상을 초월한다. 여자들은 어려서부터 귀를 뚫어 귀고리를 하는데 축 늘어진 마사이 여자들의 귀에는 자물통 모양의 귀고리와 크고 작은 부속 장식들이 주렁주렁 매달려 있다. 귀에 걸린 구멍이 크면 클수록 미인 대접을 받는다고 한다. 귀고리나 목걸이뿐 아니라 마사이 여자들의 맨머리에 주렁주렁 걸려 있는 장식품들을 보고 있노라면 아름다워지고 싶은 여자의 욕망, 그곳이 어디든 예쁘게 보이고 싶은 지극한 본능이 놀라울 뿐이다. 어떤 작가는 여자 마사이들의 빛나는 두상에서 에로스를 느낀다고 했지만 나는 그들의 늘어진 귓불에서 묘한 에너지를 느꼈다. 그러나 마사이 여자들이 사바나 초원에서 독사나 해충의 공격을 피해 서서 오줌 누는 것을 상상하는 일은 인도 남자들이 길거리에 앉아서 오줌 누는 것보다 더 에로스적이라고 말하기엔 좀 그렇다. 유감스럽게도 나는 서서 오줌 누는 여자 마사이를 보지 못했으므로.

화려한 장신구를 한
마사이 여성들.

마사이는 남자라 하여 치장을 하지 않는 것은 아니다. 외출할 때나 심지어 초원으로 소떼를 몰고 나갈 때도 이마에 독특한 문양을 새기고 흰 구슬을 꿰어 그들 특유의 멋을 낸다. 가축을 몰고 밖으로 나가는 남자들은 항상 창을 소지하는데 그것은 할례를 끝내고 성례 기간을 마친 마사이만이 가질 수 있으며, 맹수로부터 가축은 물론 자신을 보호하기 위해서지만 이것 또한 단순히 보호의 차원만이 아니라 장식적인 효과도 크다. 다른 한 가지 마사이 남자들이 늘 허리에 차고 다니는 것은 몽둥이처럼 생긴 나무 스틱 '이룽구'다. 이 스틱은 대부분 손때가 묻어 윤이 나는 걸 보면 저마다 아끼는 물건임을 알 수 있다. 마사이 박물관의 안내자는 이 스틱과 창을 소유하지 않은 이는 마사이 전사가 아니라고 했다. 이들은 척박한 환경 속에서 자신을 보호하고 살아가는 방법을 지혜롭게 행하는 사람들임과 동시에 멋을 아는 부족이다.

사진
미리 양해를 구하거나 여행자가 자유롭게 드나들 수 있는 지정 장소가 아니면 마사이를 겨냥해 사진을 찍을 수 없다. 사진이 영혼을 빼앗는다고 믿는 그들은 아직도 많은 부분 베일 속에 숨어 있는 독특한 부족이다. 사실 그들의 표정을 가까이에서 보면 눈빛은 깊고 날카로울 뿐 아니라 너무 경직되어 있어서 감히 카메라를 들 수 없게 만든다. 그런 마사이들도 철저히 문명 뒤에 숨어 있기를 바라는 보수파와 새로운 문물을 받아들여 상업으로 쉽게 돈을 벌려는 개혁파 사이에서 갈등하고 있는 것처럼 느껴졌다. 슈카를 한 용맹하고 건장한 마사이가 휴대폰을 들고 대로에 서서 지나가는 사람들을 쳐다보며 수다를 떠는 모습은 상상에도 없는 그림을 확인하는 일처럼 기이하기까지 했다. 내가 꿈꾸던 세상에서 가장 용맹한 전사 마사이는 모두 어디로 숨어 버렸는지.

마사이 춤

마사이 춤은 그들의 분위기만큼이나 독특하다. 북소리에 맞춰 춤을 출 때면 남자들은 양손에 창과 방패를 들고 손바닥으로 입술을 두드려 '아바바~'와 같은 소리를 내며 한 사람씩 번갈아 가며 앞에 나와 리듬에 맞춰 높이뛰기를 한다. 그렇게 반복하다가 신명이 난 사람은 더 깊이 도움닫기를 하여 더 높이 뛰어 오르고, 그렇지 못한 사람은 흉내만 내고 제자리로 돌아간다. 물론 이들의 노래는 악보가 있는 것이 아니라 입에서 입으로 전해 내려오는 것으로, 대지와 태양과 물과 바람의 이미지를 담고 있다.

남자들로 구성되어 있는 이들 춤은 구경하는 사람들에게도 흥을 돋운다. 그들은 늘 같은 옷을 입고 머리는 삭발을 하는 것을 원칙으로 하지만, 그들 중 유일하게 머리를 기르는 젊은 청년을 '모란'이라 칭한다. 모란은 마사이의 가장 용맹한 전사를 뜻하는데, 이들이 춤을 추기 위해 도움닫기를 할 때마다 긴 머리가 치렁치렁 말꼬리처럼 나풀거리는 모습은 이색적이다. '아헤, 알랄라 아이디에.' 무슨 뜻인지 알아들을 수는 없지만 가늘고 톤이 높은 음악을 반복하면서 춤은 계속 이어진다. 이때 하늘 높이 마사이가 뛰는 것은 사바나 초원에서 맹수를 만났을 때 위협적으로 보이기 위한 동작이라고 한다. 지치지도 않고 뛰고 또 뛰는 저 반복의 깊은 경지로 입문하면 분명 아무도 넘볼 수 없는 저들만의 환희와 기쁨이 솟구치리라.

***

내 출발지는 어디였을까.

나는 넓은 초원에 사지를 펴고 누워 수평을 꿈꾸다가 수직을 꿈꾸다가 자리로 돌아왔다. 느린 것들이 더 느리게 내 안에서 부풀고, 나는 가장 알맞은 간격을 이곳에서 보았다. 본래 나는 저 아득한 틈새에서 한 톨 씨앗처럼 왔으리라. 지금 나는 오십 년을 걷고 달려 고향으로 돌아온 것이다.

마사이들이 하늘로 껑중껑중 뛰어오르며
춤을 추고 있다.

아프리카 트럭여행·20

MOSHI, ARUSHA, MASAI VILLAGE SNEAK PARK CAMP

마사이, 마사이 (아프리카에서 띄우는 편지 - 제20신)

김형, 태양을 향해 서서 오줌 누는 마사이 여자 상상해 보셨습니까? 수 명의 부인을 거느리면서 친구가 멀리 출타하면 친구 대신 친구의 아내를 품어 주는 마사이 남자를 상상해 본 적은 있습니까? 머리털 한 올 없는 마사이 여자들의 원시적이며 에로틱한 두상, 아카시아 나무를 닮은 용맹한 마사이 전사들의 검고 마른 몸을 상상해 본 적은요? 그렇다면 어른의 강요와 인습으로 앳된 소녀가 아랫도리를 벌리고 그 아름답고 성스러운 음부를 도려내는 할례 장면은요? 귓불이 늘어져 아예 어깨에 내려앉은 마사이 여자 귀에 주렁주렁 매달려 있는 화려한 장신구는요? 에이즈에 신음하는 마사이는요? 자기를 쳐다본다고 돌을 던지며 도망가는 마사이 처녀나 아카시아나무 아래에서 휴대폰으로 수다를 떠는 마사이는요?

마사이 여자들은 지구상에서 서서 오줌 누는 몇 안 되는 종족이라고 하는데 어찌 보면 남성과 동일한 지위를 가지고 있는 것처럼 상상되나 그렇지는 않다고 합니다. 마사이 형상을 그린 나무 조각을 보면 남성의 성기는 모두 터무니없이 큰데, 실제 마사이도 그럴까요?

아주 어렸을 적부터 아프리카 마사이 전사는 제게 꿈이었습니다. 불행하게도 욕망도 욕정도 사그라진 지금에야 비로소 마사이를 볼 수 있게 되었으니 지금의 기분을 고백하자면 안타까움 반 안도 반 그렇습니다. 사실 아프리카에 오면서 가장 기다려 온 것이 마사이를 만나는 것이었거든요. 마사이 전사를 만나는 일은 그것 자체만으로도 나를 긴장하게 했고 떨리게 했습니다. 힘있고 용맹하고 야성적이며 검고 강인한 남자가 가장 원시적인 모습을 갖추었다면 내가 충분히 긴장하고도 남을 일이지요.

그런 마사이가 눈앞에서 백인 여자와 서슴없이 악수를 하고 물건을 사 달라고 조릅니다.

이 정도니 그간의 꿈은 산산조각이 난 게지요. 그러나 지레 실망하지는 않습니다. 내가 만난 마사이는 다행히 몇 사람에 불과했으니까요. 이쯤 되면 내가 실종을 자처하지 않은 이유를 아시겠지요. 다시 김형에게 이 글을 쓸 수 있게 된 것이 다행인지 불행인지 아직은 잘 모르겠습니다만.

빈 벌판에 두 팔을 벌리고 서 있는 한 그루의 아카시아는 그냥 그대로 화두가 됩니다. 머리에 마른 나무를 이고 붉은 슈카를 바람에 날리며 걸어가는 마사이 여자들, 그 뒤를 이어 소떼를 몰고 가는 마사이 남자, 아카시아나무에 걸려 있는 것은 석양뿐 아니라 참 희한하게도 생긴 나무 벌통입니다. 처음에 나는 누가 저 높은 곳에 술통을 달아 놓았을까 했는데 알고 보니 꿀통이었습니다. 짐승의 습격을 피하는 방편임과 동시에 아카시아꽃이 피면 벌이 꿀을 모으기에 좋으라고 그렇게 했답니다. 그 희귀한 모양의 나무통이 마을과 조금 떨어져 있는 사바나 벌판 한가운데 대롱대롱 매달려 있는 것을 석양과 함께 보는 일은 정말 흥미롭습니다. 또 그 아카시아나무에 주렁주렁 매달려 있는 새집은요. 이 메마른 사바나에 마사이의 상징으로 불리는 부겐빌레아 붉은 꽃은 물 한 방울 없는 흙먼지 속에서 처절한 생명을 잇고 있더군요. 마사이와 부겐빌레아의 질긴 생명력, 정말 놀라울 뿐입니다.

사바나 지역을 걸으면서 정말 많은 먼지를 마신 날입니다. 내 몸의 반은 먼지로 채워지지 않았을까 싶을 만큼.

제 발로 걸어와 여기 아무리 버려진 듯 있다 해도 시간이 무의미하게 나를 통과했다고는 생각지 않습니다. 문명 속일 수록 자연의 소리를 놓치지 않으려는 의지가 중요하듯, 문명에서 멀어져도 지금처럼 불편을 느끼지 않을 수 있음은 여간한 축복이 아닌 듯합니다. — 마사이 마을을 다녀와서

어린 전사 블랙 마사이

탄자니아의 북부 아루사에 머무는 동안 아프리카 그것도 툭하면 마사이 마을에서 잠적해 버린 어느 작가를 떠올리고 있었다.

응고롱고로 국립공원을 지나 세렝게티로 향하는 길은 그곳이 사바나 지역임을 잊지 않도록, 맞은편에서 자동차가 지날 때 뿌리고 간 먼지로 몇 초 동안은 앞이 보이질 않는다. 그 먼지는 맞은편에서 차가 달려올 때마다 무슨 작전을 펼

치듯 찜통 더위와 상관없이 창문을 모두 닫지 않으면 안 되게 만들었다. 세상에 먼지가 많기로 그렇게 많은 먼지가 한꺼번에 시야를 가리는 것은 처음이지 싶다. 저 멀리 사바나 언덕에 아카시아나무가 하나 둘 나타나고 가축을 앞세워 능선 위로 걸어가는 마사이 남자들의 뒷모습에 홀려 있을 때, 길가에 미소년으로 보이는 6,7명의 어린 마사이들이 먼지를 그대로 뒤집어쓰고 일사분란하게 몸을 움직이고 있었다. 노랫소리에 맞춰 단순한 동작으로 춤을 추는 것 같기도 하고 어떤 주술적인 의식을 치르는 것 같기도 했다.

그들이 길가에 나와 지나가는 여행자들을 상대로 춤을 추는 것은 야생에 기대 살아갈 방법을 찾지 않고 쉽게 생활비를 벌기 위한 수단으로, 사진을 찍세 하고 돈을 받는 것이 주목적이라는 설명은 평소 아프리카의 용맹한 원시부족의 상징인 마사이에 대한 기대와 너무 달라 충격적이기까지 했다. 사실일지라도 그들이 길가에 나와 춤으로 여행자들의 걸음을 멈추게 하고 배고픔을 해결한다는 것은 믿고 싶지 않았다.

차가 천천히 통과하는 지점에서 나도 모르게 카메라를 꺼내 그들을 찍으려 할 때 뒤에 앉은 영국인 친구가 하도 완강히 동작을 제지하는 바람에 나는 정신이 번쩍 들었다. 전날 마사이 박물관에서 마사이들의 일생에 대해 설명을 들을 때 블랙 마사이에 대한 이야기가 있었는데, 잠시 스쳐 갔을 뿐이지만 그들의 눈빛을 보는 순간 온몸의 털이 일어서면서 섬뜩한 전율이 나를 훑고 지나갔다. 저들이구나, 블랙 마사이. 그랬지, 저들에게 그냥 사진을 찍으면 절대로 안 된다고 했다. 대가를 좀 치르더라도 그들을 담고 싶었지만 동행자들은 그런 것에는 아예 관심이 없는 듯 조금이라도 빨리 먼지 소굴을 벗어나지 못해 안달이다. 그들은 모란이 되기까지 그렇게 밖을 떠돌며 용맹성을 키우는 예비 전사들이라고 했는데, 그들을 블랙 마사이라 부르는 것은 피부도 검지만 의상조차도 일반 마사이에게서는 볼 수 없는 검은색으로 모두 통일한다. 그 검은 마사이가 특히 눈에

191

남자도 아름다울 수 있다는 것을
마사이에게서 읽는다.

띄는 것은 얼굴에 그린 백골 문양 때문인데, 그걸 보는 순간 나는 뭔가 설명할 수 없는 깊고 무한한 블랙홀 속으로 빠져드는 묘한 감흥을 주체할 수 없었다. 이 감흥이란 검은색이 가진 역동성, 아니면 가장 강렬한 것에서 얻을 수 있는 에너지 같은 것은 아니었을까.

마사이 마을에서 만난 아이들, 목에 흰 구슬 장식을 두르고 있다

마사이족의 의식주와 현실

마사이 부족은 아프리카의 부족 중 외부에 가장 잘 알려진 부족이면서도 한편으로는 가장 많은 베일에 가려진 부족이기도 하다. 마사이족은 탄자니아의 북부와 케냐의 남부 지역에 주거지를 삼고 있는 유목민족으로 주로 야생동물 보호구역에서 아직도 많은 사람이 원시적인 유목생활을 하고 있다. 이들의 언어는 마(maa)'라는 언어로, 마사이는 마를 사용하는 사람들'이라는 뜻이다. 그들은 가축을 떠나서 살 수 없을 만큼 가축을 중요하게 생각하며, '엥카이'라는 신이 세상의 모든 소들을 자신에게 선물로 주었기 때문에 모든 소는 자신들의 소유라고 믿는다. 마사이는 원래 유목민이어서 토지 소유 개념이 없었지만 지금은 다르다.

이들의 주식은 소나 양 같은 가축의 피와 젖이고, 고기를 좋아하지만 늘 먹을 수 있는 것은 아니다. 마을 축제나 혼인식, 혹은 성년식 같은 특별한 행사가 있을 때만 고기를 먹을 수 있다. 그뿐 아니라 소가죽으로 의복과 물통이나 우유를 담을 수 있는 그릇을 만들고 소똥으로 집을 짓고, 특히 흰 소를 신령하게 여기며, 아무리 소가 많아도 제각각 이름을 지어 부르고, 조상에게 바치는 가장 귀한 제물 역시 소라고 하니 한마디로 마사이는 소를 떠나서 생각할 수 없는 부족이다. 소 외에 신성시하는 것이 있다면 물과 가축의 배설물인데, 생명을 이어 주는 물과 가장 빠르게 흙으로 돌아가는 배설물이 그들의 삶이 되는 것은 너무나 자연스러운 일이다.

한 부족의 문화를 이해하려면 가족 구성을 보면 되는데, 마사이가 한 집에 여러 명의 부인을 둔 것은 노동력을 위한 것이라 볼 수 있다. 아이를 많이 두는 것도 그러한 이유다. 그러므로 다산을 미덕으로 여기는 마사이 여자에게 치명적인 것은 불임이다. 불임 여성은 천대와 멸시의 대상이고 심지어는 가족으로부터 살해되는 경우도 있다고 한다. 마사이 여자들도 이름이 있지만 결혼을 하여 아이가 태어나면 아무개 어머니라 부른다 하는데 이는 우리와 비슷하다.

마사이들은 모두 자연미인이다. 지역에 따라 화장법이 조금씩 다르고 얼굴과 몸에 그려 넣는 문신이나 그림이 다르다. 그들이 흙을 몸에 바르는 것은 미용의 효과도 있지만 맨몸을 보호하려는 의도도 있다. 그들이 사용하는 화장품 재료는 나무뿌리 혹은 열매에서 얻으며 옷감의 염료도 마찬가지다. 각양각색의 화려한 천을 온몸에 두르고 멋을 내는데, 그 솜씨가 뛰어나다. 마사이 중에서 몸에 아무것도 장식하지 않은 여자는 눈을 씻고 봐도 없다. 지나치게 장식을 즐기는 여자들. 마사이 마을을 둘러보며 저 현란한 장식 앞에서는 귀신도 정신이 없어서 도망갈지도 모르겠다는 생각을 하며 초라한 내 모습을 확인하기도 했다. 근래 마사이 여자들에게 가장 인기가 있는 것은 탄자나이트라고 불리는 청자색 보석으로, 이것은 킬리만자로 아래 메레라니에서만 생산되는 것으로 알려지고 있다. 또한 백색에 대한 반항심인 듯 마사이들은 한결같이 가장 아름다운 색을 검은색으로 꼽는 데 주저함이 없다. 그리고 웃음이야말로 가장 좋은 신의 선물이라고 믿는 마사이들을 보면 언제나 신선하고 건강미가 넘치는데 이 모두 자연이 가르쳐 준 것일 테다.

일부다처제인 마사이들의 가옥 형태는 보통 출입문이 없어 자유로운 개방성을 엿볼 수 있다. 소떼를 몰고 나가거나 사냥하는 일 외엔 어떤 일도 하지 않는 마사이 남자들이어서 소똥으로 집을 짓는 일은 당연히 여자의 몫이다. 마사이 집은 어머니의 자궁을 닮은 둥근 형태가 주를 이룬다. 내부는 가축을 두는 곳, 식량을 보관하는 곳, 아이들 자는 곳이 구분되어 있지만, 아내가 여럿인 집은 여자들이 잠자는 곳이 각각 다르다. 실내 구조는 조금 복잡하고 창이 없어 어둡다. 가축과 사람이 함께 기거하지만 특별히 역겨운 냄새 같은 것은 느낄 수 없다.

마사이 남편은 방이 없는 경우가 많은데, 여러 명의 부인을 둔 남자라면 언제든 원하는 아내의 집을 골라 들어갈 수 있기 때문이다. 한 여자의 집을 골라 들어가면 다음날 동이 트기 전까지는 서둘러 나온다고 하는데 동침하지 않은 다른 아내에 대한 배려라고 한다. 마당의 울타리는 가시가 억센 아카시아나무를 여러 겹 쌓아 만들고 화장실은 대부분 멀리 떨어져 있다. 여러 동으로 집이 함께 있는 마사이 가옥을 스와힐리어로 '보마', 마사이어로는 '앙캉'이라 한다. 건기가 길고 메말라서 신까지도 외면한 땅이라는 사바나 지역에 여전히 삶의 터전을 가꾸는 마사이들, 척박한 땅에 살아남기 위한 본능으로 예전에는 맨손으로 사자를 잡았다는 말은 내게 전설처럼 들렸다.

마사이 박물관을 안내하던 가이드는 마사이 남자가 신부를 데려올 수 있는 값이 소 40마리라고 했다. 전에 읽은 아프리카 이야기에서 한비야는 소 5마리, 황학주는 소 10마리라 했던 기억이 나 다시 물어 보았으나 여전히 예쁘고 젊은, 노동력(아이 잘 낳고 일 잘하는) 좋은 신부는 소 40마리 값과 동일하다는 것을 강조했다. 인플레를 감안하더라도 조금 차이가 있는 편이다.

아프리카의 몇몇 부족들에게 여자는 아직도 상품 개념이다. 전통적으로 신부값은 신부의 부모에게 딸을 잘 길러 주신 감사의 뜻으로 전달되곤 했으나 이것이 왜곡되어 신부값에 눈먼 아버지와 그릇된 인식을 가신 남편 사이에서 희생되는 사람은 결국 여자다. 근래에 들어 아프리카에서 활동하는 여권 운동가들은 신부값이 여성을 남성과 동등한 지위가 아니라 물적 존재로 인식하는 문제가 있다는 지적을 들어 없애야 할 악습이라는 비판의 소리를 높인다. 그러나 나이와 지위에 상관없이 수 명의 아내를 거느리는 이들은 얼마나 능력 있는 남자란 말인가.

이제 마사이들은 시대의 변화에 따라 도시로 이동하는 추세다. 나이로비, 나쿠루, 나뉴키 등 케냐의 주요 도시 이름들이 마사이어에서 유래했고, 역사적으로 세렝게티 마라 생태계, 암보셀리 등이 마사이 부족령이었음에도 불구하고, 마사이족은 이제 식민지시대와 독립 이후 야생동물 보호정책과 토지정책의 희생자로 설자리를 잃고 있다. 그 결과 생존권에 위협을 느끼는 마사이들이 여행자들 앞에서 춤을 추고, 지나는 이들에게 손을 내밀거나 주거지를 보여주는 대가로 돈을 받는 것을 쉽게 볼 수 있다. 이렇게 빠르게 문명화해 가는 현실은 그들에게 중대한 위협이 아닐 수 없다.

마사이 전사

보통 12세에서 16세까지 마사이 부족 소년은 자신과 부족의 명예를 위해 혹독한 훈련을 받는다. 할례를 하면 얼굴에 흰 페인트칠을 하고 몇 명씩 소그룹을 만들어 약 6개월 정도 선배들로부터 혹독한 지도를 받는다. 이때 용맹성을 기르기 위해 야생에서 살아남는 법을 배우게 되는데, 유일하게 아프리카에서도 맨손으로 사자를 잡을 수 있을 만큼 용맹한 전사가 바로 마사이로 알려지고 있다. 이 기간을 잘 끝내면 머리에 사자 갈기를 달고 평소 전사임을 알리는 흰 문양을 이마에 그리고 다니게 된다. 마사이 전사는 10년 정도 전사생활을 하는데, 전사에게는 그만의 특권이 있다. 아무 집에나 들어가 음식을 먹을 수 있고, 마음에 들면 아무 처녀와도 잠자리를 할 수 있다. 대신 다른 부족이 공격해 오면 목숨을 걸고 지켜야 한다. 지금은 이 같은 전통이 사라지고 없지만 마사이 부족이 목숨처럼 지키고자 했던 전사의 엄격한 규율만큼은 어느 부족 못지않게 엄격하고 강했던 것으로 알려져 있다.

아프리카 트럭여행·21

SERENGETI NATIONAL PARK-WILDLIFE / FOUR WHEELS JEEP /
SERENGETI NATIONAL PARK CAMP / GAME DRIVE

야생의 초원 세렝게티 (아프리카에서 띄우는 편지 - 제21신)

심형, 오늘 비로소 마사이 말로 끝없는 '평야' 혹은 '열린 곳'을 뜻한다는 세렝게티 초원에 첫발을 내딛었습니다. 생각해 보니 족히 몇십 년은 기다려 온 날이 바로 오늘인 듯싶습니다. 오늘은 아루사에서 출발, 세렝게티는 오후 조금 늦은 시간에 도착했고, 첫날이고 초입이라 그랬는지 생각만큼 많은 동물을 만나지는 못했습니다. 그래도 오늘 만난 동물들을 모두 기억하기란 쉽지 않을 것 같습니다.

사자, 코끼리, 기린, 얼룩말, 톰슨가젤, 하이에나, 타조 정도인데 일몰이 되어 캠프촌으로 돌아올 때쯤, 갑자기 한곳으로 많은 차들이 몰려들어 우리 차도 가까이 갔습니다. 그런데 바로 눈앞에서 치타가 사냥한 톰슨가젤을 아카시아나무 위로 올라가 가지에 척 걸어 놓는 게 아니겠습니다. 목아지를 늘어뜨리고 젖은 빨래처럼 가지에 걸려 있는 죽은 가젤, 숨을 할딱이며 그걸 흐뭇하게 바라보는 치타. 텔레비전 「동물의 왕국」에서 보던 바로 그 풍경이 눈앞에서 펼쳐진 것입니다. 잠시 후 치타는 먹이를 그대로 두고 나무에서 내려와 유유히 사라졌습니다. 방금 사냥을 끝낸 자의 여유였을까요. 숲 저편으로 사라지는 날렵한 치타의 굽은 등은 늠름해 보였으나, 나뭇가지에서 곧 치타의 밥이 될 톰슨가젤의 운명을 생각하자 마음이 짠해 왔습니다.

세렝게티하면 가장 먼저 떠오르는 것은 다큐멘터리에서 본 1백50만 마리나 되는 누떼들의 대이동입니다. 3백50만 년 동안 세렝게티 초원을 이동하며 살아온 누들에게 자연 혹은 본능이라는 말 외에 어떤 설명이 필요할까요. 저것은 신만이 빚을 수 있는 살아 있는 파노라마가 분명합니다. 그리고 보면 저 초원이나 호수 그 어떤 것도 구체적인 단위로 정의할 수는 없을 것 같습니다. 생각해 보십시오. 저 초원을 무슨 자로 잴 것이며 저 호수와 저 물길의 그 깊이를 내 무슨 내공으로 정의할 수 있으며 저 달려가는 짐승들에게 무슨 희로애락이 있겠습니까. 그러고 보면 멈출 줄 모르는 내 방황도 저들과 크게 다르지 않은 것 같습니다.

오늘은 세렝게티 초원 가운데에 텐트를 친 날입니다. 그러니까 야생의 초원에서 밤을 보내는 날이지요. 가이드는 마지막으로 밤중에 혼자 외진 곳에서 볼일을 보아선 안 된다 누누이 당부하고 자신의 텐트로 돌아갔는데, 오늘 밤 이곳에 유숙하는 텐트는 어림잡아 약 4, 50개는 되어 보입니다. 텐트 사이사이로 군데군데 호롱불을 켜 둔 것은 짐승의 접근을 막기 위함이라고 하는군요. 밤이 늦었지만 잠은 안 오고 추위에 잔뜩 몸을 웅크리고 있다가 텐트 밖으로 나가 보았습니다. 아카시아나무에 걸려 있는 은하수를 보고 살금살금 뒤편으로 가서 볼일을 보는데, 잠 없는 바람의 소행인지 뭔가 바스락 하는 소리에 혼비백산 심장이 멎을 줄 알았습니다. 생각해 보세요. 세렝게티에서 사자나 표범에게 엉덩이를 그대로 내줄 뻔 했는데 왜 그렇지 않겠습니까. 그후 내가 어떻게 텐트로 돌아왔는지는 김형의 상상에 맡깁니다.

아참, 한밤의 세렝게티 초원에는 내가 모르는 그 무엇들(수많은 영들)이 하늘과 땅(공간)을 가득 메우고 있구나 하는 두려운 순간을 경험했는데 꼬집어 무엇이라고 말하기는 좀 그렇군요. 그게 무언지 정리되어 김형에게 알려줄 수 있었으면 하는 희망 한 줄 잊지 않기 위해 여기 메모해 둡니다.

내일 아침 살아서 텐트 밖으로 기어 나갈 수 있다면, 그래서 이 넓은 초원 아카시아나무 사이로 비추는 찬란한 태양을 바라볼 수 있다면, 그건 또 얼마나 큰 축복이겠습니까. 내일은 세렝게티를 샅샅이 누비는 날이니 더 많은 동물을 만날 것입니다. 얼룩말과 누떼를 만나면 김형의 안부 전하는 것 잊지 않을게요. ― 세렝게티에서

하쿠나 마타타

'끝없는 평원'이라는 뜻의 세렝게티, 수 년을 기다려 온 곳. 드디어 세렝게티로 향하는 날이다. 잠을 설친 건 당연할지도 모른다. 이른 새벽부터 텐트 밖에서 진을 치고 있던 여행사 직원이 주의사항을 설명해 주었다. 사파리 중에는 차에서 절대 내려서는 안 되는 것은 물론 동물에게 먹이를 주어도, 동물의 진로를 방해하는 어떤 행동도 안 된다고 했다. 당연한 것을 다시 한 번 주지시키고

나서 일행은 사륜구동 지프에 나누어 타고 출발을 서둘렀다. 사파리 투어는 트럭으로 할 수 없다 하여 옵션으로 신청한 몇 가지 상품 중 하나였다. 이것은 여행 계약서를 작성할 때 희망자에 한해 이루어진 것이다. 그러나 아프리카에 와서 눈앞의 세렝게티를 외면할 사람이 어디에 있겠는가.

킬리만자로 산과 세렝게티, 응고롱고로의 거점 도시인 아루사는 마사이들의 집단 거주지이고 메루 산이 잘 보이는 위치여서 많은 여행자들이 묵어 가는 곳이다. 아루사에서 세렝게티로 가려면 거대한 화산 분화구가 있는 응고롱고로 국립공원을 경유해야 하는데, 공원을 통과하기 위한 모든 수속은 가이드가 알아서 해주니 기다리는 일 외에 여행자들의 번거로움은 없다.

응고롱고로 국립공원 매표소 입구에서 단체복을 입은 한국 여행자들을 만났다. 등판에 새겨진 글씨는 '00국제봉사단'이었는데 중학생 몇과 인솔 교사가 따라왔다. 그러고 보니 잔지바르에서 만난 다섯 명의 한국인들도 저들과 유사한 무슨 국제봉사단이라는 글씨가 새겨진 단체복을 입고 있었다. 나는 때가 되면 양로원이나 수재민들 앞에 라면 박스를 놓고 악수하는 장면을 실은 신문 한 모퉁이를 생각하며 너무나 한국답다는 생각에 씁쓸한 기분으로 그들을 배웅하고 길을 재촉했다.

응고롱고로는 아루사에서 도도마 방면으로 80킬로미터쯤 달리고 나면 그후 비포장도로가 이어지는데, 분화구로 향하는 길은 양옆으로 숲이 정글을 연상할 만큼 울창하다. 원숭이나 일반 조류들에게는 천국이겠으나 많은 동물들이 살기에 그리 적합해 보이지는 않는다. 응고롱고로 분화구를 내려다볼 수 있는 전망대에 섰을 때, 해는 구름에 가려 있었다. 세계에서 가장 큰 분화구라고 했지만 그 규모가 어느 정도인지 한눈에 담을 수 없으니 실감하기 어렵다.

오늘 점심은 도시락이다. 이 지역은 동물이 이동하는 길목이라 아무 곳에나 차를 세울 수 없다 하여 응고롱고로 국립공원 내 여행자들의 쉼터 심바 퍼블릭

세렝게티 사무소가 있는 지점, 언덕에 올라서면
아카시아숲 너머로 끝없이 펼쳐지는
초원을 볼 수 있다.

캠프(Simba Public Camp) 잔디밭에서 점심을 먹는다. 언덕 아래로 펠리컨과 까마귀들이 떼지어 날았지만 산 중턱이라 그런지 바람 때문에 매우 추웠다. 두꺼운 스웨터에 재킷까지 껴 입고 온갖 새들의 진귀한 울음소리를 들으며 망고 주스와 샌드위치로 점심을 먹었다.

점심 후, 차는 비포장도로에서도 속도를 늦출 줄 모른다. 지프는 'T678ADR'이라는 번호를 달고 있다. 인상이 좋은 기사는 '밴'이라는 이름으로 자신을 소개했고, 같은 차를 탄 사람은 영국에서 온 젊은 커플과 뉴질랜드 부부다. 이제 사흘 동안은 이들과 같은 차를 타고 사파리를 하게 되었는데, 네 대의 랜드로버 중에서 가장 노련하고 듬직해 보이는 기사가 우리의 리더가 된 것이다.

세렝게티 가는 길은 작은 능선마다 마사이족 남자들이 붉은 망토를 휘날리며 소를 따라 이동하고 있다. 손에 든 창 때문인지 씩씩하고 용맹해 보였다. 흙먼지 속에서 지나가는 여행자들에게 손을 흔드는 마사이에게 나 같은 여행자들은 어떤 의미일까, 그런 상상은 지루한 여행에 도움을 주었다.

응고롱고로 국립공원의 경계를 벗어나 얼마 안 가서 세렝게티 국립공원 입구가 나타났다. 입장표를 끊기 위해 공원 사무실에서 수속을 하는데 사람이 많아 한 시간이 넘게 걸렸다. 기다리는 동안 사람들은 화장실에 가고 간단한 기념품을 사거나 음료 등을 마실 수 있고, 공원 사무실 뒤편의 산책로에 올라가 먼 초원으로 이동하는 동물의 무리를 전망할 수도 있다. 이 전망대는 동물뿐 아니라 먼지를 날리며 사라지는 사파리 차들을 볼 수 있는 유일한 곳이기도 하다. 국립공원 사무실 주변으로 아카시아숲이 꽤 넓게 분포되어 있는 이곳은 사막의 오아시스나 다름없다. 나는 이곳에서 처음으로 다양한 아카시아나무를 카메라에 담을 수 있었고, 그 뿌듯함으로 더위도 잊은 채 조금은 들떠 있었다.

밴이 함께 차를 탄 일행들에게 각자 어떤 동물이 가장 보고 싶은지를 물었다. 어떤 사람은 사자라고 했고 어떤 사람은 표범이라고 했는데, 내 차례가 왔을 때

나는 하이에나라고 답했다. 밴은 우리들의 희망을 모두 들어줄 것 같은 믿음직한 기사였다.

세렝게티 국립공원 사무실을 통과하자 본격적으로 사바나 초원이 이어지면서 차 안은 어느새 먼지로 가득했다. 옆자리에 앉은 케이티의 머리를 보니 내 몰골을 알 수 있을 것 같다. 그의 머리는 먼지로 가득했고 얼굴도 마찬가지였다. 우리는 서로의 얼굴을 확인하는 순간 웃지 않을 수 없었다. 백미러를 들여다보니 가관이다. 그러나 그 기막힌 먼지조차도 불평하지 않았던 것은 창밖으로 드디어 하나 둘 동물의 수가 늘어나고 있었기 때문이다.

눈에 가장 많이 보이는 동물은 역시 톰슨가젤이다. 톰슨가젤은 한 마리의 건강한 수컷이 수십 마리의 암컷을 거느리는데, 사바나에 짝짓기 계절이 돌아와 암컷들이 오줌을 뿌려 때가 왔음을 알리면 수컷은 일 년 중 가장 바쁜 며칠을 보낸다. 비슷한 시기에 많은 상대와 짝짓기를 하는 습성 때문에 새끼 또한 동시다발로 태어난다. 태어나자마자 많은 육식동물의 표적이 되지만 그만큼 개체 수를 유지할 수 있는 비결이 거기에 있다. 이들은 마른 초원 어디에서나 꼬리를 흔들며 부지런히 움직이는데 바로 곁에 차가 지나가도 멀뚱히 쳐다만 볼 뿐 피할 생각을 않는다. 하지만 늘 감시하는 듯한 불안해 보이는 시선은 저 넓은 벌판에서 살아남을 수 있는 유일한 본능의 발로일 것이다.

저 먼지 속에서 시간을
먼지 속에서 빛을
먼지 속에서 빛 바랜 추억을
그늘이 없어 모두 그늘이고
빛이 없어 모두 빛인
어둠과 빛의 지난한 묵상과 기다림
아무도 저곳에서는 돌아누울 수 없다
너무 아득하다.

202

가도가도 끝은 보이지 않는다. 뜨겁게 달궈진 초원에는 먼지만 일고, 먼 지평선 끝으로 마치 흐르는 강물 같기도 하고 빛나는 은하수 같기도 한 신기루만 나타날 뿐이다. 건기의 세렝게티라고는 하지만 움직이는 동물들이 없다면 생명을 느낄 수 있는 흔적은 어디에도 없다. 길게 줄을 서 달리던 지프 일행은 어느새 뿔뿔이 흩어져 보이지 않는다. 밴은 마치 동물을 만나고 못 만나고는 모두 자신에게 달려 있는 듯, 초원 한가운데로 신명나게 차를 몰았다. 그리고 마른 풀을 헤치고 드문드문 아카시아나무가 있는 곳을 향해 질주하기 시작했다. 원숭이, 치타, 표범이 차례대로 나타나고, 물이 있는 곳엔 하마와 악어가 숨죽인 듯 엎드려 쉬고 있다. 아카시아나무마다 주렁주렁 새집이 달려 있고, 동물의 제왕인 사자가 있다.

사파리 지프는 초원을 무작정 달리는 것 같지만 자동차가 달리는 길은 따로 있다. 그 영역을 벗어날 경우 누구라도 제보할 수 있고, 감시를 게을리하지 않은 국립공원 관리로부터 경고를 받게 되는데, 경고를 받으면 가볍게는 벌금형이지만 심한 경우에는 추방 조치를 당한다고 한다.

바로 눈앞에서 또 한 번 치타의 사냥을 지켜보았다. 여러 대의 지프가 주변에 있었는데, 지붕 위로 올라가 치타의 움직임을 좇아 카메라 셔터를 누르는 사람들의 낮은 탄성이 여기저기서 들렸다. '바로 저것이야, 바로 저것!' 소리치며 쾌감을 만끽하는 사람들, 본능적으로 위험을 알고 있지만 풀 뜯기에 정신이 팔려 처참하게 끝난 어린 가젤의 운명을 생각하면, 철저한 약육강식의 세계에 사는 그들이라지만 안타까움은 쉽게 지워지지 않는다. 그러나 안타까워하지 말자. 바로 저것이 자연 아닌가.

해가 지고 있어서 초조함에 자주 시계를 들여다보자 밴은 사진을 충분히 찍어도 좋다는 사인을 보내며 여유 있게 노래를 부른다.

"하쿠나 마타타, 하쿠나 마타타!"

여행자들은 이렇게 사파리용으로 개조한
지프차를 타고 초원을 누빈다.

아, 여기, 바로 이곳 세렝게티에서 듣는 '하쿠나 마타타.'

언제였더라. 디즈니사가 제작한 매우 인상 깊었던 애니메이션 영화 「라이언 킹」은 이곳 세렝게티 초원이 배경이었다. 그 영화 속에는 스와힐리어가 나오는데 아빠를 잃고 삼촌에게 쫓겨나 실의와 절망에 빠져 있던 아기 사자 '심바'에게 멧돼지 '품바'가 용기와 희망을 심어 주는 한 마디. "하쿠나 마타타!" '걱정 마, 다 잘될 거야.'

멋진 말이지
하쿠나 마타타!
잠깐의 열광이 아니라네

남은 여생 동안
걱정 없이 살란 말이네
우리의 인생철학이지
하쿠나 마타타!

그가 어렸을 적
나 어렸을 적
무척 냄새가 지독했다네
식사 후면 그의 곁에 오는 친구가 없었어
낯은 두꺼워도 여린 마음을 가졌다네
친구들은 바람 부는 쪽으로는 서질 않았다네

아, 창피해
이름을 바꿀까도 생각했지
너무 낙담했었지
그럴 때마다

하구나 마타나!
멋진 말이지

하쿠나 마타타!
잠깐의 열광이 아니라네
남은 여생 동안
걱정 없이 살란 말이네
우리의 인생철학이지
하쿠나 마타타!
하쿠나 마타타!

세렝게티 초원에서 보내는 첫밤, 2박3일에 250달러를 지급한 힘일까. 사파리를 담당한 여행사 직원들의 준비는 철저했다. 스물다섯 명이나 되는 일행과 다섯 명의 기사와 가이드, 그리고 두 명의 요리사가 먹고 잘 준비가 빈틈 없다. 잠자리는 여전히 텐트지만 저녁은 모처럼 요리사가 동행했으니 걱정이 없다. 물이 부족하므로 초원에서 맘 놓고 씻는 일은 불가능하다. 세수를 원한다면 물 티슈 한 장이면 족하다.

허허벌판에서 받은 따뜻한 식사는 감동 그 자체였다. 식사가 끝나면 모닥불가에 빙 둘러앉아 달콤한 마시멜로를 불에 구우며 보내는 여러 나라 친구들과의 교제 시간은 푸근하고 즐겁다. 가이드는 거듭 주의사항을 주지시켰는데, 그만큼 여행자들은 각자 안전에 신경써야 한다.

한낮의 폭염과 바람이 멎은 밤중의 세렝게티에는 새끼 짐승들 잠투정하는 소리, 코고는 소리가 들리는 듯하다. 하늘 가득 은하수가 흐르고 뒤늦게 뜬 달이 아카시아 나뭇가지에 걸려 애처롭다. 감히 밤의 세렝게티를 산책할 수는 없다 해도 텐트 앞에 쭈그리고 앉아 사방을 둘러보고 하늘을 마냥 올려다보는 것만으로도 충분히 감동스럽다.

세렝게티 한복판에 서 있다니, 그것도 아카시아나무 사이로 처연한 초승달이 내 존재를 비추는 이 밤에.

세렝게티, 내가 모르는 그 무엇들이 공간을 가득 메우고 있다.

빛 가득한 초원, 굴복을 모르는 흐름 속에서 잠자고 있던 야만성을 깨운다. 통제되지 않은 무의식, 살고자 하는 본능, 이곳에 이상주의자는 존재하지 않는다. 다만 먹고 먹히는 치열한 생존경쟁이 있을 뿐. 건기의 사바나 초원은 무한한 여백을 보여준다. 태초의 대지 같기도 하고 폐허 같기도 한 저곳, 많은 동물들이 물을 찾아 이동하고, 초원을 지키는 것은 살아 있는 것들의 호흡을 방해하는 지독한 먼지다.

먼지만 살아 있는 세렝게티, 그러나 돌아가면 그리워할 저 먼지, 이 먼지들!

세렝게티

세렝게티는 킬리만자로 서쪽 사바나 지대의 중심에 있는 탄자니아와 케냐에 걸쳐 있는 국립공원으로 세계 최대의 평원 수렵 지역을 중심으로 사자, 코끼리, 표범, 얼룩말, 검은꼬리누 등 약 3만 마리의 동물들이 살고 있다. 그중 코끼리는 약 2천7백 마리, 사바나 얼룩말은 약 6만 마리, 가젤은 약 15만 마리, 마사이기린 약 8천 마리 등이 서식하고 아프리카 전체에 서식하는 사자는 약 10만 마리로 추정, 그중 3천6백 마리 정도가 이곳에 산다. 강가의 숲에는 영장류의 하나인 동부 흑백콜로버스가 살고, 바나기 구릉지대에는 희귀종인 로운앤틸로프가 서식한다. 우기가 끝난 6월 초가 되면 1백50만 마리에 이르는 세계 최대의 검은꼬리누 무리가 남동부에서 북서부로 이동하는 장관을 연출한다. 이 누들의 대이동은 3백50만 년 전부터 이루어졌고, 이들이 멸종하지 않는 한 앞으로도 이루어질 것이라 한다. 누는 탄자니아 북쪽 세렝게티 끝에서부터 케냐 남쪽 마사이마라 국립공원(Masaimara National Park)까지 약 5백 킬로미터를 이동했다가 이듬해 12~1월 사이에 다시 세렝게티로 돌아온다. 이들에게 마사이마라는 약속의 땅이다. 세렝게티 초원은 면적이 무려 14,763평방킬로미터에 이른다. 1981년 유네스코가 세계자연유산으로 지정하였다.

드넓은 초원 위로 해가 지고 있다. 이 시간쯤이면
짐승들도 잠자리를 찾아간다.

아프리카 트럭여행·22

초원을 뒹굴다(아프리카에서 띄우는 편지 - 제22신)

김형, 아프리카의 자연을 말할 때, 세렝게티를 제외하는 것은 좀 그럴 것 같습니다. 야생의 초원 세렝게티, '세렝게티'라는 단어 앞에는 늘 '야생의 초원'이라는 수식어가 따라다니는데 그 이유를 이제 조금 알 것 같습니다. 세렝게티는 모든 사람들에게는 원시, 야생, 피안으로 대변할 수 있는 꿈 같은 대지입니다. 그 세렝게티에서 해가 뜨고 지는 걸 보며 나는 말을 잊습니다.

최초 인류가 시작되었다는 아프리카, 세렝게티를 보고 지금까지 내가 알고 있던 초원의 해석이 옳지 못했음을 인정했습니다. 울타리 없는 무한정한 풀밭이 세상에 존재한다는 것, 우리가 세상 일에 혈안이 되어 있을 때 생과 소멸의 엄격한 질서를 적용하며 이 광활한 대지를 돌본 어느 누가 있었다는 것.

사진으로 꽤나 많이 사귀어 온 터이지만, 초원 한가운데 그것도 아득한 곳에 홀로 서 있는 아카시아나무는 신비롭습니다. 저 나무 위에는 치타가 먹이 사냥을 위해 망을 보고, 나무 아래엔 배부른 사자가 낮잠을 잘 것 같기도 합니다. 귀하고 아름다운 것은 늘 외로운 것인지, 왠지 저 아카시아가 오늘은 더 외로워 보이는군요.

아, 또 한 가지, 이곳에선 자주 만나게 되는 동물이 사자인데 그 용맹해 보이는 수사자는 암컷에게 모두 맡기고 자기가 먹을 밥조차 사냥을 하지 않는다는 걸 알았습니다. 그 늠름한 모습에 반해 수사자를 짝사랑해 왔는데 조금 실망했습니다. 저는 아무리 멋져 보여도 무능한 사내는 별로 좋아하지 않거든요.

그리고 나이를 가늠하기 힘든 늙은 아카시아나무 아래 숭숭 시간의 구멍이 뚫린 물소의 횅한 머리를 보는 순간 전율했습니다. 오래된 것들에게서 느껴지는 영적인 힘, 삶과 죽음이 서로 다르지 않다는 것, 멀리서 그늘을 보고 나무를 찾아온 물소가 죽은 제 조상의 뼈를 보며 무엇을 떠올릴까 생각하니 더욱 그랬습니다.

아쉽게도 세렝게티에서 보내는 시간은 짧습니다. 평생을 본다 해도 다 못 볼 이 광활한 초원을 단 며칠에 무슨 수로 보겠습니까만 바라기는 한 자락만이라도 올곧이 마음에 새길 수 있다면 그보다 더한 위로는 없을 것입니다.

지금은 황색의 마른 풀만 가득하지만 건기가 끝나고 비가 오면 이 들판 가득 초록이 피고 형형색색의 꽃들이 만발할 테지요. 그때 좋아라 초원을 뛰어다닐 동물들을 생각하니 절로 생명감이 느껴집니다.

먼지 속에서 지낸 며칠이 꿈만 같습니다. 그래도 정말 이것이 꿈이라면 깨어나고 싶지 않은 꿈입니다. ― 세렝게티 초원에서

잡는 것보다 잡히지 않는 것

나 태어난 첫날 아침이 이랬을까.

낮은 평원 같지만 세렝게티는 1천7백 미터의 고원이라 낮에는 더워도 밤에는 춥다. 아직 어둠이 가시지 않은 5시에 기상하여 6시에 출발을 서두른다. 그렇지 않으면 해 뜨는 시간에 초원에 도착할 수 없기 때문인데, 차를 타고 보니 동쪽 하늘이 서서히 열리면서 붉은 해가 초원 가득 부서지고 있었다. 서두르는 이유는 낮엔 짐승들의 움직임이 적어 동물을 만나기가 쉽지 않기 때문이다.

게임 드라이브. 사파리 여행 상품명에 붙여진 이름인데 무슨 게임을 한다는 것인지. 그러나 초원을 누비면서 의문은 곧 풀렸다. 세렝게티가 워낙 광범위하다 보니 어디서나 항상 동물을 볼 수 있는 것이 아니라서 물이 있거나 바위가 있거나 더러는 숲, 더러는 나무 그늘 아래 그들의 숨은 은신처를 찾아내는 일은 온전히 지프 기사의 전략에 맡길 수밖에 없다. 어떤 날은 운이 좋아 많은 동물을 볼 수 있지만 어떤 날은 빈 초원만 헤매게 되는데, 경험이 많은 운전기사일수록 동물을 찾아내는 숨은 노하우가 있기 마련이다.

어디서나 가장 눈에 잘 띄는 기린, 휘적휘적 걸어서
어디로 가는 것인지…

겨울 사바나는 초원 전체가 누런 빛을 띠고 있어서 눈앞에 사자가 엎드려 있어도 구별이 안 되는 경우가 많다. 그래서 같은 팀끼리는 그때그때 무전기로 연락하여 지금 어디에 무슨 동물이 있다는 정보를 공유한다. 이 무전기는 초원에서 갑자기 차가 멎거나 환자가 발생했을 때, 그밖에 어려운 일이 생기면 가까운 팀 동료에게 도움을 청할 수 있는 중요한 수단으로 이용된다.

오늘은 어제보다 더 다양한 동물을 만났다. 키다리 기린, 초원의 청소부 하이에나, 얼룩말, 게으른 사자와 달리기 선수인 치타, 원숭이, 타조, 하마, 악어, 수백 마리의 물소, 수백 마리의 코끼리들, 예쁜 임팔라, 톰슨가젤, 하트비스트, 그리고 누…. 큰 새, 타조는 몸무게가 자그마치 150킬로그램에 키가 3미터나 되는 녀석도 있다는데, 그 육중한 몸으로 하늘을 가볍게 나는 것이 신기할 뿐이다.

초식동물은 육식동물과 다르게 먹이를 놓고 싸우는 경우가 거의 없다. 착한 천성 탓도 있겠지만 먹이 종류가 서로 다르기 때문으로, 누·기린·코끼리는 키 큰 나무의 잎을 좋아하고, 얼룩말·들소는 거칠고 질긴 풀을 즐기며, 임팔라·가젤·영양 등은 여린 새잎을 좋아한다.

한낮인데도 치타가 새끼를 데리고 그늘 아래에서 놀고 있다. 주변에는 톰슨가젤이 꼬리를 팔랑거리며 풀을 뜯고 있다. 그냥 새끼를 돌본다고 생각했는데 가만히 보니 새끼에게 사냥을 가르치고 있었던 모양이다. 새끼를 앞세워 톰슨가젤을 쫓게 하고 놓치면 다시 달려가 잡아 보라고 등을 떠미는 것 같았다. 그러면서도 다른 동물들이 제 새끼를 노리는 것은 아닌지 사방 경계를 게을리하지 않았다. 모성이란 짐승이나 사람이나 다를 바 없다. 사냥하는 법과 사냥당하지 않는 법을 동시에 가르쳐야 하는 것. 아니다. 진정한 사냥이란 잡는 것보다 잡히지 않는 것.

점심시간이 되자 밴은 세렝게티 여행안내소로 팀을 안내했다. 이곳에서 도시락으로 점심식사를 한 뒤 세렝게티의 역사와 시설 안내를 위한 옥외 전시물을 돌아보았다. 주변에 가장 흔하게 볼 수 있는 동물은 사람을 겁내지 않는 작은 토끼만한 하이랙스들이다. 녀석들은 사람이 건드리지 않으면 가까이 가도 도망가지 않는다. 졸랑졸랑 따라다니는 하이랙스를 뒤로하고 한낮의 태양 아래 바위 언덕에 올라가 아카시아숲과 넓은 사바나 초원을 관망했다. 세상에 이렇게 넓은 초원이 있었구나, 한 번 벌어진 입은 좀체 다물어지지 않았다.

　동물들은 치밀한 작전하에 일단 사냥할 대상이 정해지면 유인조와 공격조로 나누어 각자 역할을 분담한다. 유인조가 주변을 돌아보며 사냥감을 물색하고 물색이 끝나면 공격을 시작하는데, 사냥감이 놀라 도망가기 시작하면 뒤에서 기다리고 있던 공격조가 사냥감의 목을 물어 쓰러뜨린다. 작전은 일사분란하게 이루어지지만 실제 이런 엄밀한 작전에도 걸려드는 먹이는 불과 20~30퍼센트를 넘지 못한다. 이를 보면 지천에 먹이가 깔려 있는 듯해도 성공률은 낮은 편이다.

　육식동물은 날카로운 이와 발톱, 빠른 발을 가졌지만 초식동물은 밝은 눈과 예민한 청각, 후각으로 공격은 물론 자신을 보호하는 본능적 방어력을 가지고 있다. 육식동물이 초식동물을 사냥하려면 절대적인 집중력과 인내심이 필요한데 이들은 힘이 넘쳐도 반드시 필요한 만큼만 사냥을 하므로 그들 나름으로 생태계의 조화와 균형을 유지한다.

　오늘은 길고 커서 슬픈 기린에게 왠지 호감이 가는 날이기도 했다. 기린의 목뼈는 사람과 같이 일곱 개인데, 2미터가 넘는 목과 50센티미터나 되는 긴 혀로 능숙하게 아카시아 잎을 따먹는 걸 자주 보게 된다. 그 큰 키의 기린도 교미기가 되면 수컷이 암컷에게로 다가가 몸을 비비며 자신의 애정을 구걸한다. 긴 구애 끝에 암컷이 준비를 마치면 드디어 교미가 시작되는데 이들의 교미 시간은 그 어느 동물보다도 짧다.

얼룩말이나 누 같은 초식동물은
살아남기 위한 본능으로
무리를 지어 다닌다.

겨울 초원, 아프리카의 빛나는 누드

마니아는 아니지만, 어렸을 적부터 나는 자연 다큐멘터리에 관심이 많았다. 세렝게티는 이미 다큐멘터리 전문 제작사인 '내셔널 지오그래픽'에서 수차례 제작 방영되었는데, 가끔은 우리 「동물의 왕국」 같은 프로에도 등장한 것으로 알고 있다. 지나간 이야기지만 나는 우리의 방송사상 처음으로 아프리카의 자연 다큐멘터리 제작 기록을 남긴 MBC 창사특집 「야생의 초원 세렝게티」에서 총 4부(1부 초원의 승부사들, 2부 위대한 이동, 3부 2백 일의 기록, 4부 바람의 승부사 치타)로 나뉘어 2002년 12월부터 2003년 5월까지 방영된 영상들을 너무나 선명하게 기억하고 있었다.

초원 위에 아무리 많은 동물이 있다 해도 우리가 그들을 근접 촬영할 수 있는 기회란 지극히 제한적이다. 때로는 종일 아니 며칠을 돌아다녀도 사진 한 장 찍을 수 없을 때가 있고, 어쩌다 사냥 장면이나 어미가 새끼를 출산하는 장면을 만나더라도 촬영할 경우, 그것은 너무나 긴 기다림을 요하는 일이다. 어느 다큐멘터리 작가는 자연에 대한 존경심과 애정과 인내 없이는 누구도 이 일을 할 수가 없다고 했다. 그러니 기회가 눈앞에 펼쳐졌을 때 각본 없는 드라마를 즉석 무대에 올리는 일처럼 긴장하는 건 당연하다. 저 초원의 긴 기다림 끝에 드디어 한 컷 건진다면 누구라도 흥분하지 않을 수 없을 것이다. 그러나 초원에서 사냥에 실패한 표범을 만나더라도 그에게서 허무주의자의 포즈를 읽을 수는 없을 테니 기다림 뒤에 얻어지는 것 역시 적지 않다.

나는 치타가 사냥을 끝내고 나무에 올라가 쉬는 모습을 지켜보며 『아프리카 여정』이라는 사진집에서 사진가 김중만이 김영사 사장에게 보내는 메모, 세렝게티에서 머문 어느 날의 기록 한 줄이 떠올랐다.

"촬영은 순조로운 편이나, 예상보다 동물의 숫자가 적습니다. … 그러다가 나뭇가지 위의 표범 한 마리 발견하고, 미친 듯 달려가 찍고 나면 좋아서 죽습니다. 세렝게티는 장난이 아닙니다."

작가는 하루 종일 동물들을 찾아 헤매다 어쩌다 찍고 싶은 사진을 찍었을 때의 감동을 단 한 마디 '죽습니다'로 집약하고 있었는데, 나 역시 이 넓은 세렝게티에서 치타와 눈이 마주치자 며칠 고생 끝에 비로소 낚아채는 작가의 그 짜릿한 쾌감을 조금은 알 것 같다.

나는 끝없이 펼쳐지는 초원에서 일몰 직전 지금까지 본 것과는 다른 소멸을 목도했다. 그것은 있음이고 또한 없음이기도 했다. 세렝게티의 겨울 초원은 마치 아프리카의 누드를 보는 것과 같다.

카메라 조작이 미숙하고 사진에 문외한인 나도 가끔은 좋은 대상과 빛을 꿈꾼다. 그리하여 때로 적절하고도 좋은 빛이 내 카메라에 들어와 주기를 바랐다. 그 바람은 초원의 모든 무거움과 침묵을 온기로 바꾸어 놓았다. 사소하고 가벼운 즐거움, 그것은 영원한 나의 희망이며 명제이기도 하다.

초원 끝으로 외톨이 톰슨가젤 한 마리가 점으로 사라지는 것을 보았다. 모든 존재가 점이 되는 것이라면 대체 세상에는 내가 모르는 것들이 얼마나 많은 것일까?

건기와 우기로 구별되는 사바나에서 펼쳐지는 대자연의 파노라마는 약육강식, 생과 사, 빛과 소멸의 질서가 엄격하다. 메마른 땅에 우기가 되면 먼지로 가득한 대지에 울려 퍼질 초록의 함성, 그때 누, 얼룩말, 버펄로, 코끼리 들은 다시 마라 강을 건너 세렝게티 남쪽으로 대이동을 할 것이니 생각만으로도 가슴이 뛰는 일이다. 건기의 사바나가 군더더기 없는 황량함 그 자체라면 우기의 초원은 푸른 생명으로 가득할 것이다.

***

착시라고 해도 좋겠다. 같으면서도 다름은 신비다. 눈앞에서 풀을 뜯고 있는

사람의 지문과 같다는 각기 다른 얼룩말의
저 현란한 무늬, 보면 볼수록 경이롭다.

수많은 얼룩말의 얼룩무늬는 모두 같은 것 같지만 실제로 하나도 같은 무늬가 없다고 한다. 그것은 지구상에 아무리 많은 인간이 있다 해도 같은 지문이 존재하지 않는다는 것과 같다. 지문이란 우주에 존재하는 생명이 각기 귀하고 다르다는 것을 구별하기 위해 새긴 신의 암호문이다. 생명이 신비롭고 존엄하며 어느 것 하나도 소홀히 대접해선 안 되는 이유가 여기에 있는 것은 아닐까.

아프리카의 동물 실태

2005년 9월호 한국어판 『내셔널 지오그래픽』에서 데이비드 쾀멘은 아프리카 대륙에서 가장 중요한 문제는 정치, 경제, 의료라고 할 수 있지만 파고 들어가면 한마디로 복잡하다고 지적한다. 그렇지만 그 복잡한 문제 너머 아프리카는 야생동물의 보고라는 말을 잊지 않는다. 그리고 열거한다.

먼저 '명부'에 올라 있는 종은 현기증이 날 정도로 다양하다. 대형 고양이류 3종(사자, 표범, 치타), 소형 고양이류 7종(아프리카살쾡이, 서발고양이 등), 코끼리 2종(아프리카코끼리, 둥근귀코끼리), 코뿔소 2종(검은코뿔소, 흰코뿔소), 하마 2종(피그미하마, 하마), 기린 2종(기린, 오카피), 사람을 제외한 유인원 3종(고릴라, 침팬지, 피그미침팬지), 얼룩말 3종, 가젤 9종, 다이커 19종, 원숭이 20여 종, 개코원숭이 5종, 제네트와 사향고양이 무리, 돼지 6종, 천산갑 4종, 리드벅 3종, 말처럼 생긴 영양 몇 종, 쇠마영양 몇 종, 나선형 구조의 뿔을 가진 영양 9종(봉고, 시타퉁가, 일런드 등), 누 2종, 흙돼지, 흙늑대, 드릴원숭이와 만드릴원숭이, 리복, 남아프리카영양, 겜스복, 아프리카물소, 누비아아이벡스, 하이에나 3종, 재칼 3종, 에티오피아재칼, 리카온, 그밖의 여러 포유류, 그리고 타조와 악어 3종, 아프리카 비단구렁이를 비롯해 상상 가능한 온갖 종류의 소형 육상동물과 연안 바다의 커다란 어류와 상어. 우와! 다양함과 풍부함에 있어서 세계 어느 곳과도 비교할 수 없는 엄청난 동물 무리다.

수다로 푸는 피로(아프리카에서 띄우는 편지 - 제23신)

김형, 응고롱고로에 와 있습니다. 김형이니까 하는 소린데 오늘은 3주 동안 함께 여행했던 백인 젊은이들 흉 좀 볼게요. 사실 나는 이곳 아프리카까지 와서 백인 속에 섞여 지내야 한다는 사실이 좀 못마땅할 뿐 아니라 불편했습니다. 물론 젊으니까 발랄하고 자유분방한 사고까지는 봐주겠는데 이들의 위생관념은 정말 형편없습니다. 텐트만 해도 그렇습니다. 처음부터 지정된 텐트가 없어 트럭이 목적지에 도착하면 닥치는 대로 가져다 치는데, 텐트가 바뀌는 저녁마다 쓰레기로 가득해 불편을 감수하지 않으면 안 되었습니다. 때마다 청소를 하지만 다음날 보면 또 더럽혀져 있는 텐트. 여행이 길어질수록 나는 텐트 청소로 점점 지쳐 갔습니다.

어디 그뿐인가요. 한 달 동안 탔던 트럭 안의 난삽한 풍경을 보면 귀신 나오기 직전입니다. 신발 신은 사람, 벗은 사람, 입던 옷을 깔고 통로에 누워 있는 사람, 물통은 뚜껑이 열려 엎질러지고, 먹다 남은 사과는 의자 밑으로 굴러다니고, 술병은 깨져 뒹굴고, 그뿐이 아닙니다. 도대체 이 아이들은 왜 설거지를 하는지 모르겠습니다. 주방용 세제를 풀어 각자 사용한 접시나 포크 혹은 컵 등을 그것도 플라스틱 솔로 설렁설렁 닦는데, 세제로 닦은 그릇 헹구는 꼴을 보면 가관이라 그 접시에 음식을 담을 맘이 싹 가십니다. 그릇에 묻은 세제를 물로 깨끗이 헹구는 게 아니라 마른 행주로 쓱 한 번 닦으면 그만입니다. 접시에 세제 거품이 그대로 묻어 있어도 노 프라블럼이라 합니다.

먼지 가득한 주전자, 먼지 가득한 컵, 먼지 가득한 도마. 그런데도 위생 어쩌고저쩌고 하며 식사 전 자신들의 손만큼은 꼭 살균 스프레이로 닦습니다. 맨발로 텐트 안팎을 오가는 것 또한 그렇지만, 더러운 발로 버스 시트에서 뒹구는 것도 상관없지만, 모두 성년들이니 다음 사람에게 자신의 행동이 어떤 영향을 미칠지 한 번쯤 생각해 봐야 하는 것 아닙니까. 나는 이들의 자유분방(?)한 위생관념에 진저리를 치면서도 이제 어느덧 그들을 비난했던 나 역시 별 대수롭지 않게 그 접시로 식사를 하고 불결한 매트 위에서, 에라 모르겠다, 곤한 잠을 자곤 합니다. 놀라운 적응력이지요.

그뿐이 아닙니다. 버릇없기로 치면 한마디로 입을 다무는 게 낫지요. 이제 말이지만 그들의 그럴듯한 파티 뒤에는 우리와는 다른 문화가 있습니다. 빛 좋은 개살구랄까요? 조금 부풀린다면 나는 그들의 이기주의를 동조한 견습생이었거나 희생양이었을지도 모릅니다. 재미있는 것은 밤늦도록 바에서 술 마시고 연애하며 놀다가 트럭으로 돌아오면 하버드의 공부벌레처럼 저마다 책장을 넘깁니다. 밖의 풍경 같은 건 안중에도 없는 듯, 차가 달릴 때는 책을 읽거나 잠을 자거나 둘 중 하나입니다. 왜 아프리카까지 와서 술과 책 아니면 잠인지 이해가 안 되는 부분입니다. 저들의 방종과 젊음이 부럽지 않았던 것은 아니지만 그냥 섞여 버리기엔 내 연륜이 아깝다는 생각이 드니 웬 오만입니까.

하면 장점은 없냐구요? 있지요. 옆에서 누가 뒤집어져도 신경 안 쓰는 것, 자신이 하고 싶은 것만 하는 것, 기분에 따라 그 자리에서 애인도 되고 적(敵)도 되는 것. 이들의 특징을 열거하면 이렇습니다.

끊임없이 술을 마신다, 사랑을 한다, 과감하게 벗고 과감하게 논다, 외형에 연연하지 않는다, 자신은 자신이 돌본다, 열심히 책을 읽는다.

내가 왜 이런 이야길 하고 있는지. 김형이니까 말인데 이렇게 수다라도 떨지 않으면 입 안에 가시가 돋을 것 같거든요. 세렝게티에서 너무 많은 먼지를 마신 결과 내 헤드 센서에 이상이 생겼나 봅니다.

모닥불이 타오르는 텐트 밖에서 귀여운 꼬마 아가씨 케이티 목소리가 들립니다. '헤이 킴, 나오라구, 나와서 한 잔 해야지, 마지막 밤이잖아!'

에잇 저 버릇없는 말괄량이! ― 안개 세상, 응고롱고로 심바 퍼블릭 캠프에서

종합선물 세트 응고롱고로 분화구

응고롱고로는 세렝게티 국립공원에 소속되어 있었지만 마사이 생활권을 위해 분리했다. 응고롱고로 자연보호구역은 세계에서 가장 큰 분화구로, 크기는 동

서길이 19킬로미터, 남북 14킬로미터, 깊이 6백 미터, 넓이 264평방킬로미터(서울 면적의 반, 백두산 천지의 약 30배), 분화구 턱의 표고가 2천4백 미터로 아름다운 숲과 가운데 마가디 호수가 있지만 건기에 물이 마르면 소금 호수가 된다. 사방이 높이 6백 미터의 산으로 둘러싸여 있는데, 마치 종처럼 생겼다 하여 종이 울릴 때 나는 소리 '응고롱', 종을 의미하는 '고로'를 붙여 '응고롱고로'다.

분화구는 안으로 들어가려면 급경사를 오르내려야 하므로 사륜구동이 필수다. 대개의 동물들은 표범과 버펄로를 제외하면 급경사를 오르내릴 수 없어 태어나면 평생 이곳에서 산다고 한다. 응고롱고로에는 현재 누, 코끼리, 히마, 코뿔소, 얼룩말, 하이에나, 치타, 사자, 타조, 가젤, 혹멧돼지, 하트비스트 등 수많은 종류의 동물 수만 마리가 사는 것으로 알려지고 있다. 그래서 아프리카인들은 응고롱고로를 동물 백화점이라 부른다지만 내가 본 응고롱고로는 아무래도 종합선물 세트라는 말이 더 어울릴 것 같다. 특히 초기 인류의 시원이라고 알려지고 있고 지금도 원시의 모습을 그대로 간직하고 있는 올두바이 협곡은 응고롱고로 분화구에서 불과 40킬로미터밖에 떨어져 있지 않다.

텐트에서 아침 햇살을 보지 못하는 날은 오늘처럼 새벽에 출발하는 날이다. 어젯밤도 그랬지만 새벽의 응고롱고로는 춥다. 앞을 분간할 수 없을 만큼 짙은 안개를 헤치고 심바 퍼블릭 캠프를 나서 분화구로 내려가는 입구에 선다. 아직은 밤 같은 새벽이다. 어디에 길이 있는지 길을 가르쳐 주는 것은 차의 불빛이 아니라 이곳 사람들의 선험적 경험이다. 오랫동안 이 일만을 해 온 노련한 기사는 안개를 뚫고 가파른 내리막길을 거침없이 달렸다. 한참 후 분화구 바닥에 닿아서야 날은 서서히 밝아졌다. 아직 합류하지 못한 일행의 차를 기다리는 동안 다른 차들도 하나 둘 모여 분화구 중앙으로 이동을 서두른다.

안개는 단번에 분화구의 전체를 보여주지 않고 발목까지 덮인 흰 블라인드를

천천히 위로 걷어 올리듯 아주 서서히 걷히는데, 그 광경은 마치 분화구 전체가 위로 들림받는 분위기를 연출한다. 오후가 되어 분화구의 안개가 산을 완전히 넘어가기까지는 이상한 나라에 갇힌 듯하다. 겨울 파카를 입고도 추웠는데 한낮이 되자 다시 한여름의 기온으로 돌아갔다.

도시에 사는 사람들이 동물원에 가서 갇힌 동물을 구경한다면, 이 분화구에선 동물들이 제 발로 걸어 들어온 자동차라는 울타리에 갇힌 사람들을 구경하는 꼴이다. 동물의 개체 수가 엄청난 대신 상대적으로 사람의 수가 적기 때문이다.

제일 먼저 아침 인사를 건넨 녀석은 몸매가 날렵한 귀여운 새끼 치타였다. 그 뒤를 이어 얼룩말·물소·사자가 나타나고, 뒤뚱뒤뚱 걷는 타조, 발 빠른 여우, 사바나 원숭이도 모습을 드러냈다. 하마가 상주하는 고이토크 샘, 기린을 볼 수 없는 대신 코끼리가 많고, 물가에 여섯 마리나 되는 하이에나들이 죽은 듯 낮잠에 든 모습은 평화로운 초원의 모습 그대로다. 대부분의 동물들은 아침저녁으로 먹이 사냥을 하고 낮에는 오수를 즐긴다. 덩치 큰 수사자가 끄덕끄덕 졸다가 에라 모르겠다 벌렁 누워 곯아떨어지는 것도 얼마나 우스운지.

사냥에 능한 치타를 초원의 승부사라고 하는 데는 그만한 이유가 있다. 치타는 아무리 배가 고파도 자신이 사냥한 것이 아니면 절대로 먹지 않을 뿐 아니라 남의 것을 빼앗거나 상한 고기 또한 입에 대지 않는다. 치타가 초원의 승부사라면 하이에나는 초원의 청소부다. 20킬로미터 밖에서도 초식동물이 새끼를 분만할 때 나는 피냄새를 맡고 달려가 갓 낳은 새끼를 잡아먹는다. 다른 동물들이 먹다 남은 사체를 깨끗이 먹어 치우는 것으로도 유명하다. 그러나 그를 비난할 수만은 없는 것은 그렇게 하여 기하급수로 늘어나는 초식동물의 개체 수를 조절하는 순기능도 있기 때문이다. 모계 중심인 하이에나의 모성애는 유별나다. 집에서 3일간을 달려가 먹이를 듬뿍 먹은 후에 돌아와 모두 토해 새끼들에게 먹일 만큼 그의 새끼 사랑은 타의 추종을 불허한다.

223

〉 건조한 초원 위를 뒤뚱뒤뚱 걷고 있는 타조.

응고롱고로 분화구에는 호수가 있고 숲이 있고 늪지대가 있고 높고 낮은 구릉도 있다. 자동차 위로 올라가 수시로 바뀌는 동물을 바라보는 것은 사파리 여행의 진수다. 지프는 응고롱고로 분화구의 거친 길을 털털거리면서도 고장 한 번 없이 잘도 달린다. 동물이 나타나면 조금 떨어져 있을 땐 망원경으로 일거수일투족을 살피지만 가까이 있을 땐 사진 찍기에 바쁘다. 한낮에는 뜨거운 태양이 내리쬐어 이동하기가 여간 괴로운 것이 아니지만 기사는 숨어 있는 동물을 한 마리라도 더 찾으려는 일념으로 지칠 줄 모르고 달린다. 그래서 생긴 이름 게임 드라이브. 시간이 갈수록 게임에 길들여지면서 드디어 나는 도박 같은 게임 맛을 조금씩 알아 가고 있었다.

누떼를 보며

분화구를 거의 한 바퀴 돌아왔을 때 나는 눈을 의심하기 시작했다. 건너편 능선 위로 검은 띠가 보이기 시작하더니 띠는 곧 넓어지기도 하고 가늘어지기도 하면서 서서히 아래로 이동하는 것이 아닌가. 그리고 머릿속을 빠르게 스쳐 가는 영상, 내가 그토록 보고 싶어하던 수만 마리의 누떼가 마사이마라를 향해 마라 강을 건너는 장관, 다큐멘터리에서 보아 왔고 상상 속에 있던 영상이 바로 눈앞에서 펼쳐지고 있었다.

분화구에서 흙먼지를 날리며 경주하듯 위에서 아래로 내달리는 누떼. 눈치 빠른 기사는 누들이 이동하는 길목까지 다가가는 배려를 아끼지 않았다. 사파리 차들이 한꺼번에 몰려들자 우왕좌왕하던 누떼는 반으로 갈라졌다. 그러나 얼마 후 뒤에 쳐진 나머지 반도 앞서간 누를 따라 대이동을 시작했다. 멀리서 보니 적과 적이 리더의 작전명령을 기다리며 서로를 염탐하는 삼국지의 한 장면을 연상시킨다.

아프리카 초식동물의 3분의 1을 차지하는 누의 개체는 상상을 초월한다. 그러니 대이동을 할 때의 단위를 1백만–2백만으로 보는 것도 무리가 아닌 듯하다. 누의 생김새를 보면 조금 딱하다는 생각이 든다. 몸집에 비해 가는 다리, 긴 수염을 휘날리며 휘적휘적 달리는 모습은 병든 노파를 연상하게 하나 실제는 그렇지 않다. 많은 사파리 차들을 경계하면서도 무리에서 이탈하지 않으려는 습성 때문인지 속력을 내며 달릴 때는 단거리 선수를 연상시킨다. 태어나면서부터 달리는 누의 본성을 십분 이해하다가도 가끔은 의아해질 때가 있다.

지난 봄 자연적인 화재로 군데군데 검게 그을린 목초들, 그 검은 대지 위로 달려가는 누떼의 출현은 나를 극도로 흥분시켰다. 허리통증도, 두통도, 자동차 모서리에 손가락이 찢긴 아픔도 잊은 채 태어나 처음으로 동물원에 온 어린아이처럼 누떼에게서 시선을 거두지 못한 것이 다시 한나절.

분화구 북쪽으로 사라지는 누떼를 마중하고 차를 돌려 얼마 가지 않아 개울가에서 물을 먹는 얼룩말이 눈에 들어온다. 그곳은 사자나 치타로부터 자주 습격을 받는 단골장소라 했다. 물 먹는 틈을 이용해 뒤에서 달려들어 숨통을 끊는다고 하는데, 그래서 그런지 얼룩말들은 한 마리씩 번갈아 가며 물을 먹었고 뒤에 남은 한 마리가 끝까지 망을 보았다. 살아남기 위한 방어습성은 누구나 가지고 있는 본능일 터다.

개울 모서리를 돌자 바로 앞에 하이에나다. 썩은 고기만을 먹지 않는다는 걸 보여주려는 듯 갓 사냥한 고기를 뜯고 있다가 지프가 다가가자 피 묻은 입으로 급히 자리를 피했다. 그리고 수많은 얼룩말들이, 하마가, 물소가, 누, 코끼리가 나타났다. 수만 단위로 발표되는 이해할 수 없었던 동물의 수를 눈으로 확인하는 순간의 감동을 어떻게 전달할 수 있을까. 경험보다 놀라운 진실은 없다고 했던가. 신기할 뿐이었다. 그 넓은 초원 세렝게티에서도 내가 본 코끼리나 물소는 몇 백의 단위였지 몇 천 혹은 몇 만의 단위는 아니었다. 응고롱고로 분화구 안에 서식하는 얼룩말의 숫자가 6만 마리라는 보고를 이제 나는 의심하지 않기로

한다. 오늘 내가 본 얼룩말은 6만 마리의 중 몇 마리나 될까? 5천 마리, 아니 1만, 2만 마리는 더 되겠지.

사자의 허니문

사자의 사냥하는 모습은커녕 한량처럼 바람이나 피우고 늘어지게 낮잠이나 자는 모습을 보면 동물의 제왕 운운하는 것은 영 어울리지 않는다. 그러나 수사자가 초원을 향해 바람처럼 달려가는 모습을 보면 생각은 달라진다. 며칠간의 갈증을 위로라도 하듯 응고롱고로는 유종의 미를 보여주려는지, 일정이 거의 끝나 돌아오는 길가에 몇 대의 차들이 급하게 모여들었다. 허니문 중인 한 쌍의 사자를 만난 것이다. 그들의 핑크빛 무드를 방해하지 않겠다는 듯 모든 차들은 예의 바르게 시동을 껐고, 사람들은 카메라를 들고 숨을 죽이며 지켜보았다. 수사자는 더위에 지친 듯 곤히 잠든 암사자에게 애정을 구걸하더니 드디어 벌어지는 한낮의 정사, 그래서 동물의 제왕인가. 녀석은 주변에 모여든 인간 따윈 안중에도 없는 듯 유유히 자신의 뜻을 관철했다. 사자의 허니문은 일주일 동안 계속된다고 하는데 그 일주일의 하루가 바로 오늘이었던 것이다.

'사파리'라는 말은 스와힐리어로 여행을 뜻한다고 했다. 그렇다면 지금 즐기는 사파리는 내 여행의 정점을 의미하는 절대의 상징을 담고 있는 말이 아닌가.

어린아이처럼 신바람이 나서 동물을 따라 사파리를 즐기긴 했지만 흙먼지와 자동차 엔진 소음을 초원에 흩뿌리고 달리는 많은 사파리 차를 보면서 실은 마음이 착잡했다. 동아프리카의 여러 나라가 외국인 여행자들이 쓰고 가는 국립공원 입장료 수입을 나라살림에 보태고 있다지만 동물의 왕국에 동물보다 많은 사람이 있다면 생각해 볼 일이 아닌가. 지금은 건기라 관광객이 평소의 반의 반도 안 되는 것이 이 정도라니 풀이 무성한 여름에는 오죽할까. 자연을 생각한다면 자연을 자연답게 내버려 두는 예의가 필요할 것이다. 울타리가 없는 곳에 사는 아프리카 동물들을 부러워한 적은 많았다. 그러나 엄격히 말하자면 인간은 인간의 구역에 살고 동물은 동물의 땅에서 살아야 하지 않을까. 다시 이곳에 또 오고 싶어지면 그때는 한 번 더 아니 열 번 더 생각해 봐야겠다. 나를 포함 인간은 참 이기적인 동물이라는 생각을 되새긴 날이기도 하다. 소음을 날리며 초원을 누빈 며칠을 생각하면 충족감과 미안한 마음을 떨칠 수 없다.

트럭여행의 끝, 다시 아루사로

아루사로 돌아온 것은 6시가 되어 어두워질 무렵이었다. 세렝게티에서 며칠 흙먼지를 뒤집어 쓴 우리는 옷과 머리는 물론 서로의 얼굴조차 알아볼 수 없을 만큼 즐겁게 망가져 있었다. 저녁식사는 캠프에서 준비한다고 했는데, 오늘은 바비큐 파티가 있는 날이라 모두 들떠 있었다. 부산하게 샤워를 마치고 하나 둘 야외 바에 나타난 친구들은 지금껏 함께 여행했던 그들이 아니었다. 다투어 요란한 의상을 차려 입고 마치 가면 파티에라도 초대된 사람처럼 하나 둘 나타나기 시작했는데, 남자도 여자와 같이 원피스나 롱드레스를 입고 있어서 마지막 날 자축의 의미를 담은 파티는 요란법석하게 치러질 모양이다. 그러고 보니 며칠 전 뭄주주 시장에서 난장을 기웃대며 누가 더 싸게 사는지 경쟁이라도 하듯 1달러, 5달러짜리 옷들을 고르더니 그 옷의 용도가 바로 오늘 저녁의 마지막 파티였다.

뉴질랜드 뚱뚱보는 간신히 걸친 원피스에 툭 불거져 나온 배가 걸려 곤혹스러워하면서도 즐겁고, 깔끔 떨며 근엄한 척하던 영국신사도 꽃무늬 원피스를 입고 있다. 마타하리 컨셉트는 물론 마릴린 먼로, 마돈나 패션도 한몫했고, 보이 조지의 분위기를 연출한 친구도 있었는데, 쇼에 등장하는 모델처럼 한 사람 한 사람이 바에 나타날 때마다 캠프가 떠나갈 듯 박수를 치며 즐겁다.

늙은 아카시아나무 아래 앙상하게 마른 물소 뼈,
내게 생과 사의 화두를 주었다.

파티가 시작되자 칼을 들고 양고기를 잘라 주던 아주머니는 연신 그 큰 엉덩이를 흔들어대며 '하쿠나 마타타'를 불렀고, 아주머니의 노래를 듣던 친구들도 하나 둘 그를 따라 합창을 했다. '그래, 아무 문제없지, 하쿠나 마타타. 이 좋은 날, 무슨 문제가 있을라구, 하쿠나 마타타. 내일도 그럴 거야, 하쿠나 마타타. 암, 그렇구 말구, 하쿠나 마타타, 하쿠나 마타타!'

조금 외로움도 느꼈지만 그들의 파티 문화를 들여다볼 수 있는 좋은 기회였다. 이 파티에서도 맥주를 마시고 싶은 사람은 맥주를 마시고, 콜라를 마시고 싶은 사람은 콜라는 마시는데 선택은 어디까지나 자유다. 다만 아무리 친한 친구일지라도 자기 것은 자기가 계산한다. 이 부분은 끝까지 정나미 떨어질 정도로 철저하다. 심지어 함께 온 커플이나 부부조차 각자 계산하는 걸 보면 우리의 사고로 그들을 이해하는 것은 불편한 오산에 불과할 것이다.

그러나 모순되게도 내가 그들을 부러워했던 것은 자기 중심적이면서도 스스로를 가두고 옥죄이지 않는 사고다. 그것은 어떤 선택도 본인의 생각을 맨 앞에 두고 가장 중시하며 그런 만큼 책임 또한 철저히 수용한다. 어찌 보면 방종이고 천방지축이지만 그 안에서 이루어지는 질서는 엄격하고 분명하다. 관심 있는 것은 열중하지만 관심 없는 것은 누구의 어떤 행복도 불행도 상관하지 않는다. 함께 팀을 이루고 짧게는 3주, 길게는 4주를 함께 움직이는데 도대체 감정의 충돌이 없다.

이들과도 헤어질 시간이다. 파티가 무르익을 즈음 모시에서 나를 픽업하러 온 차가 밖에서 기다린다는 연락을 받고 자리에서 일어선다. 트럭에 실린 배낭을 점검하고 주위를 두루 살핀다. 친구들과 악수와 포옹으로 작별하고, 엘레나는 끝까지 나를 배려해 나머지 스케줄의 바우처를 챙기며 주의사항을 거듭 체크해 주었다. 스무이틀간의 우정, 그리고 눈앞에 닥친 이별, 어둠 속에서 엘레나의 배웅을 뒤로 하고 스네이크 파크를 나오는데 가슴속에서 뭔가 복받쳐 오른다.

다음날 모시에서 킬리만자로에 오를 준비를 하다가 그때서야 아끼는 점퍼를 전날 트럭 버스에 놓고 왔다는 것을 알았다. 엘레나가 재촉하는 바람에 그렇게 되어 버렸는데 몹시 허전했다. 칸데 비치에서 애블린의 엄마 마루가 그렇게 내 점퍼를 갖고 싶어했는데, 바라던 마루에겐 손수건 한 장 못 주고 아수라장 같은 트럭 버스 안에 점퍼를 두고 내리다니. 나는 딸 같은 마루에게 속죄하는 마음으로 점퍼에 대한 미련을 잊기로 했다. 그날 저녁 나는, 언제 다시 칸데 비치에 간다면 세상에서 가장 아름다운 캉가를 마루에게 선물하고 싶다는 소망 하나를 수첩에 첨가했다.

아프리카 트럭여행·24

ARUSHA, MOSHI, KILIMANJARO
MOSHI-HQ-KILIMANJARO NATIONAL PARK
GATE-MANDARA HUT(2,700m)

달밤의 킬리만자로(아프리카에서 띄우는 편지 - 제24신)

김형, 세렝게티뿐만 아니라 응고롱고로 분화구에서 내가 만난 동물들은 셈이 불가능할 정도였습니다. 그 여운이 채 가시지 않은 지금 드디어 이번 여행의 마지막 일정인 킬리만자로, 눈 덮인 봉오리가 손에 잡힐 듯한 호롬보 산장 3,720미터에 와 있습니다. 모시를 출발해 이틀을 걸어 이곳 호롬보에 오는 동안 고도를 조금 높이긴 했지만 여기까지는 비교적 안정되고 무난했습니다.

트럭여행을 마치고 킬리만자로 트레킹을 준비하며 안부가 궁금해 1분에 5달러씩 계산되는 통화료를 지불하며 집에 전화를 걸었습니다. 집을 떠난 지 25일 만에 막내 목소리를 들었는데, 다음날 킬리만자로에 간다고 했더니, 나 없는 동안 집안일과 아르바이트를 병행하는 아이가 엄마 힘내라고 굿 뉴스 하나 전한다며 전화를 붙잡더군요. 글쎄 지난 봄 학기에 수석을 했답니다. 태어나 처음 맛보는 일등일 것 같은데, 공부 너무 안해서 그래서 기특한 문제라고 예뻐했는데 이 먼 킬리만자로 앞에서 나를 감동시키네요. 나는 지희의 생을 드라마틱하다고까지 말한 적 있지만 생각해 보니 정말 아이는 무섭게 나를 닮아 있습니다.

산행을 도와 주는 가이드는 마사이 사람인데 인상이 아주 좋습니다. 무엇보다 조용한 어투와 예의 바른 몸짓이 심신에 안정을 줍니다. 나이가 서른일곱 살이나 되었으니 노련한 경험이 주는 여유라고 해도 좋겠습니다. 사람들은 그를 영국식 이름 다니엘이라 부르지만, 나는 마사이 이름이 더 맘에 들어 그렇게 부르기를 좋아합니다. 꾸르띠, 꾸르띠라고 말이죠.

육신이 참을 수 없을 만큼 고통스러울 때, 그 단계를 벗어나면 어느 순간 산도 하늘도 아

233

닌 오직 호흡만이 남을 때가 있는데, 오늘 잠시 그랬습니다. 히말라야에 길들인 어설픈 나의 시력 탓일지도 모르지만 킬리만자로는 생각보다 위엄이 있거나 도도해 보이지는 않습니다. 도도하거나 오만해 보이기는커녕 평온하기만 한 봉우리, 그것이 내가 본 킬리만자로인데, 어찌 보니 한 며칠 아기가 빨지 않은 어머니의 불은 젖가슴을 연상시킬 만큼 뭉긋합니다. 그리고 보면 저 킬리만자로는 아프리카 사람들을 모두 먹여 살리고도 남을 풍부한 젖을 품고 있는 검은 대륙의 어머니가 맞을 듯싶습니다.

아프리카가 겨울이라고는 하지만 킬리만자로 오르는 길은 온통 야생화 천지여서 지루할 틈이 없었습니다. 약 3천 미터 가까이는 각종 나무들이 우거져 충분한 산소가 공급되어서인지 호흡도 순조로웠고 별 문제가 없었는데, 3천을 넘어서자 염려했던 몸이 조금씩 제동을 걸어오기 시작했습니다. 바람과 함께 뚝 떨어진 기온, 그전에는 좋은 숲길을 걷긴 했지만 안개가 짙어 한치 앞을 분간할 수 없어 막막하기도 했습니다. 원숭이들의 출현은 잦았으나 정작 사람은 많지 않았거든요.

그런데 문제가 생겼습니다. 예정대로라면 오늘 아침 키보 산장으로 떠났어야 했는데 새벽에 일어나자 두통이 저를 괴롭혔습니다. 그래서 계획을 수정하지 않으면 안 되었지요. 오늘 하루 쉬면서 몸의 반응을 보기로 했는데 예감은 괜찮습니다만 이럴 때 내가 할 수 있는 일이 기도 말고 또 무엇이 있을까요. 기도에 맡기는 거지요. '내 뜻대로 마시고 당신의 뜻대로 하소서.' 그래서 말인데 우흐르피크 뒷벽의 얼어 죽은 표범은 볼 수 없을지도 모르겠습니다.

이곳 호롬보 산장 뒤편에는 아프리카에서 세번째로 높은 봉우리 마웬지가 있습니다. 너무나 가까이 있어서 손을 뻗으면 날카로운 석벽에 손끝이 베일 듯합니다. 호롬보는 아침저녁으론 발 아래 구름을 즐기고 낮에는 햇빛을 즐기기 딱 좋은 곳입니다. 그리고 맑은 밤중엔 저 아래 모시에서 빛나는 불빛들이 은하수를 연상하게 합니다. 그만이 아닙니다. 늦은 밤이면 달빛을 받은 킬리만자로 봉우리가 이마에 닿을 듯 가깝습니다. 지금 나는 이곳에서 일어나는 신기루 같은 현상들에 계속 놀라고 있는 중입니다. 무리하지는 않겠지만 내일은 좀더 정상 가까이 다가갈 수 있도록 기도를 자장가 삼아 자리에 들어야 할 것 같습니다. 늘 건강하세요. — 킬리만자로 호롬보 산장에서

모시에서 킬리로

킬리만자로는 하얀 산 '빛나는 산'의 의미라고 했다. 그러고 보니 어디에서 들었던 기억이 살아났다.

청명하다면, 아침에 일어나 저 멀리 눈 덮인 킬리만자로 봉우리를 볼 수 있을 텐데, 며칠 전 모시를 지날 때, 그때도 그랬었다. 메루산 4,566미터는 두 번 대면했는데 킬리만자로는 아니었다. 아무리 고개를 창밖으로 내밀어도 좀체 모습을 보여주지 않던 킬리만자로, 오늘은 그 킬리만자로를 오르는 날이다. 크게 준비할 것은 없고 발에 익은 등산화, 스틱, 모자, 장갑과 윈드재킷이면 족하다.

각오는 하고 있지만 킬리만자로 트레킹은 고도 때문에 험난한 트럭여행보다 당연히 조금은 더 힘든 여정이 될지도 모르겠다. 아침에 일어나 신발끈을 조이는데 문득 산이 두렵다는 생각이 들었다. 바라보는 산이 아니라 오르려는 산일수록 더욱.

개인적으로 킬리만자로를 트레킹했을 때, 히말라야 지역에 비교해 높은 비용이 적용되는데 나중에 알았지만 이 비용은 가이드, 포터, 요리사 등 여러 명을 필요로 하는 구조적인 모순 때문이었다.

그러나 킬리만자로 여정 역시 아카시아 아프리카 여행사에 부탁했더니 트럭여행자에 한해 50퍼센트나 할인된 금액을 적용해 비용을 줄일 수 있었다. 할인은 다만 아카시아 여행사에 지불할 금액이고 현지 여행사에 주는 금액은 무관했다.

모시에서 한 시간쯤 달렸을까. 차는 완만한 경사로를 올라 마랑구 게이트 입구에서 멈추었다. 산행 동안 필요한 물품을 체크하고 마지막으로 킬리만자로 국립공원 사무소에서 입산 신고를 마친 치프 가이드는 킬리만자로에 오르는 첫 관문인 마랑구 게이트(1,800m) 앞에서 건장한 청년 한 명을 소개했다.

"라메크예요. 세컨 가이드죠. 킴을 도와줄 거예요."

마랑구 게이트를 통과한 시간은 오전 11시, 그만큼 첫날 산행 거리는 짧다는 의미이기도 하다. 출발 지점 마랑구 게이트가 해발 1천8백 미터이니 오늘 2천7백 미터에 위치한 만다라 헛까지 간다면 9백 미터의 고도를 올리는 셈이다. 나 같은 사람에겐 특히 고도를 적응할 시간이 필요할 테니 천천히 한나절 구간으로 안배한 것은 무리가 없어 다행이다. 물론 잘 걷는 사람은 고도라는 숙제가 없다면 단번에 호롬보 헛까지 갈 수도 있으나 이건 절대로 옳은 방법이 못된다.

히말라야에서 겪은 고산증은 산을 두려운 존재로 인식하게 했고, 언제든 올라갈 준비가 되어 있다면 언제든 내려올 준비 또한 갖추게 만들었다. 내게 산은 올라간다는 상승의 의미도 크지만 히산의 의미 또한 남달라 나를 가장 낮은 자리에 설 수 있도록 가르쳤다. 우러러볼 대상이 있다는 것을 복이라 한다면 스스로 낮아질 수 있는 것 또한 복이 아닌가.

키가 1미터 90센티미터쯤 되는 건장한 청년 라메크가 앞장서 걷기 시작한다. 포터들이 오르는 넓은 길을 왼편에 두고 숲 우거진 오른편 소로로 접어들자 시작부터 안개로 혼몽하다. 푸른 이끼를 주렁주렁 달고 몸을 부풀리는 나무들, 크고 작은 야생화, 팔을 뻗어 부둥켜안고 공생하는 식물들, 등을 기대고 주저앉은 노목, 돌멩이들, 찰랑찰랑 얕은 개울물 소리, 폭포, 그런데 예상 외로 사람이 없다. 그래서 좋기도 하고 불안하기도 하다.

터벅터벅 앞서 걸어가던 라메크가 입을 열었다.

"김, 폴레 폴레(천천히) 아시죠?"

그의 한마디는 잘 다듬어진 연극 대사를 연상하게 했다.

길은 아주 마음에 들었다. 싱그러운 풀잎들과 나무가 어우러져 자연적으로 생긴 터널은 걷는 동안 심신을 부드럽게 했다. 그러나 두 사람이 걸으면 꽉 찰 만큼 좁아서 걷다가 하산하는 사람을 만나면 어느 한 쪽이 양보하지 않으면 안 될 정도다. 이 정도의 길이라면 얼마든지 걸을 수 있을 뿐 아니라 나는 이런 길을

소원해 오지 않았던가. 수목 때문인지 호흡은 편안했고 머리 또한 맑아 안개를 뚫고 가는 걸음이 신선하다.

사진을 찍기 위해 내가 걸음을 멈추면 앞서 걷던 라메크 걸음도 자동으로 멈춘다. 내 걸음이 느려지면 그도 느려지고 내가 속도를 내면 그도 그렇게 했다. 나는 카메라에 그의 뒷모습을 담기도 하고 쉴 때는 그의 깊은 눈빛과 표정을 담았다. 라메크는 상대를 배려하는 익숙함은 없었지만 최선을 다하고자 하는 성실함이 기분을 푸근하게 만들었다.

두어 시간 쯤 걸어 간이 의자가 마련된 점심을 먹을 수 있는 곳까지 갔을 때 비로소 내가 올랐던 길이 그토록 한산한 이유를 알았다. 만다라 헛으로 올라가는 길에는 가이드와 트레커들이 걷는 길이 있고, 짐꾼이나 요리사가 걷는 길은 따로 있었던 것이다.

이마에 끈을 고정해 짐을 나르는 히말라야와는 달리 이곳 포터들은 큰 자루에 짐을 담아 머리에 이고 운반한다. 포터들은 스무 살 전후의 남자들이지만 자격을 갖춘 가이드들은 조금 다르다. 나의 치프 가이드는 서른일곱 살이고, 세컨 가이드 라메크는 스물일곱 살로 치프를 희망하는 가이드 수습생인 셈이다.

반쯤 올라가 도시락을 펴는데 포터와 요리사를 대동한 꾸르띠가 나타났다.

"여기 있는 사람 모두가 한 팀이에요. 나 꾸르띠(37세), 세컨 가이드 라메크 (27세), 포터 야하마(22세), 요리사 하미쉬(21세)."

그는 일일이 팀을 소개하기 시작했다. 그러니까 나 한 사람이 킬리만자로를 오르는데 같이 움직이는 팀원은 총 다섯 명인 셈이다. 이건 히말라야 트레킹 때와는 매우 다른 모습이다. 물론 미리 아카시아 아프리카를 통해 이 상품을 예약해 두었기 때문에 산에 오르기 전까지는 팀 구성이 이런 줄은 몰랐다. 조용히 혼자 킬리만자로를 만나리라는 희망과 다르게 그들과 함께 여러 명이 움직이게 된 나는 좀 난감했다. 그러나 이러한 구성은 이곳 관례이고, 또 그렇게 하지 않으

240

킬리만자로를 오르는 행렬. 건장한 젊은이
네 명이 나와 동행했다.

면 안 되는 이유를 후에 꾸르띠가 설명해 주기 전까지는 조금 어리둥절했다.

마랑구 게이트에서 만다라 헛까지는 보통 걸음으로 3시간이지만 나는 5시간
이나 걸려 겨우 도착할 수 있었다. 안개는 발끝에 휘적휘적 감기고 숲은 얼마나
음산한지. 만다라 헛에 도착했을 땐 안개비로 옷이 젖고 체온이 떨어져 몹시 추
웠다. 상쾌하게 시작된 산행이었지만 역시 만만한 코스는 아니다. 사방이 숲으
로 둘러싸인 만다라 헛은 햇빛이 없어 음침하기가 이를 데 없다. 일정상 하룻밤
머물기는 하지만 오래 있을 곳은 못된다. '헛'이라고 부르는 산장은 작은 건물
한 동에 여덟 명이 잠을 잘 수 있도록 설계되어 있는데, 그 공간을 반으로 나누
어 한 칸에 네 명이 취침을 할 수 있다. 물론 남녀 구별 없이 생면부지의 여행자
들과 함께 잠을 자야 한다.

꾸르띠가 문을 두드렸다. 김이 모락모락 나는 물을 대야에 담아 와 손을 씻고 다이닝 룸에 차가 준비되어 있으니 오라는 것이다. 저녁은 한 시간 후에 준비할 거라나.

많은 여행자들이 모여 있는 다이닝 룸은 소란하다 못해 정신이 없다. 꾸르띠는 과일과 비스킷 그리고 취향대로 마시라며 커피와 홍차와 꿀을 준비해 놓고 기다렸다. 테이블에는 나만을 위한 식탁보가 마련되어 있었고 식탁 위에는 깔끔한 접시와 찻잔이 가지런히 놓여 있었다.

갑자기 이상한 나라의 공주가 된 나는 혼란스러웠다. 가장 소박하게 즐기려던 나의 계획은 이렇게 처음부터 뭔가 심상치 않은 분위기로 흘러가고 있었다. 이런 준비를 위해 요리사가 필요했다는 말인가. 한껏 멋을 부려 차려진 식탁. 한 시간 후의 저녁식사는 도를 지나쳐 할 말을 잊게 만들었다. 큰 쟁반접시에 코스별로 소스를 곁들인 고기와 빵, 그리고 각종 야채와 과일, 나는 히말라야 어느 오지에서도 이런 대접을 받은 적도 기대한 적도 없었다.

그런 서비스는 다음날도, 그 다음날도 마찬가지였다. 나는 높은 봉우리를 우러르며 몸소 낮아지기 위해 산에 왔지만 건장한 젊은이를 네 명이나 대동한 과분한 산행이 과연 어떤 의미가 있을지 회의가 들었다. 그러나 그것은 어디까지나 나 같은 동양여자의 촌스러운 생각일 뿐이고 이것은 이들의 방법이다. 보나마나 식민지시대, 얼굴에 기름기 번드르르한 백인이 만들어 놓은 관례일 것이다. 노예, 줄줄이 검은 하인을 거느리고 올라와 끼니마다 다른 메뉴가 차려지고 그러기 위해선 일류 요리사가 음식 재료를 챙겨야 하고, 그러다 보니 많은 짐꾼을 거느려야 하고.

어딜 가나 잘 먹기를 고집하는 사람에겐 당연할지 모르나 좋은 음식과 호사스러운 산행에 흥미가 없는 나로서는 극진한 이들의 배려가 부담스러울 뿐이었다. 불만은 또 있다. 요리사들은 산행 때마다 모든 조리기구(요리에 필요한 그릇들과 가스통까지)와 음식 재료들을 일일이 지고 올라온다는 것이다. 산장은 요리사에게 요리를 할 수 있는 공간을 제공하는 대신 필요한 물품(그릇, 가스, 음식 재료 등등)은 각자 들고 다녀야 한다. 그러니 때마다 필요한 장비들을 직접 운반하는 일이 보다 많은 사람들에게 일자리를 준다는 긍정적인 면도 있겠으나 대체로 비효율적이다. 일반 여행자들은 산장에 매트가 깔려 있는 침상에서 잘 수 있지만 포터나 요리사는 매번 자신이 지고 온 텐트에서 잠을 자야 하는데 한 사람의 짐을 20킬로그램으로 제한한 규정은 그나마 다행한 일이지만 그 모든 짐을 직접 지고 높은 곳까지 오른다는 것은 보통 에너지로는 할 수 없는 일이다. 그렇지만 이곳 킬리만자로에서도 히말라야 사람들 못지않게 수많은 지원자들을 물리치고 어렵게 짐 지는 포터가 된 이상, 웬만한 일로 불평은커녕 말 한 마디 쉽게 하지 못한다. 인간은 평등하다는 진리 앞에 언제쯤 모두가 평등해질 것인가. 생각하면 가슴이 답답해진다.

마랑구 게이트 매점에서 킬리만자로 지도 한 장을 10달러에 구입했다. 호롬보 헛에서는 콜라 한 병에 2천 실링이었지만 키보 헛에선 1.8리터 물 한 병에 3천 실링이라고 한다. 탄자니아 실링이 1달러에 1,205실링이니 역시 만만치 않은 금액이다. 그래서 사람들은 모두 먹을 물을 지고 올라간다.

마사이맨 꾸르띠

산행 가이드 마사이맨 꾸르띠를 만난 것은 3주간의 트럭여행을 마치고 킬리만자로(5,895m)를 오르기 위해 아루사에서 모시로 갔을 때였다. 그날은 내가 세렝게티와 응고롱고로 사파리를 마친 다음 아루사로 돌아오는 트럭여행의 마지막 날이자 킬리만자로로 향하는 첫날이기도 했다. 예약한 여행사와 사인이 맞지 않아 예정보다 늦은 시간, 모시 스프링 랜드 호텔(Spring land hotel)에 도착해 몸을 씻고 곧바로 침대에 골아떨어졌는데, 다음날 아침 일찍 누군가 내 방문을 조용히 두드렸다.

그의 노크 소리는 너무나 작아서 어디서 무슨 소리가 났는지 곰곰 생각해 봐야 할 정도였다. 나는 재킷을 걸치고 문을 열었다.

"잠보, 다니엘이라고 합니다. 킬리만자로 산행에 함께할 치프 가이드예요."

그의 태도는 공손했고 목소리는 속삭이는 듯 조용했다.

산에 오르면서 그는 내게 또다른 이름을 가르쳐 주었다.

가이드 라메크, 꾸르띠와 함께

"내겐 세 개의 이름이 있어요. 첫째가 가이드할 때 쓰는 '다니엘'이고, 가족이나 마을 사람들은 '와시'라 불러요. 그런데 진짜 내 이름은 다니엘도 와시도 아니에요. '꾸르띠'예요. 나는 마사이거든요."

***

새로운 사람을 만났을 때 너무 잘 맞는다는 말 함부로 하지 말아야지. 세상에 꼭 맞는 기성복이 어디에 있다고? 꼭 맞는 옷을 원한다면 양복짐으로 가야지. 잊지 말자. 지금 나는 몸에 딱 맞는 옷 한 벌을 찾아 아프리카라는 양복점에 와 있는 것이다.

아프리카 트럭여행·25

MANDARA HUT-HOROMBO HUT(3,720m)

꾸르띠의 초대(아프리카에서 띄우는 편지 - 제25신)

김형, 높은 산에서 말을 많이 하는 사람은 없습니다. 걷다 보면 누구나 자신의 호흡만을 지켜보게 되는데 그건 보통의 은혜가 아닙니다. 그때야말로 온전한 자신만의 시간이지요. 물론 고산증세가 압박해 오면 몸을 의지대로 움직일 수 없도록 힘들다는 것도 있겠으나 걷다 보면 산은 그저 아무것도 요구하지 않고 묵묵히 자신과의 대화를 이끌어냅니다.

들어 보셨지요? 수많은 종류의 명상 가운데 걸으면서 하는 명상 말입니다. 그때 진언 같은 것을 반복 암송하는 것도 좋지만 역시 명상은 생각이나 말 이전에 호흡입니다. 자신의 숨을 자신이 들여다보는 것 말입니다. 이것은 고행을 통해 가장 빠르게 평화를 찾는 방법의 하나이고, 크게는 우주와 내가 합일하는 의식이기도 합니다. 걷다 보면 내가 명령하지 않아도 걸음과 호흡은 하나가 되어 있습니다. 이때 중요한 것은 잠시지만 내 머리와 가슴이 공(空) 상태가 되기도 한다는 것입니다.

킬리만자로 산행.

절반의 성공으로 무릎 꿇고 지금은 모시에 와 있습니다. 절반의 성공은 절반의 실패와 같은 의미지만 지금은 실패할 수밖에 없었던 내 자신에 대해 조금 화가 나 있습니다. 그렇다고 나를 괴롭힐 생각은 없습니다. 하산할 때 발가락의 통증이 조금 있었는데 대수롭지 않게 생각했더니만, 호텔로 돌아와 보니 두 엄지발가락이 말이 아닙니다. 벌겋게 혈이 쏠리고 통통 부어서 건드릴 수조차 없는 정말 이해할 수 없는 일이 벌어졌습니다. 히말라야 3백50킬로미터를 걸을 때도 내 발이 이 지경은 아니었거든요. 아마 킬리만자로가 제가 그쯤에서 포기하고 돌아선 것이 못마땅해 내린 벌인가 봅니다. 그렇지 않고서야 불과 사흘 걷고 이 지

245

경이 될 수 있겠습니까.

그리고 또 한 번 놀랍니다. 고산증이 이렇게 무서운 것이로구나 싶어서요. 이건 어디까지나 추측에 불과하지만, 이 같은 고통은 여자가 아이를 낳을 때와 매우 유사해 보입니다. 이를 악물고 산통을 참을 때는 몰랐지만 아이를 낳고 나면 악물었던 치아는 물론 온몸의 관절이 느슨해 꼼짝할 수 없는 것처럼, 지금 이 발가락의 반란은 고산증이라는 것도 막연히 몸의 약한 부분으로 쏠려 생긴 증상일 거라는 심증만 있을 뿐입니다. 물론 엄밀히 말하자면 내걸음에 문제가 있었거나 신발에 문제가 있었겠지요.

나의 산행을 도와 준 꾸르띠가 오후에 자기 집으로 초대해 주었습니다. 모시 시내에서 20분 정도로 그리 멀지 않은 곳이었는데 소똥을 바른 마사이 전통가옥을 상상했던 나는 조금 실망했습니다. 그의 환경은 도시 빈민을 연상하게 만들었고 젊고 튼튼한 그의 부인은 마사이 중에서도 으뜸가는 미인이라 했지만 평범한 의상과 평범한 헤어 스타일 때문인지 불행하게도 그에게서 마사이 혼은 느낄 수 없었습니다. 그녀는 슈카라는 마사이 전통옷을 입지 않고 아프리카 여자들이 흔히 입는 캉가를 걸치고 있었거든요. 점심은 특별히 꾸르띠와 같이 메이스(옥수수 가루와 카사바 가루를 반죽해 익힌 마사이 주식)와 볶은 야채를 손으로 주물럭거려 먹는 전통식으로 배부르게 먹었습니다. 며칠 만의 성찬이었지요.

점심식사가 끝나자 그는 두 아들을 보고 가라며 학교로 나를 안내하지 뭡니까. 수업중이었으나 두 아들 '파우스틴'과 '사무엘'을 불러내자 나이든 선생님까지 따라나와 말을 걸고, 사진을 찍을 수 있도록 포즈를 잡아 주고, 그것도 모자라 외국인 방문자라 하여 교장실까지 안내하는가 하면, 전교생들은 창밖으로 고개를 빼고 신기한 듯 나를 구경하는데 미안하고 난감해 혼났습니다. 그만큼 이곳 사람들은 친절합니다.

꾸르띠가 아니었다면, 오늘은 아픈 발가락이나 들여다보며 킬리만자로 등정 실패를 자책하고 있었을 텐데, 그런 내게 꾸르띠는 오늘 하루를 아낌없이 베풀었습니다. 마사이 친구 꾸르띠는 고맙고 고마운 친구입니다. ─ 모시에서

만다라에서 호롬보까지

만다라의 밤은 춥고 길었다.

꾸르띠가 부르는 소리에 밖으로 나가니 안개는 어제보다 짙어 한치 앞도 분간할 수 없다. 그런 안개를 뚫고 꾸르띠는 어디서 잠을 잤는지 따뜻한 세숫물을 문

앞에 놓고 나를 부른다. 아침 식사는 7시, 출발은 8시라 일러 주고 그는 사라졌다.

오늘은 예정대로 호롬보 헛까지 갈 계획이다. 아침식사를 마치고 서둘러 8시에 출발, 앞에는 라메크가 서고 뒤에는 꾸르띠가 따라오고 중간에 내가 있다. 만다라 출발 후 두 시간 정도는 여전히 안개 지역이라 라메크의 뒤통수만 보고 걸어야 했다. 그러나 나무들이 키를 낮추자 서서히 하늘이 열리기 시작했고, 음습하고 추운 산이 따뜻하고 포근한 동산으로 바뀌어 걷는 걸음이 상쾌했다.

드디어 킬리만자로를 보는구나. 킬리만자로 봉우리를 만난 것은 매슈 포인트(Masheu point)에 도착했을 때였다. 안개가 걷힘과 동시에 사방이 트이고 수목이 한껏 키를 낮춘 그곳에서 비로소 눈에 덮인 킬리만자로를 만날 수 있었다. 점심 후에는 바람이 불어 체온이 떨어지고 약간의 현기증이 있었으나 오후 코스도 내내 완만하여 걷기에 큰 어려움이 없었다. 그곳부터는 걸으면서 언제든 킬리만자로 봉우리를 볼 수 있다는 사실이 몹시 행복하고 위로가 되었다. 그러나 안심할 수는 없었다. 호롬보 헛의 해발고도가 3,720미터인 것을 생각하면 만다라에서 1박을 하긴 했어도 4천 미터를 눈앞에 둔 이곳 역시 만만한 고도가 아니기 때문이다.

킬리만자로를 오를 때 산이 이름을 호명하는 경우가 있다고 한다. 그때 자신도 모르게 대답을 하는 사람은 영영 돌아올 수 없다고 하는데, 이건 어디까지나 전설에 불과하지만 지금도 여전히 1년에 몇은 살아서 돌아오지 못하는 걸 보면, 누구라도 산 앞에서는 교만을 버리고 스스로 낮아지는 자세가 필요할 것이다.

킬리만자로를 오르는 길은 유하고 아름답다. 적어도 내가 걸어 본 호롬보 헛까지는 그렇다. 흰색, 붉은색, 노란색, 보라색, 그리고 지구상에는 없다는 파란색 꽃까지 각양각색의 야생화가 길을 채우고, 불타 버린 능선에는 새로운 생명들이 다투어 꽃을 피웠다. 스스로 상처 입고 스스로 치유하는 자연의 힘이 놀라

고대 신전을 연상하게 하는 우흐르 피크 빙벽,
사람들은 저 빙벽을 보기 위해서
그토록 힘겹게 산을 오른다.

울 뿐이다.

호롬보에 도착한 것은 여덟 시간쯤 걸은 뒤였다. 남들은 다섯 시간이라고 했지만 나는 달랐다. 오후 내내 뒤를 따라 걷던 꾸르띠가 수시로 내 표정을 살피며 기분을 물었다. 그러나 정작 호롬보에 도착해서 따뜻한 차를 준비해 놓고 다이닝 룸으로 불렀을 때는 꼼짝하기 싫었다. 해가 넘어가자 낮 동안 문제없던 두통이 시작되고 매스꺼운 속 때문에 아무것도 먹을 수가 없었다. 차도 저녁식사도 과일조차도. 오늘 저녁은 특별 메뉴로 닭튀김과 밥, 밀전병 등 화려하기만 한데 나는 한 숟가락도 들 수가 없었다. 겨우 물 한 모금 마시고는 그 길로 화장실에 달려가 토하기 시작했다. 호롬보까지는 잘 걸었는데 다음 일정이 문제다. 불면과 근심으로 한 밤을 보내고 다음날 아침 나는 키보로 올라가는 계획을 수정하여 하루 더 호롬보에 머물면서 몸 상태를 지켜보기로 했다.

밤에 꾸르띠가 두 차례나 다녀갔다. 걱정이 되는 모양이다. 내일은 그들을 걱정하지 않게 했으면….

만다라에 비하면 호롬보 헛은 삼면이 트인 빛의 구릉이나 다름없다. 산장 뒤에는 아프리카에서 세번째로 높다는 마웬지 봉이 위용을 자랑하고, 오른쪽으로 고개를 들면 킬리만자로가 잡힐 듯 가깝다. 발 아래는 모시가 있지만 호롬보에서 보는 모시 마을은 한갓 구름 속 궁륭일 뿐이다. 그리고 왼편에는 내가 걸어온 그 길…. 산장의 뾰족 지붕 위에는 밤낮 까마귀들이 시끄럽게 울지만, 이곳은 구름 위로 솟구치는 일출과 일몰을 볼 수 있는 곳이기도 하다. 키가 무릎 아래지만 아직은 나무도 있고 꽃도 있다. 이 높은 곳에서 살아가는 이들이야말로 귀하고 귀한 생명이다. 누가 씨를 뿌렸는지 산장 앞에 두어 평 남짓 이삭을 피운 보리가 누렇게 익어 가고 있다. 키는 작지만 보리는 보리가 갖추어야 할 모든 것들을 다 갖춘 듯하다. 호롬보 근처에서 가장 많이 눈에 띄는 것은 노란 꽃을 가득 피운 대형 선인장처럼 생긴 시네시안이다. 이밖에도 흰색의 실레스, 그

레디아, 브로테이어. 브로테이어는 생김새는 화초인데 어찌나 크고 탐스러운
지, 사막의 키 큰 선인장을 연상하게 한다. 모두 처음 듣는 이름이어서 생경한
데도 낯설지 않은 것은 이름 때문일까.

폴레 폴레

'폴레 폴레'는 우리말 '빨리 빨리'를 연상하게 하지만 실은 그 반대 '천천
히 천천히'라는 뜻을 가진 스와힐리어다. 꾸르띠가 내게 가장 먼저 가르쳐 준
것은 '폴레, 폴레'였다.

『누구를 위하여 종은 울리나』 『노인과 바다』 등의 명작을 남긴 헤밍웨이
가 살았던 곳은 암보셀리 산 아래 키마나 강이 흐르는 곳으로, 1950년 무렵 『노
인과 바다』가 막 출간된 후, 아프리카로 건너와 이곳 마사이와 함께 술과 사냥
으로 시간을 보내며 이 작품 『킬리만자로의 눈』을 집필했다고 전한다.

"킬리만자로 정상 부근에는 말라서 얼어 죽은 한 마리 표범의 시체가 있다.
표범이 무엇을 찾아 그렇게 높은 곳까지 올라갔는지 아무도 알지 못했다."

인생을 해탈한 듯한 문체로 일관하는 소설 『킬리만자로의 눈』은 어니스트
헤밍웨이가 스물여덟 살이 되던 해에 발표되었다. 헤밍웨이가 킬리만자로와 동
아프리카 사파리 여행에서 영감을 얻어 쓴 것으로 알려진 이 소설은 아프리카
오지에서 사고로 다리가 썩어 들어가며 죽음을 앞둔 한 소설가가 그의 아내와
나누는 대화로 이루어져 있다. 죽음을 앞둔 그들의 대화는 킬리만자로의 만년설
과, 그곳에서 얼어 죽은 표범의 일화가 더해져 문학작품만이 가질 수 있는 독특
한 죽음의 미학을 완성시키는 소설로서 많은 사람들에게 읽히고 있다.

헤밍웨이의 『킬리만자로의 눈』이 그러하듯, 조용필의 「킬리만자로의 표
범」 또한 나의 대책 없는 동경에 일조를 했다. 킬리만자로에 와서 인간의 원초
적 고독을 생각하며 「킬리만자로의 표범」을 흥얼거리지 않을 사람은 없을 것

호롬보 산장 근처에 피어 있는 야생화.
밑으로 산장의 건물과 텐트가 보인다.

이다.

먹이를 찾아 산기슭을 어슬렁거리는 하이에나를 본 일이 있는가 / 짐승의 썩은 고기만을 찾아다니는 산기슭의 하이에나 / 나는 하이에나가 아니라 표범이고 싶다 / 산정 높이 올라가 굶어서 얼어 죽은 눈 덮인 킬리만자로의 그 표범이고 싶다 / 바람처럼 왔다가 이슬처럼 갈 순 없잖아 / 내가 산 흔적일랑 남겨 둬야지 한 줄기 연기처럼 가뭇없이 사라져도 빛나는 불꽃처럼 타올라야지 / 묻지 마라 왜냐고 왜 그렇게 높은 곳까지 오르려 애쓰는지 묻지를 마라 / 고독한 남자의 불타는 영혼을 아는 이 없으면 또 어떠리.

***

아프리카에서 나는 내가 곧 자연이면서도 자연과 가장 먼 곳에 살고 있다는 슬픈 자각을 하게 되었다. 의심하지 말자. 몸과 마음의 상처는 자연의 배척에서 온 것. 온 가족이 지붕도 문도 없는 토담집에서 저리 환하게 웃는 자연을 나는 어디에서도 본 적이 없다.

아프리카 트럭여행·26

KILIMANJARO MANDARA HUT-HOROMBO HUT(3,720m)

자연으로 살아가는 사람들(아프리카에서 띄우는 편지 - 제26신)

김형, 아카시아나무는 생긴 모양도 키도 각각 다르지만 정말 재미있는 것은 앙상한 가지에 뭘 믿고 그렇게 많은 새들이 집을 짓는지 모르겠다는 것입니다. 새집은 마치 크리스마스트리에 커다란 방울을 주렁주렁 달아 놓은 것과 흡사합니다. 작게는 몇 개지만 많게는 수십 개의 새집이 매달려 있는데 새들의 건축 기술은 정말 아이러니가 아닐 수 없습니다. 저렇게 허술해 보이는 집이 어떻게 사바나의 강풍에도 끄떡없이 보존되는지 놀라울 뿐입니다. 새집을 말한다면 동물의 습격이나 더위와 바람을 피해 마사이가 사는 가옥들도 다르지 않습니다. 사바나 지역을 달라다 보면 소똥과 황토를 섞어서 지은 마사이 집들을 보게 되는데 작고 소박해 공중의 새집보다 그다지 나아 보이지 않는 그냥 자연의 일부로 느껴집니다.

예견된 일이었지만 킬리만자로 등정을 실패한 후 내 어깨는 많이 낮아졌습니다. 그 이면엔 너무 여리게 살았던 감성적인 날들에 대한 후회와 반성이 따랐지만, 후회를 딛고 일어서자 뜻하지 않은 쾌감이 찾아오더군요. 그래서 참 공평하다 했습니다.

꾸르띠의 마을에 갔다가 잔치가 벌어진 집 앞에서 잠시 걸음을 멈추고 마을 사람들을 구경했는데 아프리카 사람들은 정말 놀기 좋아하는 종족입니다. 어디든 사람이 모이면 술이 있고 춤이 있고 흥겨운 노래가 있습니다. 악기가 없고 술이 없어도 마찬가지입니다. 마치 춤추고 노래하기 위해 태어난 사람처럼 큰 엉덩이를 대책 없이 흔들어대며 흥에 빠져듭니다. 그들은 이렇게 말합니다. "당신도 어서 오세요, 대환영이에요. 세상사 무슨 걱정 근심이 있나요? 이렇게 마시고 노래하고 춤추면 그만인걸요. 카리브, 하쿠나 마타타, 하쿠나 마타타(환영해요. 아무 문제없다구요)!"

염려했던 허리는 여기까지 무사히 안고 왔습니다. 견뎌 준 몸이 대견할 뿐입니다. 이제 나이로비로 돌아가면 좋은 곳에서 쉬고 싶습니다. 여행, 누구의 말처럼 안락한 침대만을 고집했다면 떠나지 않았겠지요. 그러나 이유 불문하고 여행은 사랑하는 사람을 곁에 두고도 더 먼 곳을 그리워하는 마음의 병 같은 거라서, 다시는 오지 않겠다 맹세하고도 돌아서면 꿈꾸는 마음의 변화가 그걸 증명하는 건 아닐까요. 낮 동안 별 생각 없이 잘 돌아다니다가도 해가 지고 사람 사는 마을에 하나 둘 불이 들어오면 마음이 무엇엔가 홀린 듯 동요되는 것은 사실입니다. 그러면 도무지 이 생에는 못 만날 것 같은 대상이 어느 날 문득 내 앞에 서 있을 때처럼, 생의 슬픔이나 기쁨도 우연을 가장해 지금 이곳에 있는 것은 아닐까 생각하게 됩니다.

내게 묻고 있습니다. '새삼 외형에 사로잡히는 것을 경계할 필요가 있을까'하고 말이죠. 모든 과거는 낡은 천장에 남아 있는 비의 얼룩처럼 흔적을 남기는 법이지요. 내가 아프리카에서 남긴 것들이 아픔이 아니라 그들 못지않은 소박한 아름다움이었으면 합니다. 오늘은 불편한 몸 때문에 집 생각이 조금 났습니다. 김치찌개를 가운데 놓고 가족들과 둘러앉아 맛난 저녁으로 포만감을 느끼고 싶은 소망 하나가 나를 건드리는군요. 모두들 많이 그립습니다. 잠보! ― 킬리만자로 아래 모시에서

바라만 본 아프리카의 최고봉

오후, 컨디션이 괜찮아 천천히 걸어 뒷산으로 올라갔는데 꾸르띠가 걱정이 되는지 나를 쫓아왔다. 우리는 바위에 걸터앉아 이런저런 이야기를 주고받으며 시간을 보냈다. 그가 마사이 마을을 버리고 왜 도시에서 여행 가이드가 되어야 했는지, 나는 왜 이 먼 아프리카까지 흘러왔는지, 가족 이야기, 직장 이야기가 끝이 없다. 그는 만년설에 덮인 히말라야가 몹시 궁금하다고 했다. 아직 한 번도 비행기를 타 본 적은 없지만 언젠가는 기회가 되면 히말라야를 보고 싶다는 말을 잊지 않았다. 그는 이야기를 하는 내내 히말라야 연봉들을 상상하고 있는 듯 보였다.

상대를 모른다는 것은 실제보다 부풀리거나 삭제할 소지도 있지만, 인간적으

로 가장 정직해질 수 있는 소지 또한 그만큼 크다. 내가 정직하다면 그가 정직하지 않을 이유가 없고, 그가 정직하다면 나 또한 정직하지 못할 이유가 없다. 꾸르띠와 나는 가끔 서로의 눈을 들여다보며 진실 게임을 하듯 삶의 흔적들을 풀어 보였다.

해바라기를 하고 앉아 메모를 하고 있는데 꾸르띠가 물끄러미 노트를 들여다본다. 순간 멈칫하면서 손으로 가릴까 하다가 제자리로 돌아온다. 누가 보는 앞에서 이렇게 자유롭게 일기를 써 본 적이 있었던가. 나는 곁에 꾸르띠가 있다는 것도 잊은 채 마음 가는 대로 노트를 채워 나갔다. 가끔 단편적인 단어들이 오고 갔지만 그는 있어도 없었고, 없어도 있는 존재였다. 몸과 정신이 자유롭다 못해 날아갈 것 같았다. 나는 이런 순간의 연을 바라 이 먼 아프리카를 원했던 것은 아닐까.

햇빛을 안고 킬리만자로를 바라보며 꾸르띠가 가르쳐 준 스와힐리어를 받아 적었다. 겐다리안디(바오밥나무), 궁가(아카시아), 하쿠나 마타타(문제없다), 슬립윌(굿 나잇), 카리브(환영합니다), 싼티 싸나(고맙습니다).

그 말 끝에 꾸르띠는 자기 가족들의 이름도 가르쳐 주었다. 다하니(아버지, 77세), 말티(어머니, 62세), 오딜리아(아내, 30세), 파우스틴(큰 아들, 10세), 사무엘(작은 아들, 8세).

꾸르띠가 가장 많은 이야기를 한 사람은 그의 가족 중 어머니 말티였다. 그가 산에 있을 때 그를 위해 늘 깨어서 기도하는 사람은 어머니라고 했다. 그러나 그 어머니를 지켜 주는 것은 바로 그가 믿는 신이라고 했다. 그는 나처럼 크리스천이었다.

조용필의 노래 「킬리만자로의 표범」을 꾸르띠에게 들려주고 감상을 물으니 도대체 뭐가 뭔지 모른다는 듯 웃기만 한다. 그 곡이 담고 있는 생의 오묘한 진리를 꾸르띠가 모르는 건 너무나 당연하다. 이어폰을 찾아 내 귀에 꽂았는데 한

새들의 건축 기술은 탁월하다. 아카시아나무에
수없이 매달려 있는 새집.

참 후 다시 듣고 싶다고 청해 왔다. 이제 뭔가 감이 왔다는 말일까.

햇살이 좋은 오후다. 눈앞의 구름 바다를 보며 아이들의 편지를 꺼내 다시 읽는데 그중 지현이의 몇 줄은 인상 깊다. "어디에 계시든 엄마가 어려울 때 가족은 더없이 중요하지만 아무리 중요한 가족도 결코 백 퍼센트 엄마와 함께할 수는 없어요. 그렇지만 그분은 달라요. 백 퍼센트 함께할 수 있어요. 그분의 능력을 믿듯 나는 엄마를 믿어요. 엄마는 뭐든지 하실 수 있어요!" 다시 편지를 읽고 나니 착잡하다. 아이는 이렇게 좋은 말로 나를 격려하는데 여기서 더 올라갈 수 있을지 아니면 무릎을 꿇어야 할지.

하늘은 맑고 달빛은 투명하다. 달빛 속에서 만나는 킬리만자로, 나는 분명 낮에 마냥 바라보던 지척에 있는 킬리만자로를 생경한 기분으로 다시 우러르고 있었다. 킬리만자로는 히말라야처럼 깎아지른 듯한 황량한 설봉이 아니라 폼 잡기 좋아하는 어설픈 화가가 쓴 빵떡모자처럼 정상 쪽만 눈이 조금 붙어 있다. 저렇게 귀한 눈이라 사람들은 그리 흥분하는 것인지.

새로운 내일을 기대하며 잠자리에 들었다. 호롬보 산장에서 맞는 이틀째 밤이다. 그러나 잠을 또 방해하는 건 초저녁까지도 괜찮았던 두통이다. 저것도 빛이라 할 수 있을까. 태양열로 켜는 희미한 형광등 불빛이 긴 밤을 더욱 나른하게 만들었다. 정신은 밝게 불을 켰지만 몸은 안개 속처럼 몽롱했다. 먼 것이 가깝게 느껴지기도 하고 가까운 것이 멀게 느껴지기도 했다. 나는 좁은 침대에 무릎을 세운 채 머리를 벽에 기대앉아 날이 밝기를 기다려야만 했다. 약을 두 번이나 먹었지만 소용이 없었다. 꿈인가, 환청인가. 귓가에선 누군가 쉬지도 않고 부르는, 킬리만자로로 시작해서 킬리만자로로 끝나는 노랫소리가 들려왔다. 오늘은 방에 다른 사람이 없어서 밖으로 나가거나 불을 켜는 일이 그나마 자유롭다. 따뜻한 녹차를 마시고 싶지만 누구에게 부탁을 한담, 혼자 하는 여행은 이럴 때 더 아프고 더 고독할 수밖에 없다.

킬리만자로의 밀림

기다리던 아침이다. 키보로 올라갈 준비를 마친 꾸르띠가 방문을 열고 들어와 내 얼굴을 살피더니 걱정스럽게 묻는다.

"킴, 어때요?"

"아무래도 하산해야겠는데…."

지난밤 얼마나 고통스러운 시간을 견뎠는지 설명할 힘조차 내겐 없었다.

사흘을 자지 못하고 나흘을 먹지 못한 나는 더 이상 위로 올라갈 기력을 회복하지 못한 채 하산을 서둘러야 했다. 고대 신전을 연상하게 하는 거대한 얼음벽 우흐르 정상은 아니라도 키보 산장 4,703미터까지라도 가 보리라는 꿈은 결국 호롬보에서 접어야 했다.

꾸르띠가 짐을 정리하는 동안 아침 햇빛을 받아 눈부시게 빛나는 킬리만자로의 봉우리와 한동안 눈을 맞추며 작별인사를 나눈다. 만다라 헛에서 더 머무는 것은 아무래도 무모한 일일 것 같아 서두를 수밖에 없다. 내려가는 길은 부지런히 걸어야 한다. 이틀에 올라온 구간을 하루에 가야 하기 때문이다.

휘청거리는 다리를 곧추세우며 산을 내려오는데 백인 여자 한 명이 들것에 실려 하산하고 있다. 상태가 매우 위급해 보였다. 의식조차 없는지 건장한 포터 다섯 명이 말 한 마디 없이 부지런히 나를 앞질러 바람처럼 아래로 사라졌다. 지난밤 호롬보 헛에서 고산증이 온 여행자인데 함께 온 동료들은 모두 올라가고 혼자 들것에 실려 내려가는 그녀의 심정이 어떨까 생각하니 간신히 두 발로 걷고는 있지만 그와 내가 별로 다를 게 없다.

앞만 보고 내려오는데 뒤에서 누군가 나지막이 노래를 흥얼거리고 있다. 또 그 노래, 킬리만자로, 킬리만자로, 킬리만자로. 저것이 킬리만자로 신께 바치는 흑인 포터들이 즐겨 부른다는 킬리만자로 송인가. 산을 내려온 후에도 계속 귓가를 맴도는 킬리만자로, 킬리만자로. 그러고 보니 지난밤 들었던 바로 그 노래다.

세 시간쯤 걸었을까. 안개 지역으로 내려오
니 비가 내려 몹시 춥다. 두꺼운 점퍼를 꺼내
입었지만 추위는 여전했다. 아무것도 먹지 못
한 나를 걱정해 꾸르띠가 초콜릿을 주었지만
먹을 수 없었다. 내가 취할 수 있는 것은 오직
물뿐이었다. 예상치 못한 일정으로 나 때문에
팀원 모두 점심도 못 먹게 된 것이 미안했지만
달리 방법이 없었다. 호롬보에서 하루를 지연
하기는 했어도 모든 계획을 수정하고 하산을
결정한 것은 정말 잘했구나 싶었다.

킬리만자로를 오르는 길에 만난
현지 포터 야하마.

만다라 헛에 도착하자 꾸르띠는 나를 사무실로 안내했다. 내 안색을 살피던
직원은 마랑구 게이트에 앰뷸런스를 대기시켜 주겠다고 했지만 나는 걸을 수 있
다고, 그 정도는 아니라고 그의 호의를 정중히 거절하고 돌아섰다. 비는 부슬부
슬 내리고 앞서 걷는 포터도 요리사도 가이드조차도 모두 지친 모습이 역력했
다. 그렇게 다시 걷기를 몇 시간, 걷는 동안 발가락이 많이 아팠다. 단순히 하산
하면서 체중이 앞으로 쏠려 발가락이 좀 불편한 거라 생각하고 싶었지만 그게
아닌 것 같았다. 고통이란 늘 이렇게 사소한 것에서 시작해 언젠가는 참을 수 없
도록 치닫는 것일 텐데, 발가락의 통증이 문득 두려워진다.

오후가 되자 추위에 시달려 기운이 쭉 빠져 버린 것 말고는 크게 무리하지 않
고 순조롭게 처음 트레킹을 시작한 마랑구 게이트에 도착할 수 있었다. 시계를
보니 5시, 곧 해가 기울 시간이다. 가이드를 비롯해 팀원들의 수고에도 불구하
고 킬리만자로 산행은 결국 절반의 성공으로 자족하지 않으면 안 되었다.

꾸르띠는 첫날 나를 '킴'이라 불렀는데 내 나이를 묻고 난 후 '마마'로 호칭
을 바꾸었다. 존경의 의미라나, 모시족 청년 라메크도 그랬지만, 리더인 꾸르띠

는 리더답게 모든 걸 잘 이끌어 주었고 수시로 기분과 건강 상태를 체크했다. 극진하다 못해 지나치다 싶을 만큼 세심하다. 마치 히말라야에서 라주가 그랬듯이.

4박5일의 일정인 킬리만자로 산행은 배낭여행자들에겐 좀 무리한 비용이 드는 셈이다. 내 경우 아카시아 아프리카 여행사에 기분으로 주는 경비가 50퍼센트 할인된 금액으로 2백50달러, 현지 여행사에 직접 지불하는 비용이 5백 달러인데 산행을 모두 마치고 치프 가이드에게 주는 팀의 팁이 예상을 뛰어넘는다. 다른 백인 팀에게 직접 그들의 경우를 알아보니 보통 2백 달러를 주었다고 했다. 배보다 배꼽이 큰 경우라 하겠다. 하기야 나를 따라온 사람이 네 명이니 되었으니, 처음 1백 달러를 주었을 때, 난색을 보이기에 좋은 게 좋은 거지 싶어 50달러를 더 보태자 그때서야 그것도 겨우 만족한 표정을 지었다. 관례란 이런 것이다.

카메라를 선물로 주다

킬리만자로에서 내려온 후 나는 배낭을 정리하기 시작했다. 최소의 것만 남기고, 있어도 좋고 없어도 상관없는 나머지는 거리의 친구나 꾸르띠에게 주고 갈 참이었다. 특히 울 담요나 옷, 우산 같은 것들은 꾸르띠 어머니께 드리면 좋을 것 같다. 허술하지만 그래도 이곳에 놓고 갈 무엇이 있다는 것은 얼마나 좋은 일인가.

"조금 전에 보셨죠? 교장실에 걸려 있는 사진들, 우리 아이들과 교장 선생님이 함께 찍은 사진 보내 주시면 교장실에 걸어 두고 다른 선생님께 자랑하며 정말 좋아하실 거예요. 교장실에 갈 때마다 킴이 찍어 준 사진을 보면 내 아이들은 또 얼마나 좋아할까요?"

꾸르띠는 사진 찍는 걸 좋아했다. 내가 그를 찍어 주는 것도 그랬지만 산에 머

산행을 도와준 치프 가이드
마사이 남자 '꾸르띠'. 나는 아끼던
카메라를 그에게 선물로 주었다.

무는 동안 그는 항상 나를 향해 셔터를 누르고 싶어했다. 그의 집을 방문했을 때
도 자랑거리라고는 라디오를 제외하면 낡은 앨범이 전부였다. 그런 꾸르띠가 두
아들을 소개시켜 주겠다며 학교로 안내했을 때 사실 나는 망설였다. 그는 학교
안에서도 내 사진기에 자신의 어린 아들을 담기를 바랐는데, 두 아들과 두 아들
의 친구와 두 아들의 선생님과…. 가지고 있던 필름 카메라를 꾸르띠에게 주기
로 작정한 것은 학교 문을 나서면서였다.

　내가 한국에서 사진을 뽑아 탄자니아로 부치는 것보다는 아예 카메라를 그에
게 주는 게 낫겠다는 생각, 그건 썩 괜찮은 아이디어 같았다. 남은 필름을 마저
찍고 나면 미련 없이 주어야지, 그렇게 결심을 굳히긴 했지만 왜 미련이 없겠는
가. 내 험한 여행에 불평 한 마디 없이 수 년을 동행한 카메라인데. 허나 미련이
남을 때, 조금 더 아까울 때 주자. 나는 디지털 카메라를 쓰면 되니까. 아니면 다
른 카메라도 있으니까.

　이제 말이지만 그 카메라는 사연이 있는 카메라다. 언젠가 이탈리아였던가,
가방을 벤치에 놓고 잠깐 한눈을 파는 사이 카메라가 감쪽같이 사라졌다. 도둑
을 맞은 것이다. 집에 같은 기종의 카메라가 하나 더 있어서 여행 동안 일회용
카메라를 쓸까 하다가 에라, 모르겠다 하고 사진의 성능을 익히 아는 같은 기종

262

으로 구입해 남은 여행 동안 요긴하게 사용했던 카메라다.

"이 카메라, 꾸르띠 가지세요. 내가 한국에 돌아가 아들의 사진을 보내 주는 것은 꾸르띠도 짐작하겠지만 쉬운 일이 아니에요. 꾸르띠는 돈을 버니까 필름 살 수 있잖아요. 이 카메라로 찍고 싶은 것 맘껏 찍으세요. 부모님도 찍어 드리고, 예쁜 아내와 아들과 학교 선생님과 친구들도 실컷 찍으세요. 마사이 고향에 갈 때도 가져가고, 아이들과 피크닉 갈 때도 가져가고, 산에 갈 때도…. 그러면 이제 내가 사진 안 보내 줘도 괜찮죠?"

길에서 카메라 조작법을 일러 주고 그에게 카메라를 건넸을 때, 도대체 그는 믿기지 않는 듯 한동안 카메라를 살피고 쓰다듬으며 멀뚱멀뚱 쳐다보기만 했다.

"이거, 장난 아니에요. 꾸르띠에게 주는 킴의 선물이에요."

그날 탄자니아의 마지막 밤, 나는 두 다리를 뻗고 행복한 잠에 빠져 들었다. 누구에게든 줄 수 있는 것은 얼마나 복된 일인가.

**

문제없다. 히말라야를 걸을 때, 짐 지는 쿨리로부터 가장 많이 들었던 말은 '노 플라블럼'이었는데, 아프리카에서 가장 많이 듣는 말도 역시 같은 뜻의 '하쿠나 마타타'였다. 가장 높은 산에 사는 이들과 가장 넓은 대지를 밟고 살아가는 이들에겐 이 같은 공통점이 있었다. 우리의 욕망과 그들의 소망은 다르다. 그들은 모두 노 플라블럼과 하쿠나 마타타를 노래한다. 헌데 무엇이 문제란 말인가.

킬리만자로 등정(마랑구 루트 혹은 코카콜라 루트)

마랑구 게이트 1,800m-만다라 헛 2,700m(12km. 3-4시간 소요)
만다라 헛 2,700m-호롬보 헛 3,720m(15km. 5시간 소요)
호롬보 헛 3,720m-키보 헛 4,703m(15km. 5시간 소요)
키보 헛 4,703m-우흐르 피크 5,896m(5km. 7시간 소요)

탄자니아 북동부 케냐 접경지대에 있다. 아프리카 대륙 최고봉이며, 동아프리카 대지구대 남단 1백60킬로미터, 빅토리아 호 동쪽에 위치하며, 화산괴의 동서간 거리는 약 80킬로미터에 달한다. 킬리만자로는 Kiliman(언덕) jaro(빛나는), 즉 빛나는 산이란 뜻을 가졌으며, 약 2백만 년 전부터 여러 차례의 화산 폭발로 생성된 세계 최대·최고의 휴화산이다.

대부분 현무암으로 형성되어 있으며, 주봉인 키보(5,895m)를 비롯하여, 마웬시(5,149m), 시라(3,778m)의 3개의 장대한 성층, 원추형 화산으로 구성되어 있는데, 기저에는 대규모 기생화산이 순상 형태로 존재한다. 가장 최근에 형성된 눈 덮인 돔 형태의 키보 화산의 정상 분화구는 직경 1.9킬로미터에 달하는 칼데라를 이루고 있다. 칼데라 중심부에는 유황을 함유한 화산재로 덮인 작은 분화구가 자리잡고 있다.

여기에서 동쪽으로 11킬로미터 떨어져 있는 곳에는 이보다 먼저 형성된 마웬시 화산이 있다. 마웬시는 케냐 산(5,199m) 다음 가는 아프리카 제3봉으로, 모든 사면이 침식작용으로 가파르고 험준하며, 눈이나 표토로 덮인 곳이 거의 없다. 동쪽과 서쪽은 바란코스 협곡이고, 남쪽과 동쪽 기슭에서 발원한 물줄기는 팡가니 강, 차보 강, 지페 호(湖)로 이어진다.

산 밑에서 정상까지 다양한 식물대가 이어지는데, 고원의 관목지대, 울창한 숲, 탁 트인 황야, 지의류 군서지가 형성되어 있다. 해발 1천 미터 이하의 산기슭은 불모지이나, 남서부 1천~2천 미터 지대에서는 원주민이 커피·바나나 등을 재배하고 있다. 1889년 독일의 지리학자 한스 마이어와 오스트리아의 산악인 루드비히 푸르첼러가 키보 산 정상에 최초로 등정하였다. 또한 마웬지 산은 1912년 독일의 지리학자 프리츠 클루테가 최초로 정복하였다.

등정하기에 좋은 시기는 12-3월, 6-8월이다.

아프리카 트럭 여행·27

TANZANIA MOSHI / KENYA-NAIROBI /

아프리카의 상징 아카시아, 바오밥나무, 망고나무

또 한 번의 황량함(아프리카에서 띄우는 편지 - 제27신)

김형, 오늘은 이른 아침부터 호텔 앞에 까마귀가 떼로 와 울었지만 곧 돌아간다고 생각하니 까마귀 소리 또한 그리 즐거울 수 없습니다. 가장 아프리카다운 나라 탄자니아에서 내 꿈의 기착지였던 인도양·세렝게티·마사이·킬리만자로와 2주를 보내고, 모시에서 아루사를 거쳐 국경 도시 나망가를 경유, 동북으로 이동했습니다. 늦은 시간 '삼성' '대우' '현대', 눈에 익은 우리의 기업 광고판의 환영을 받으며 비로소 나이로비에 도착했습니다. 아무도 알아주지 않지만 내가 대한민국 사람이라는 것이 은근히 자랑스러웠답니다.

피곤한 일정이었지만 아루사에서 나이로비까지는 조금도 지루함이 없었습니다. 길이 좋았고, 길이 좋았다는 말은 도로가 좋았다는 말이 아니라 풍경이 끝내줬다는 말입니다. 그보다는 여행이 끝으로 치닫다 보니 시간과 길 모두 아끼고 싶은 마음에 그리되지 않았나 싶기도 합니다. 나이로비로 드는 길은 지금까지 본 아프리카 풍경 중 몇 안 되는 인상적인 풍경이었습니다. 그 풍경을 몇 줄의 글로 전한다는 것은 불가능하거나 터무니없는 모순일 것 같아 생략하기로 합니다.

탄자니아 아루사에서 케냐의 나이로비까지는 마사이 구역입니다. 어떻게 저토록 황량한 벌판에 사람이 살까 싶은 그곳에 사람과 동물이 삽니다. 사바나 초원에 회오리바람이 지날 때마다 하늘 높이 많게는 수십 개의 모래기둥이 세워지고, 슈카를 두른 마사이들은 가축을 앞세워 그 벌판을 가로질러 갑니다. 돌아가서도 나는 마사이 하면 사바나 지역의 바람과 지독한 흙먼지가 제일 먼저 떠오를 것 같습니다. 북인도 라다크 지역이 잔스카르와 히말라야 산맥이 이룬 황량함이라면, 이곳 사바나는 끝없는 평지의 황량함입니다. 그런데 그 황량함

265

속에서 마사이들과 꿋꿋이 살아내는 생명이 있습니다. 그건 바로 아카시아나무인데 아프리카에 와 본 사람이라면 아카시아가 아프리카를 상징한다는 사실을 누구도 부인하지 못할 것 같습니다.

오늘, 길에서 노모를 부축해 걸어가는 나이든 아들을 보았습니다. 모자지간이긴 하지만 남자가 여자를 그윽한 눈으로 바라보는 것은 아프리카에서 처음 보는 풍경이었습니다.

키쿠유족 속담에 이런 말이 있답니다. "마이투, 타 치아 아루메, 이시리 이리라(남자는 젖을 물려 아기의 울음을 그치게 할 수 없다)." 융통성 없는 남자를 일컫는 말이라고 합니다. 하기야 "신이 세상 일을 다 할 수 없어 어머니를 만들었다"는 것도 아프리카 속담이라 했던가요. 남자가 절대적 존재이고 여자를 상품으로 보는 아프리카에서도 어머니만은 별개의 존재인가 봅니다. 영화 「아웃 오브 아프리카」의 무대가 되었던 이곳 나이로비는 복잡한 도시입니다. 어찌 보면 요하네스버그 못지않게 가장 아프리카답지 않은 도시처럼 느껴지기도 합니다.

그간 낭만적인 텐트 생활을 청산하고 오늘은 꽤 그럴듯한 호텔에 짐을 풀었습니다. 레스토랑의 음식도 맘에 들고 커튼을 젖히면 정원의 푸른 나무를 볼 수 있는 방도 과분하기 짝이 없습니다. 아래층 중간 복도에 걸린 마사이 여인들을 그린 그림조차도 썩 마음에 듭니다. 갑자기 신분이 격상된 것 같아 어리둥절하군요. 그러나 후원에 장총을 든 경비원이 서 있고, 호텔 리셉션에서 발행한 증명서 없이는 투숙객 누구라도 자유로운 출입이 불가능합니다. 보호받고 있다는 안정감은 있지만, 다른 한편 뭔가 갑갑함을 느끼게 되는 건 트럭여행을 통해 야생에 길들여진 정서 탓일까요. 내일은 도시 뒷골목을 둘러볼 참입니다. ― 나이로비에서

아카시아, 누가 저 사색의 힘을 부정할 수 있을까

아프리카 아카시아를 구체적으로 생각하게 된 것은 황학주의 『아카시아』를 읽으면서였다. 그의 책 『아카시아』의 표지는 넓은 초원에 수채화 기법으로 그린 듯한 아카시아나무가 서 있는 사진으로 되어 있다. 책 안쪽 날개 끝에 붙인 아카시아에 대한 설명을 보면, "아카시아는 아프리카와 오스트레일리아 등에 분포하는 열대성 상록수로 아프리카 마사이 땅을 상징하는 나무이다. 우리가 흔히 말하는 아카시아는 북아메리카가 원산지인 '아까시나무'를 가리키는데 그

266

황량한 사바나, 아카시아나무에 매달린 벌통.

것은 아카시아속 식물이 아니다"라고 되어 있다. 내가 이번에 선택한 '아카시아 아프리카'라는 여행사는 황학주의 『아카시아』와 전혀 관계가 없다고는 말하지 않겠다. 황학주가 아카시아를 아프리카를 상징하는 말로 썼다 할지라도, 내가 아프리카를 여행할 수 있는 많은 유럽 여행사 중 아카시아 아프리카를 찾아낸 것은 필연이었는지도 모른다. 어쨌든 황학주는 '아카시아'라는 제목으로 아프리카 이야기를 썼고, 나는 아카시아 아프리카를 만나 아프리카 여행을 했다.

세렝게티 가는 길, 응고롱고로 분화구를 지나 산 아래쪽으로 내려서면서 풍경은 확연히 다르다. 아름드리 열대림이었던 숲이 어느새 키 작은 나무와 마른 풀로 바뀌어 있었다. 사바나의 모든 풍경이 그러하듯, 흙먼지를 뒤집어써서 칙칙하면서도 비쩍 마른 나무들이 마사이 사람들의 몸과 많이 닮았다는 생각을 하게 한다. 그러나 시야에 펼쳐지는 혹은 빠르게 뒤로 물러서는 풍경은 나를 알 수 없는 기분으로 달뜨게 만들었다. 야트막한 산을 뒤덮고 있는 나무들은 모두 아카시아다. 아프리카에 온 지 꽤 여러 날이 지난 어느 날, 아루사에서 마사이 복장을 한 낙타몰이꾼이 어떤 나무가 아프리카 아카시아인지 가르쳐 주기 전까지 심증은 있었지만 확실히 알지는 못했다.

그날 낙타의 선한 눈을 들여다보기 위해 앉아 있는 낙타를 향해 가고 있는데 갑자기 내 머리칼을 낚아채는 것이 있어 놀라 고개를 들어 보니 그가 내 머리를 가리키며 뭐라고 하는 것이다.

"아카시아나무에 걸렸잖아요."

나는 귀를 의심하며 되물었다.

"지금 뭐라고 했나요?"

"아카시아나무에 걸렸다구요."

그토록 궁금했던 아카시아나무는 일주일이 지나도록 내가 딴청을 피우자 머리칼을 낚아채면서까지 그렇게 내게 말을 걸어 왔던 것이다. 그것도 마사이 남자를 통해.

가까이 가 보면 아카시아는 사람과 친해질 수 없는 나무다. 척박한 환경에서 살아남기 위한 보호본능인지 아프리카 아카시아는 잎보다 가시가 커 접근 불가한 수호목처럼 여겨졌다. 마사이 마을에 갔을 때도 맹수로 하여금 가축과 집을 지키고자 겹겹이 둘러친 것은 마른 아카시아나무 울타리였는데, 그 울타리는 어떤 짐승도 쉽게 쳐들어올 수 없을 것 같았다. 하지만 적당한 간격을 두고 보면 가시와 상관없이 매우 아름답다. 그리고 그 곁에 다가서기 전까지 나 같은 사람 누구도 그렇게 억센 가시가 있는지 상상하지 못한다.

내가 아카시아나무에 반한 것은 그 많은 아카시아나무가 하나도 같은 모양이 없다는 것과 강인한 생명력에 대한 경이였다. 적당히 떨어져서 보면 수채화를 연상할 만큼 여린 모습이지만 그들의 강인함은 무섭다 못해 섬뜩하다. 나는 늦게야 세렝게티 초원에서 많은 초식동물들을 먹여 살리는 것이 바로 그 아카시아인 걸 알았고, 척박한 아프리카 사람들의 원시적 강인함이 바로 저 아카시아로부터 왔을 것이라는 믿음을 갖게 되었다.

바오밥나무가 철학적이라면 아카시아는 다분히 전투적이면서도 사색적이다. 누가 저 사색의 힘을 부정할 수 있을까. 먼 초원에 회오리바람이 지나가면 뽀얀 흙먼지가 하늘을 뒤덮고 소떼를 지키는 마사이 남자가 아카시아 아래에 앉아 휘파람을 불며 나타나는 것을 자주 볼 수 있다. 바람이 불 때마다 붉은 망토가 휘날리는 마사이 머리 위에는 길쭉한 나무통이 대롱대롱 매달려 있다. 그 나무통은 짐승들의 습격을 피하기 위한 것으로, 옛날부터 써 오던 방법이다. 아카시아는 몬순 때 나무 가득 흰색의 꽃을 피우며, 꿀을 채취하는 기간도 이때다. 그러나 꽃이 없어도 벌통은 사시사철 그곳에 매달려 있는데 바람이 불면 이리저리 흔들리기도 한다. 저녁 때 석양이 물들면 마사이 남자는 꿀통을 비워 집으로 돌

사바나 초원,
아프리카를 상징하는
아카시아나무.

아갈 것이다. 어느 날은 이 같은 상상이 정말 내 눈앞에서 그대로 펼쳐졌다. 이 모두 아카시아가 아니라면 도무지 아름답지도 의미도 없을 것 같은.

아카시아나무는 우산 모양은 엄브렐러 트리, 위가 평평한 것은 테이블 트리, 표피가 노란 것은 피버 트리라 부른다. 망고나 바나나나무가 아프리카 사람들을 먹여 살린다면, 아프리카를 상징하는 아카시아는 아프리카의 수많은 초식동물을 먹여 살리는 없어서는 안 되는 소중한 나무다.

바오밥나무

통고 빌리지에 갔다 오는 길에 아프리카에서 인상적인 나무의 하나인 바오밥나무를 보았다. 수령이 무려 3천 년이나 되었다는 이 바오밥나무 기둥은 트럭의 둘레만큼 큰 몸집을 하고 있었다. 중간에 철제 사다리를 놓아 올라가면 리빙스턴 시내를 관망할 수 있었지만 나는 아래에서 둘러보는 것만으로도 벌어진 입이 다물어지지 않았다. 거대한 바위처럼 단단한 나무 표피에는 칼로 긁어 새긴 낙서들이 많았는데, 다행히 내가 아는 한글은 없었다. 나는 바오밥나무가 크다는 것은 알고 있었지만 그 정도로 큰 몸집에 조금은 우스꽝스러우면서도 뭔가 언밸런스한 모습을 가지고 있다는 것은 몰랐다.

아프리카를 상징하는 나무는 크게 세 가지인데, 아카시아와 망고와 나머지 하나는 바오밥이다. 내가 본 아프리카 어느 지역에서도 아카시아가 없는 곳은 없었다. 그에 못지않게 멀리서도 가장 눈에 잘 뜨이고, 마을마다 때로는 산이나 들에서 쉽게 볼 수 있는 바오밥은 스와힐리어로 '음부유'라 하며 '원숭이 빵나무'라 불기기도 한다. 그러나 나는 바오밥나무가 가지고 있는 다양하고도 매혹적인 표정에 마음이 움직였다. 아무리 나무가 크다 해도 어떻게 저렇게 클 수 있을까? 그런 바오밥나무를 보면서 『어린 왕자』의 한 대목을 상상하지 않은 사람은 없을 것이다. 나 역시도 그랬으니까.

272

치파타 오는 길에 많은 바오밥나무를 보았다. 멀리서도 눈에 잘 띄고 마을마다 혹은 집 앞에 한 그루씩 서 있는 바오밥나무의 크기에 압도되어 입을 다물지 못한다. 지금은 겨울이라 아프리카의 바오밥들은 대부분 이파리나 열매가 없는 벌거숭이 맨몸이어서 더욱 적나라하다. 이곳 사람들은 바오밥나무를 신성시하여 키운다 말하지 않고 모신다고 했다. 하기야 저렇게 크게 자랄 수 있다는 것은 영혼 없이는 불가능할 것이다. 아프리카에서 머무는 동안 많은 날을 바오밥과 지냈지만 싫증은커녕 점점 좋아만지니 말이다.

바오밥나무가 가르쳐 준 것

아시다시피
 '적당히'라는 건 최고로 어려운 거라서
과하지도 모자라지도 않은 중심이고
가장 안정된 핵심이면서도
경계와 경계를 아우르는 거라서
백인 틈에 끼어
즐기자는 속셈 하나로 아프리카에 온 나는
흑도 백도 아니어서
섞일 수도 아니 섞일 수도 없는
다만 어정쩡한 황인이어서
그러고 보니 황인이란
어렵다는 중간도 중립도 아닌
가장 알맞은 반죽에 가장 적당한 온도로 익혀
딱딱하지도 물렁하지도
신께서 즐기기에 딱 좋은 동그란 빵 같은 족속이라는 걸
어린 바오밥나무가 아니었다면 누가 가르쳐 주었을까.
— 말라위 리빙스토니아 비치 바오밥나무 아래에서

거인

머리를 땅에 박은 장난꾸러기 어린 성자

드럼통 속의 개구쟁이

대머리 하체 비만자

코미디언을 닮은 우스꽝스러운 무당

미련곰탱이 철학자

머리를 많이 써서 바보가 된 천재

죽음을 모르는 신.

— 바오밥나무 스케치

나무 속에 시체를 매장하거나 그 속에 집을 짓기도 한다는 말을 어떻게 믿으라는 건지, 그러나 아프리카를 여행하는 동안 수많은 바오밥을 보며 그럴 수 있겠구나 수긍하게 되었다. 조금 과장된 부분이 없지 않으나 그만큼 바오밥나무가 크기도 하고 오래 산다는 말이기도 하다. 너무 빨리 자라는 나무일 뿐 아니라 너무 오래 사는 나무.

3천 년이나 산 나무에게 나는 어느 나라 언어로 인사를 해야 할지 망설였다. 바오밥나무는 너무 오래 살아 신이 됐거나 바보가 됐거나 둘 중 하나다.

바오밥나무

아프리카가 주산지인 바오밥나무는 보통 높이 20미터, 둘레 10미터, 가지 길이 10미터 정도로 원줄기는 술통처럼 생긴, 세계에서도 으뜸가게 큰 나무 중 하나이다. 특히 아프리카 사람들은 이 나무를 신화와 전설을 간직한 나무로 믿고 숭배와 보호의 대상으로 여기며 나무에 구멍을 뚫어 그 안에 사람이 살거나 시체를 매장하기도 한다. 그밖에 물을 공급해 주는 나무로 알려져 있는데 오래된 나무는 속이 비어 보통 5백 리터의 많은 빗물을 저장한다. 열매가 달려 있는 모양이 쥐가 달린 것 같다 하여 '죽은 쥐 나무(dead rat tree)'라고도 한다. 대개 잎은 5-7개의 작은 손바닥 모양 겹잎이다. 꽃은 흰색으로 지름 15센티미터 정도 된다. 열매는 수세미처럼 생겨서 길이 20-30센티미터로 털이 있고 딱딱하며 긴 과경(果梗)이 있다. 수피는 섬유로 되어 있고, 잎과 가지는 사료로 사용하며 열매는 식용으로 쓰인다. 수명이 약 5천 년이라 하니 끈질기고 긴 생명력에 놀라지 않을 수 없다.

아프리카를 먹여 살리는 망고나무

　잠비아 국경을 넘어 북쪽 말라위로 올라가는 길옆, 초원이나 밭의 가장자리 혹은 마을마다 눈에 띄는 나무가 망고나무란다. 멀리서 보면 마치 부잣집 정원의 잘 다듬어진 향나무를 연상시키는데 며칠을 달리는 동안 계속 눈여겨보았지만 한 번도 시야에서 사라지지 않았다. 치팀바 마을에 가서 구체적으로 알게 되었는데 바로 망고나무였던 것이다. 긴가민가하다가 결정적으로 그것이 망고나무라는 것을 믿게 된 것은 길가에 어른의 주먹만한 망고가 달린 걸 보면서였다. 같은 계절, 같은 공간에서도 이제 꽃을 피우는 망고가 있는가 하면 수확기에 접어든 주먹만한 망고는 아직도 풀리지 않는 숙제다.

　망고는 세계에서 가장 많이 재배되는 과일의 하나로 원산지가 인도로 알려지고 있으며, 과일은 주로 기온이 높은 여름에 수확하며 모양과 크기는 다양하지만 대체적으로 넓은 달걀 모양이다. 망고나무의 키는 보통 15~18미터 정도에 이르고 상록수로 오래 살며 잎은 30센티미터 정도로 날카롭게 생겼다. 꽃은 분홍색을 띠고 향기는 진하다.

인도, 네팔, 태국을 여행하면서 몇 번 시식해 봤으나 물컹하면서도 밍밍한 맛이 비위에 거슬려 좀처럼 친해질 수 없던 과일이다. 이젠 우리나라에서도 망고는 어렵지 않게 구할 수 있게 되었고, 특히 망고 주스는 매우 대중적인 음료로 자리잡아 가고 있다.

아프리카 망고는 지금처럼 겨울에 꽃이 피고 나면 열매가 맺기 시작하여 몬순이 끝난 여름에 수확하는 열대과일인데, 겨울에도 기온이 크게 내려가지 않는 이곳 아프리카에서 계절을 잊은 열매를 볼 수 있다. 지금 망고나무는 꽃이 만개하여 벌이 꿀을 찾아 윙윙거리고, 낙화한 자리에 수없이 많은 쌀알 크기의 망고가 달린 걸 보며 아프리카의 자연적인 에너지를 생각하지 않을 수 없었다. 저 많은 나무에 노란 망고가 주렁주렁 달려 익어 가면 아프리카는 얼마나 풍성하겠는가. 그러고 보니 아무리 가난한 집이라도 마당가에 망고나무가 없는 집은 없었다. 망고나무 한 그루 없는 대한민국 안방에 앉아서도 누구나 마실 수 있는 그 많은 망고 주스의 수수께끼가 모두 풀리는 것 같다.

아프리카에 머무는 동안 기회만 되면 망고를 먹었다. 제대로 사귀어 보지도 않고 밍밍하다는 선입견으로 망고를 밀리했는데 이젠 아니다. 나는 지금까지 내가 가지고 있던 밍밍한 열대과일에 대한 선입견을 버리기로 했다. 특히 잔지바르 섬 골목 시장 무슬림 소년에게서 산 망고 맛은 잊을 수 없다. 질 좋은 인도양의 바람과 햇살이 그토록 향기로운 맛을 깃들게 했을 것이다.

망고 외에 한 가지, 아프리카에서 널리 재배되고 알려지고 있는 것은 바나나라 할 수 있다. 너무 흔해 당연히 어디나 있다고 생각하는 바나나, 사바나 지역에 사는 마사이에게도 정말 귀중한 먹을거리로 자리잡고 있는 바나나, 킬리만자로의 모시족은 그들의 고향을 '믄테니'라 부르는데, 그것은 바나나밭에서 왔다는 뜻이라고 한다.

〉 거리에 마사이를 주제로 한 상업 그림
〉〉 골목마다 있는 기념품 가게

아프리카 트럭여행·28

KENYA-NAIROBI / SOUTH AFRICA-JOHANNESBURG

나이로비에서 요하네스버그로(아프리카에서 띄우는 편지 - 제28신)

김형, 여행이 끝나 가고 있습니다. 어제 이맘때는 케냐에 있었는데 오늘은 나이로비에서 4시간 30분 비행 끝에 다시 요하네스버그로 왔습니다. 이곳 숙소는 홈스테이로 영국인이 사는 집인데 공항에서 아주 가깝습니다. 이곳에선 요리를 직접 할 수 있는 시설이 있기에 그 동안 허기진 위장을 위로라도 하듯 세 끼나 내리 밥을 해 먹었습니다. 얼마나 뿌듯했는지 모릅니다. 그런데 요하네스버그는 아프리카에서 가장 남쪽이라 그런지 아침저녁으로는 정말 춥습니다. 물을 가득 담아 놓은 정원 수영장에는 마른 낙엽만 수북하여 볼 때마다 을씨년스럽고 더욱 추워집니다. 하여 밤에는 전기난로가 필수입니다. 오늘이 8월 18일이니 서울 같았으면 막바지 더위가 기승을 부릴 때인데 이곳은 다릅니다.

나를 아프리카에 오게 한 것은 보이지 않는 내 안의 어떤 힘이었다고 믿습니다. 또한 지금까지 내가 몰랐던 나만의 그것을 찾을 수 있으리라는 기대와 믿음으로 아프리카를 만났습니다. 여행이 끝나 가는 지금 그것을 만났는지 묻고 싶겠지요. 대답을 듣고 싶어요? 그래 만났습니다. 이 넓은 세상 많은 것 중 하필이면 허무에 기대 살다 지친 불쌍한 한 영혼을 만났습니다.

새삼 무언가를 찾거나 주장한다는 것만큼 무모하고 어리석은 일도 없을 것 같습니다. 50년을 학습했지만 아직도 이러고 있는 걸 보면 때로는 내 존재가 여간 답답하고 불쌍해 보이지 않습니다. 뭔가를 규정짓지 말고 있는 그대로를 껴안고 정직하고 순수하게 한 시대를 조용히 건너가리라는 다짐만 다시 했습니다.

중앙아프리카의 정글에 사는 난쟁이 피그미족을 그들 말로 '바가'라 하는데, 이는 '새처럼 자유롭다`는 의미를 가졌다고 합니다. 그렇듯 아프리카 사람들은 모든 의미를 자연에서 찾고 자연에서 누립니다. 작은 키가 문제겠습니까. 새처럼 자유로울 수 있다면 지금은 더 바랄 것이 없겠습니다.

여행이 어떠했든 모든 일정이 끝나서 집으로 돌아갈 시간을 기다리며 가족과 벗들에게 줄 선물을 고르는 기분이 어떤지 형은 알 테지요.

오늘은 그림과 나무 조각이 주를 이루는 기념품 가게를 서성거렸습니다. 거리에 걸린 붉은 마사이 일색인 이곳 미술품들은 상업을 위한, 그러니까 빵이 되는 그림만 눈에 들어옵니다. 모르긴 해도 저들은 평생 아니 면면이 대를 이어 판에 찍은 듯한 저 그림만 그릴 거리의 예술가들입니다. 저들에게 마사이가 상품이 되는 것을 나쁘다 할 수만은 없지만 그림 속에는 아프리카의 혼은 없고 가벼운 상술만 보여 조금은 씁쓸해집니다.

가장 세계다운 것은 가장 한국다운 것이라는 말을 되새겨 봅니다. 흔들리는 우리의 정체성을 생각하면 돈벌이를 위한 아프리카 사람들의 작품을 탓할 이유가 없어지지만 때 묻지 않은 예술혼을 기대했던 나로서는 조금 의아한 것도 사실입니다. 그러나 동아프리카를 중심으로 흑단(음핑고)이라는 원목을 이용하여 제작하는 마콘데 조각 같은 것은 상업성에 가까이 가 있기는 해도 또 다릅니다. 손재주가 뛰어난 이들에게서 더러 손재주에서 끝나지 않은 아프리카의 힘을 느끼게 되는 건 나만의 생각은 아닐 것입니다. 각 부족들이 즐겨 쓰는 가면들은 아프리카 사람들만의 특징을 잘 보여주고 있습니다. 나는 가면의 표정들을 하나하나 살펴 가며 가면 뒤에 숨은 내 자신을 찾아내려고 했던 것 같습니다.

김형, 수없이 불렀던 이름을 다시 부르는 느낌이 새롭다 못해 뭉클합니다. 어쩌면 아프리카를 두 발로 걸은 나보다 한 번도 와 보지 않은 김형이 아프리카를 더 많이 봤을지도 모른다는 생각을 합니다. 왜냐하면 나는 두 눈으로 봤고 형은 내 글을 통해 무한한 마음으로 봤을 테니까요.

돌아간다는 것 때문일까요. 어제오늘은 뭔가 설명할 수 없는 기분이 저를 사로잡고 있습니다. 여행이란 일상에 유폐되어 있던 자신을 방면해 세상에 주파수를 맞추는 행위 같은 것이잖아요. 그러나 몇 주 여행으로 원천적인 갈증을 해소하는 데는 여전히 아쉽고 미진할 뿐입니다. 내가 본 아프리카는 낙원이었습니다. 다만 가난, 질병, 분쟁 등 숨은 지옥을 제외한다면 말입니다. 이제 편지를 마칠 때가 되었습니다. 못 다한 이야기는 서울에서 나누겠습니다. 싼티싸나! ― 요하네스버그에서

네기 개냐면 나는 개냐

늦은 밤 나이로비에 도착했다. 도심 어디나 우리나라 대기업의 광고 간판들이 자주 눈에 들어왔다. 주로 전자제품이나 자동차를 소개하는 광고가 압도적으로 많다. 쿠션이 좋은 트윈 침대와 실크 침대보, 갑자기 바뀐 잠자리가 생소하다 못해 과분해 잠이 잘 올 것 같지 않았다. 초원에서 별을 헤며 잠을 청했던 텐트도 나쁘지 않았는데….

나이로비로 돌아와 새로운 아침을 맞는다.

호텔 식당에서 아침식사를 하려 했을 때 내 앞에 놓인 갖가지 음식들이 다른 세상에 와 있음을 실감나게 했다. 각종 빵과 베이컨과 가지 수를 셀 수 없을 만큼 다양한 열대과일과 음료들, 그 많은 것 중에서 나는 바나나로 만든 요플레 두 개와 빵 두 쪽을 먹었다. 맛있는 커피가 간절한데 아직 본래의 커피 맛을 찾지 못한 걸 보면 컨디션이 정상이 아니라는 말일 게다. 도와드릴 일은 없는지 수시로 묻는 호텔 직원들의 친절은 몸에 배어 달착지근할 지경이다.

어제 저녁부터 중국인 아줌마 단체 관광객 열댓 명이 들어와 식당 안이 좀 소란하다. 그들이 급하게 아침을 먹고 빠져나가자 금세 식당은 조용해졌다. 설탕과 프림이 든 커피를 반 잔쯤 비우고 자리를 일어섰다.

나이로비 시내로 나갔다.

길거리에 바나나를 펼쳐 놓고 손님을 기다리는 할아버지는 팔짱을 끼고 앉아 어디 그렇게 먼 곳에 시선을 던지고 계신지 사람이 그 앞으로 지나가도 눈길 한 번 주지 않는다. 돌아오는 길에 저 할아버지의 바나나를 팔아 드리면 되겠구나 하면서 지나친다. 도시일수록 배고픈 아이들은 낯선 여행자들을 잘 따라다닌다. 그것도 백인보다는 동양인을 더 좋아하는 것 같다. 주머니를 잘 열기 때문일 것이다.

기념품 가게 주인인 20대 청년의 상술은 매우 인상적이었다. 그는 코미디언을

남자들이 자전거에 땔감을 싣고 달리고 있다.
모시에서

아이들은 학교에 가지 않고 나무를 하러 가거나
집에서 밥을 했다.

나이로비 길에서 옥수수를 팔고 있는 여자.

연상하게 했는데 끊임없이 손님을 웃게 만들었고 일단 자신의 가게에 들어온 사람은 무엇이든 사지 않고는 견딜 수 없게 했다. 내가 그곳에서 기념품을 산 것은 적당한 값과 친절과 유머 그리고 적극적이면서도 전혀 거부감이 없는 낙천적인 태도였음을 부정할 수 없다.

걷다 보니 영어사전으로 유명한 롱맨의 회사도 보이고 대형 서점들도 눈에 들어온다. 큰아이에게 줄 원서 『제인 에어』를 찾았으나 없었다. 대신 『위대한 개츠비』를 고르면서 마사이 전사가 그려진 엽서 세 장을 함께 샀다.

그리고 콜라를 사고 바나나를 산 뒤 손님을 가득 채우고 어딘가로 떠나는 수많은 소형 마이크로 버스를 길가에 앉아서 배웅했다. 그 버스엔 떠나면서 손을 흔들어 주는 남자도 있었다. 자동차마다 현란하다 못해 정신이 없을 만큼 화려하게 칠한 저 봉고 버스를 '마타투'라고 했던가.

옥수수를 구워 파는 남자 앞에서 걸음을 멈추었다. 나이는 젊었지만 무슨 병을 앓고 있는지 얼굴이 몹시 초췌해 보였다. 아프리카는 옥수수를 우리네처럼 쪄서 팔지 않고 날것을 껍질 벗겨 보통 장작이나 숯불에 구워 파는데, 보아하니 한 개를 통째로 사는 사람은 거의 없고 대부분의 사람들은 반 개를 원한다. 그러면 주인은 익은 것을 골라 나무젓가락 같은 막대기로 가운데를 눌러 자른 다음 5실링을 받고 준다. 옥수수 한 개에 큰 것으로 골라 10실링이라는데, 1달러면 약 7-8개의 옥수수를 살 수 있는 셈이다.

뒤에서 지켜보고 있다가 가장 부드러운 것으로 골라 한 개를 부탁했더니 알맞게 익을 때까지 기다리라고 한다. 나는 양해를 구하고 옥수수 장수와 나이로비 사람들의 표정을 사진으로 담으며 지나가는 할아버지나 거지들에게 구운 옥수수를 하나씩 나누어 주었다. 고맙다고 연신 인사를 하고 가는 사람들, 매상이 올라서 그런지 옥수수를 파는 젊은 주인도 기분이 좋고 나누어 주는 나도 기분이 그만이다.

나이로비, 매연 많고 소음 가득한 중앙로에 앉아 지나가는 사람들을 구경하고 있을 때 한 거지 소년이 다가왔다.

내가 먼저 물었다.

"이름은 뭐지?"

소년의 대답은 짧고 간결했다.

"나는 케냐."

소년의 음성에는 장난기가 묻어 있었다. 아까부터 주위를 어슬렁거리던 잡종 개를 가리키며 나는 소리쳤다.

"네가 케냐면 나는 개냐?"

이 말이 끝나기 무섭게 사람들이 쳐다보는 대로에서 왜 내가 그토록 배를 잡고 웃었는지 소년은 짐작조차 못했을 것이다.

소년과 나는 마트 앞에서 콜라 한 병을 나눠 마시며 뜻모를 이야기를 주고받다가 "또 보자"며 오후, 아니 내일 아침이면 다시 만날 듯 악수를 하고 헤어졌다. 콜라 한 모금과 또 보자는 말에 기분이 좋아졌는지, 소년은 주머니에 손을 찌르고 콧노래를 흥얼거리며 골목 끝으로 사라졌다.

하쿠나 마타타. 하쿠나 마타타(문제없어, 걱정 마, 다 잘될 거야).

에필로그 | 누군들 열대를 꿈꾸지 않으랴

아프리카에 다녀온 후 내 책상 위에는 흑단으로 깎은 마사이 남자와 키쿠유 여자와 아이의 두상 나무 조각이 나란히 놓여 있다. 여행지에서 기념품을 잘 챙기지 않는 내가 세 개나 되는 나무 조각을 욕심 부린 것은 생각할수록 참 잘한 일이라 여겨진다. 이유는 아프리카를 쉽게 잊어선 안 된다는 것. 내가 만난 모든 아프리카 사람들이 그렇지만 특히 이 마사이 남자와 키쿠유 여자와 어린 소년은 더욱더….

이 나무 조각들은 아프리카를 대신하는 것은 물론, 내가 심심할 때마다 빛나는 두상을 긁적거리며 그들의 먼 고향 이야기를 들려주었다. 생각해 보니 내 여행기는 이들이 들려준 이야기를 그대로 받아 적은 글에 다름 아니었다.

돌아보면 이렇게 펜이 무디어져 본 적은 없었던 것 같다. 애초 간단히 써 버리리라 기대했던 아프리카 여행 기록은 예상을 엎고 좀처럼 진전이 없었다. 이제 글을 쓰지 말라는 건가? 나는 막바지 더위를 핑계대고 킬리만자로에서 얻은 발톱의 통증을 빙자해 여행의 여운을 만끽하면서 다른 사람들의 아프리카 이야기에 열혈 독자가 되어 있었다. 쓰는 행복을 반납한 대신 읽는 행복을 만끽하던 어느 날, 드디어 이들 나무 조각이 있는 책상 앞에서 뭔가 긁적이며 앉아 있는 나를 발견했다. 도대체 진도가 없는 글, 한 줄을 쓰고 나면 한 시간을 쉬고 두 줄을 쓰고 나면 이틀을 쉬었다. 영 다른 곳에 가 있는 나를 나는 어떻게 용납할 것인가. 생각 끝에 나는 나를 살살 달래기 시작했다. 써 보자. 쓰면서 살자. 쓰면서 노래하고 쓰면서 잠자고 쓰면서 배 부르자. 그렇게 아프리카에서 온 친구들의 격려에 힘입어 기록한 글들.

다시 앞으로 되돌린다. 처음 5주를 계획하고 효율적으로 보다 많은 것을 접할 수 있는 아프리카를 원했을 때, 서부나 북부는 아직 내전중인 나라가 많아 시기적으로 적절치 못하다는 결론이었고, 그렇다면 나머지는 남부와 중동부인데 짧은 시간에 집중적으로 볼 수 있는 루트를 염두에 두다 보니 가장 아프리카다운 아프리카로 잠비아, 말라위, 탄자니아를 핵심에 두고 움직이게 되었다. 그러나 많은 여행자들이 그러하듯 나도 케냐를 제외할 수는 없었다. 지도를 놓고 루트를 설계하다 보니 마사이족의 거주지인 마사이마라를 제외하면, 평소 꿈꾸던 곳은 대부분 케냐가 아니라 탄자니아라는 사실을 알게 되었다. 이를테면 인도양, 세렝게티 초원, 세계 최대 화산 분화구 응고롱고로, 아프리카의 지붕 킬리만자로, 그리고 마사이족의 주 거주지인 아루사 등은 모두 탄자니아에 속해 있는 보물들이다.

트럭여행은 젊은이들에겐 꼭 한 번쯤 권하고 싶은 여행이지만 즐거움만큼 힘들 때도 많았다. 잘못된 허리 때문에 집에서 조이기 시작한 자석 벨트는 불운하게도 잠자는 시간을 제외하면 여행이 끝날 때까지 한 번도 풀지 못했다. 두 다리를 옥죄인 무릎 보호대도 마찬가지였다. 몸의 불편을 감수하며 하루 종일 길들이지 않은 야생마 같은 트럭에 몸을 맡겨야 했던 것은 몸과 마음의 연령을 이십대로 되돌리지 않고서는 해낼 수 없는 모험이었다. 이 여행의 주고객이 유럽인들이어서 그들의 방법을 아예 무시하거나, 동의하지 않으면 불가능했을 보이지 않는 정서적 벽은 많은 생각을 남겼다.

여행이 일상과 다른 시간을 의미한다면 집을 나서는 순간 먼저 자신을 충분히 자유로울 수 있도록 배려하는 것은 의무이자 권리다. 그것이 무너졌을 때 오는 낭패감을 나는 몇 번의 경험을 통해 통감하고 있던 터였다. 그래서 조금 어렵더라도 혼자 가 보자, 혼자 가서 나를 씩씩하게 좀 버려 보자, 이번엔 좀더 많이 포기하자. 그리고 모두 버려 다 가지고 다 누려 보자. 하나도 가지지 않으면 모두 가질 수 있다는 말에 나는 전적으로 동의하고 있었다. 그러나 다행히 이번 여행 또한 계획대로 되지 못한 아쉬움을 남겼다.

원시자연, 그 자연과 다르지 않은 눈 맑은 아이들을 만날 수 있었던 것은 행운이었다. 그들 모두 신발을 신을 수 있을 만큼만 가난하지 않으면, 또는 에이즈에 걸려 참담한 미래를 두려워 않고 살 수 있다면 얼마나 좋을까 하는 바람은 나를 괴롭혔다.

아프리카를 돌아본 지금 새삼 두려워지는 것이 있다. 전부는 아니지만 어딜 가든 여행자들이 사진을 찍으면 당연히 돈을 받아야 한다고 생각하는 어른과 아이들, 이제는 우리 모두의 꿈이던 조건 없이 마음을 여는 사람들을 만나기가 정말 어려운 세상에 살고 있다는 절망감이 그것이다.

여행 동안 혼자가 아니면서도 철저히 혼자였고, 또한 혼자이면서도 여럿이 함께 어울려 적잖은 풍경을 만났다. 뻔한 말이지만 결국 혼자거나 여럿이거나 문제는 나를 극복하는 일이 아닌가. 불운하게도 나는 몸과 싸우느라 애초 약속대로 사치한 정신을 모실 틈이 없었다. 여행기를 쓰면서 아팠다는 말은 아꼈다. 몸의 고통이 정신의 바닥을 지배해 온 것이 어제오늘의 일이 아니어서, 굳이 언급할 필요조차 없는 일상에 불과했으므로. 그러나 내 자리로 돌아와 이 글을 쓰는 순간의 행복을 결코 잊지 않을 것이다.

수첩을 정리하면서 보니 여행중 적어 놓은 주소가 열 개를 넘는다. 반은 내가 원한 주소지만 반은 그들이 원해서 스스로 적어 준 흔적들이다. 타의든 지의든 이 주소들 다 어찌할 것인가, 마음에서 지우지 말아야겠다는 생각을 다시 한 번

굳힌다.

마사이 가이드 꾸르띠와 킬리만자로를 걸을 때, 나는 본류의 히말라야를 생각하지 않을 수 없었다. 나를 괴롭히던 두 엄지발가락 통증은 집으로 돌아와 한 달이 지나도록 나를 킬리만자로 언저리에 남아 있게 했다. 다시 확인하게 된다. 행복은 늘 그만한 대가를 치룬 후에나 오는 작은 선물이다.

참고로 이번 나의 아프리카행은 듣기만 해도 가슴이 뛰는 '트럭여행'이라는 상품과 자유 배낭여행을 적절히 병행한 경우지만, 사실 아프리카를 배낭여행지로 선뜻 추천할 수 없는 중요한 이유 첫째는 경비의 부담이다. 아프리카는 지리적으로 워낙 먼 곳이기도 하지만 아직은 개발되지 않은 곳이 많아 개인적으로 여행할 경우 교통편과 숙소, 음식 등 불편을 감수해야 하는 난점이 있다. 비록 아프리카 트럭여행은 유럽 젊은이들이 선호하는 여행이지만 앞으로 우리나라에서도 좀더 많은 여행자들이 이용하여 보편화할 경우 어떤 여행보다 매력이 있는 상품으로 자리잡을 것이다.

이 글이 아프리카, 특히 트럭여행을 꿈꾸는 여행자들에게 단편적이지만 도움이 되었으면 하는 바람이다. 중간에 시간과 경비 일부를 피력한 것도 혹여 아프리카를 트럭으로 여행해 보고 싶은 사람에겐 참고가 되지 않을까 하여 기록해 두었음을 밝힌다.

경험으로 보면 다른 나라를 지금까지 5주 정도 배낭여행할 경우 1–3천 달러면 충분했던 경비가 아프리카에선 약 4천7백 달러 정도 들었다. 교통편은 트럭버스, 잠은 텐트, 음식은 가장 간소하게 대부분 직접 요리를 해 먹었는데도 말이다. 물론 이것은 보편적인 예가 아니라 트럭여행을 한 나의 개인적인 경험을 바탕으로 한 것이다. 다시 생각해도 징징거림을 없애 주는 데는 여행보다 특효인 것이 없다.

언제 다시 아프리카행 차표를 살 수 있을까. 내 생애 다시 아프리카 땅을 걸으며 흙냄새를 맡을 수 있는 날이 오긴 올까. 이러한 꿈은 앞으로도 계속 내게 괴로운 즐거움을 줄 것이다.

무딘 펜을 탓하며 잘 쓰지 못한 여행기는 그냥 내 존재처럼 미완으로 남겨 둔다. 싼티싸나. 감사합니다.

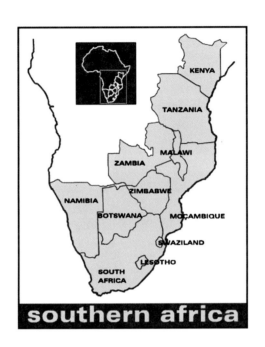

southern africa

아프리카 개요 및 예방접종과 준비물, 주의사항 등

1. 아프리카 개요

인류가 최초로 출현했던 곳을 아프리카로 꼽는 고고학자들은 많다. 우리에게도 미지 혹은
원시의 땅을 생각하면 가장 먼저 떠오르는 곳은 아프리카다. 우리나라가 아프리카와 접촉
을 시작한 건 불과 30여 년 전이지만, 한때 이미 4백 년 전에 무기와 십자가를 앞세워 아프
리카에 진출한 유럽인들도 150년 전까지는 별 왕래가 없었다고 한다.

유럽인들이 아프리카를 식민지화할 때, 아프리카인들은 무기를 들고 대항했지만 패망했
다. 그후 유럽 7개국이 나누어 장악한 베를린회의에 의해 1백 년 후 아프리카는 지금의 53
개국으로 독립했다. 아프리카는 한반도의 136배에 해당하는 3천만 평방킬로미터의 면적에
인구는 약 9억 명으로 인종, 언어, 국경 등 복잡하기 이를 데 없고, 1억 2천만 명이 넘는 인
구를 가진 나이지리아의 경우 OPEC 산유국 중 일곱번째로 막강한 경제적 저력을 가진 나
라에 속한다. 아프리카인으로는 최초로 노벨문학상을 수상한 웰레 소잉카도 나이지리아 태
생이다.

아프리카는 다이아몬드나 구리 같은 천연자원이 풍부하고, 특히 모잠비크에서 시작된 마
콘데 조각은 흑단으로 만든 아프리카 전통조각의 명맥을 유지하고 있다. 흑단은 지금까지
가장 많이 제작된 민예품에 속하며, 아프리카의 문화를 대신한다고 해도 과언이 아니다.

아프리카는 지리적으로 적도 아래 남반구에 위치하여 계절은 우리와 반대로, 필자가 방
문한 7-8월은 건기에 해당하는 겨울이지만, 겨울이라 하더라도 영하로 내려가는 곳은 없다.

놀라운 것은 진세계적으로 3천 개 정도의 언어가 존재하는 한다고 하는데, 그중 2천 개 이
상이 아프리카에서 사용되고 있다니, 이만 보더라도 이들의 종족 수가 얼마나 많은지 알 수

있을 것이다. 그들은 오랫동안 식민지시대를 살면서 억압이라는 불이익을 감수하지 않으면 안 되었지만, 타민족이 아닌 서로 같은 종족끼리도 불화가 많기로 유명하다. 식민지시대 그들 편의대로 그어 놓은 국경선과 종교분쟁으로 인해 빈발하는 내전은 아직도 풀어야할 숙제로 남아 있다. 그리하여 가난과 질병의 나라라는 오명을 벗지 못하는 현실이 외부인들에겐 안타까움을 더한다.

아프리카 원시종족 중에는 아직도 식인종이 존재하고, 상상을 뛰어넘는 온갖 부적을 파는 시장이 존재한다고 한다. 그러나 원시, 즉 야만성을 가진 종족만 있는 것은 아니다. 아직 접근조차 불가능한 버려진 땅과 지하자원은 앞으로 인류가 공동으로 개발하고 육성해 나가야 할 소중한 자산이다.

민주주의를 주장한 만델라 출현 이후, 아프리카는 개방과 더불어 많은 변화를 보여 왔다. 지리적 특성으로 인도양과 대서양의 섬들은 흑인들이 노예로 팔려 나가기 전 그들을 가두어 두었던 감옥으로 사용되었다. 이때 많은 흑인들이 아무 영문도 모른 채 외딴섬으로 끌려가 감옥에 갇히거나 이유 없이 처형되거나 노예로 팔려 가야 했다. 그때 많은 사람들이 서방세계로 퍼져 그들이 퍼뜨린 후손들은 이제 세계 어디에나 뿌리를 내리고 살고 있지만, 21세기를 사는 지금도 완전히 극복하지 못한 것은 역시 인종차별, 보이지 않는 곳에 산재한 흑백간의 갈등이다.

2005년 9월호 『내셔널 지오그래픽』지에 발표된 현재 아프리카의 실상을 보면, 면적이 전세계의 20퍼센트, 인구 9억 명(세계 총인구의 14퍼센트, 25세 이하 인구 비율 71퍼센트), 사용하는 언어 수는 2천 개 이상, 이슬람교도 수 3억 5천8백만 명, 기독교 인구 4억 1천만 명, 나라 수 53국, 농업에 생계를 의존하는 인구 비율 66퍼센트, 평균 수입은 아프리카의 50퍼센트가 하루 1달러 미만, 평균 수명은 사하라 이남 아프리카인 46세·스와질란드인 31세·북아프리카인 67세, 가장 높은 사망 원인은 에이즈로 되어 있다.

잠비아

정식 명칭은 잠비아공화국(Republic of Zambia)이다. 수도는 루사카이며, 공용어로 영어를 사용하고 있다. 본래는 영국의 보호령으로 북(北)로디지아로 불렸으나 1964년에 독립, 잠베지 강의 이름을 따서 '잠비아'라는 국명을 붙였다. 광물자원이 풍부한 잠비아는 콩고민주공화국의 샤바(옛 카탕가) 주가 남동쪽으로 깊숙이 파고들어와 잠베지 강 유역의 남서부와 콩고 강 분지 및 동아프리카 대지구대의 일부를 이루는 북동부로 양분되어 있다. 잠베지 강 및 그 지류인 카푸에 강 유역, 루앙와 강의 계곡에는 해발고도 1천 미터 이하의 낮은 부분도 있으나 대부분은 그보다 높아서 북부는 1천7백 미터에 이르는 고원을 이룬다. 기후는 5-7월이 겨울, 10-12월이 여름이고, 11-3월이 우기, 6-9월이 건기이다. 연평균 강수량은 북부가 1,270밀리, 남쪽은 그보다 적다.

인구의 98퍼센트를 차지하는 아프리카인은 반투계(系)로서 73개 부족으로 나뉘며, 그밖에 약 7만의 백인, 약 1만의 아시아인, 기타 2천여 명의 외국인이 살고 있다. 언어는 남부의 룬다어(語)와 루발레어를 별도로 하고, 약 30종의 부족어가 있다. 공용어는 영어다. 주민은 대부분이 농경과 목축을 영위하며, 대체로 전통적인 부족 신앙을 지니고 있는데, 인구의 20퍼센트 정도가 그리스도교도이며 신흥 종교도 있다.

1850년 이 지방을 탐험한 D. 리빙스턴은 이 지방을 바로첼란드라 불렀다. 알루이족은 그 후 1864년 코롤로족을 격파한 뒤 로지족이라 자칭하고 왕국을 마로지라고 칭하여 재흥(再興)하였다. 그때 추장(국왕)인 레와니카는 S. 로즈의 영국 남아프리카회사와 협정을 맺고 광업권을 주었다.

인구의 반 이상이 농업에 종사하며, 주로 옥수수·사탕수수·카사바 등을 생산하고 있다. 그러나 잠비아의 경제는 구리를 중심으로 하는 광업에 의존하고 있다.

문학은 전통적으로 가족사에 기초를 두고 있다. 독립 이후 최근에는 다른 서아프리카 국가들과 비교해 어떤 특별한 것이 없다. 잠비아에서 잘 알려진 소설가는 윌리엄 칸톤이다. 반줄에서 태어난 윌리엄 칸톤은 반자서전적인 책 『아프리카』를 썼다. 잠비아 국민은 스포츠로 축구를 가장 좋아하며, 여성에게는 농구와 비슷한 네트볼이 인기 있다. 대중은 콩고공화국에서 들어온 룸바춤을 즐긴다.

말라위

말라위는 니아사 호(말라위 호)의 서쪽 내륙에 있다. 말라위 호를 사이에 두고 북반(北半)은 탄자니아, 남반은 모잠비크와 마주 보며, 서쪽은 잠비아와 국경을 접하고 면적은 11만8484 제곱킬로미터, 인구는 1165만1천 명(2003)이다. 인구밀도는 1제곱킬로미터당 123.6명(2003)이다. 정식 명칭은 말라위 공화국(Republic of Malai)이다. 주도는 릴롱궤(Lilongwe)이며, 공용어로는 영어와 치치와어를 사용하고 있다.

말라위 국토의 대부분은 해발고도가 900~1,200미터며, 지형학상 동아프리카 대지구대, 중부 지방 고원, 고지대, 기타 지역으로 나뉜다. 동쪽은 동아프리카 대지구대에 속하여 아프리카에서 세번째로 큰 호수인 니아사 호 등 몇 개의 호수로 이어진다. 니아사 호의 물은 남단에서 시레 강이 되어 남쪽으로 흐르며, 모잠비크에서 잠베지 강과 합류한다. 시레 강은 국내 전제 수력발전 용량의 약 5분의 2를 생산해내며, 중류의 동쪽에는 표고 3천 미터에 달하는 믈란제 산이 있다. 말라위는 열대계절풍 기후로 시레 강 유역은 고온다습하지만, 11~4월이 우기이고 4~8월은 선선하다. 최고기온은 35도, 최저기온은 7도이고, 연강우량은 북부 산악지방은 2천3백 밀리, 고원지대는 1,270밀리, 저지대는 762밀리 정도로 다양하다. 숲과 삼림지가 전국토의 39퍼센트를 차지한다.

말라위 주민의 대부분을 차지하는 아프리카인은 많은 부족으로 나뉘어 있는데, 가장 중요한 것은 니얀자족이며, 모두가 반투계이다. 그밖에 아시아인, 혼혈인, 백인이 도시에 거주하고 있다. 인구의 반수 이상이 시레 강 유역에 집중되어 있으며, 남부에 비해 북부는 상대적으로 인구가 적다. 인구의 55퍼센트는 개신교도, 20퍼센트는 로마 가톨릭교도, 20퍼센트는 이슬람교도이며, 애니미즘을 신봉하는 주민도 있다. 15세 이상 문맹률이 42퍼센트로 높고(1999), 학령기 아동의 취학률도 극히 낮다. 옛 수도 좀바에는 말라위대학이 있다. 말라위는 아프리카 중에서도 으뜸가는 빈국에 속하며, 영아 사망률이 높은 곳으로 알려져 있다.

탄자니아

다르에스살람 아프리카 동부 탄자니아의 실질적인 수도 역할을 하며 가장 큰 도시이다. 인구는 약 1백50만 명에 달한다. 그러나 입법 수도는 도도마(Dodoma)이다. 탄자니아 산업의 중심지이며 주요 항구로, 기후는 연강우량이 1천1백 밀리로 무덥고 습기가 많다. 다르에스살람의 의미는 '평화로운 안식처'를 뜻하는 아랍어 '다르 살람'에서 나온 이름이다.

케냐와 탄자니아를 비롯한 동아프리카 해안 지역은 7세기경부터 아랍인들의 왕래가 빈번하였는데, 이는 아랍 상인들이 인도양의 편서풍을 이용하여 상업을 활발히 하였기 때문이다. 또한 해안 지역은 상업뿐만 아니라 아랍인들이 해안 도시들을 점령하여 흑인들과 결혼하여 '스와힐리 문명'을 만들었고 일찍부터 도시문명이 발달하였다.

다르에스살람은 1862년 잔지바르의 술탄에 의해 음지지마라는 마을이 있던 자리에 세워

졌는데, 1887년 독일 동아프리카회사가 이곳에 철도역을 세우기 전에는 작은 항구에 지나지 않았다. 다르에스살람은 중앙선 철도의 출발점으로서(1907) 독일령 동아프리카의 수도(1891-1916)와 제1차 세계대전 후 영국의 탕가니카 위임통치령의 주도(主都)가 되어 중부 아프리카 개발의 거점으로 발달하였다. 1961년 탕가니카의 독립과 함께 수도가 되었고, 1964년 잔지바르를 합병한 연합공화국, 다시 1964년 12월 개칭한 탄자니아의 수도가 되었다. 시의 변두리에는 유럽·인도·파키스탄인의 고급 주택가가 있고, 잔지바르 왕국의 유적, 로마 가톨릭·루터파 교회 등이 남아 있다. 1974년 도도마가 새로운 수도로 결정된 이후로는 공식 기능이 완전 이관될 때까지 탄자니아 정부의 일시적인 소재지가 되어 있다. 현재 이 도시는 탕가니카 호 연안의 키고마(Kigoma)로 가는 서부 철도와 빅토리아 호 연안의 므완자(Mwanza)까지 가는 북부 철도의 출발점이기도 하다.

케냐

아프리카 동부 해안에 위치한 면적은 58만2,646제곱킬로미터, 인구는 3,163만9천 명(2003)이다. 인구밀도는 1제곱킬로미터당 54.3명(2003)이다. 정식 명칭은 케냐공화국(Republic of Kenya)이다. 수도는 나이로비이며, 공용어로 영어를 사용하고 있다. 적도가 중앙 부근을 지나며, 남동쪽은 인도양, 동쪽은 소말리아, 북쪽은 에티오피아와 수단, 남쪽은 탄자니아, 서쪽은 우간다와 접한다.

14세기 아랍계가 들어와 정착을 하여 스와힐리 커뮤니티(Swahile Community)를 형성하였으며, 17세기에는 포르투갈에 몸바사가 점령되고, 18-19세기에는 오만 제국이 동아프리카 연안을 지배하여 노예무역이 행해졌다. 노예무역이 종식되자 영국은 동아프리카 보호령(1890)을 선포했다.

케냐는 국토의 내륙지대가 해발고도 3백-3천9백 미터의 고원이며, 서쪽으로 갈수록 높아진다. 서쪽의 빅토리아 호 연안지대는 해발고도 9백-1천2백 미터로 강수량이 많고 농경에 알맞은 곳이므로 인구밀도가 높다. 북부는 강수량이 적어 건조한 스텝 지대로 기온도 높아 인구밀도가 낮다. 남부의 인도양 연안지대는 좁은 해안평야가 있으며 고온다습하다. 해안 지방의 연평균기온은 20.5-31도, 내륙지방의 연평균기온은 7-27도이다.

자연 경관이 다양하며, 비옥한 고원이 넓게 펼쳐져 있는 까닭에 농업이 발달하였다. 코끼리·사자·기린·얼룩말 등의 야생동물이 많고, 나이로비 국립공원이 있으며, 각지에 야생

동물의 보호지구가 있다. 종족은 유목민 마사이보다 땅에 대한 애착이 강한 키쿠유족이 가장 많다.

남아프리카

남아프리카공화국은 아프리카 대륙의 최남단에 있으며, 동쪽으로 인도양, 서쪽으로 대서양을 낀, 동쪽은 높고 서쪽은 낮은 자연지형을 가진 천혜의 자원 부국이다. 국토의 대부분이 해발고도 9백~1천2백 미터의 고원이다. 인도양 연안의 좁은 해안평야와 내륙 고원 사이에는 드라켄즈버그 산맥이 북동쪽에서 남서쪽 방향으로 뻗어 있다. 최고봉은 타바나앤틀렌야나 산(3,482m)이며, 산맥의 동쪽 사면은 가파른 절벽이 해안 가까이까지 이어져 있다. 전국토의 대부분을 차지하는 내륙 고원은 서쪽의 그레이트카루 고원과 북동쪽의 노스카루 지역 및 하이벨트로 구성된다. 북서쪽은 칼라하리 사막의 남단부에 접하며, 서해안을 따라 남서 아프리카까지 나미브 사막이 이어져 있다. 최남단에는 케이프 산맥이 케이프타운까지 연속된다. 이 나라의 해안선은 몇 개의 만과 곶을 제외하면 대체로 단조로우며, 좋은 항구가 드물다.

자연적인 호수가 몇몇 있으나 내륙 수로는 발달이 미약하다. 하천으로는 국토의 중앙부를 횡단하여 대서양으로 유입하는 오렌지 강(2,092킬로미터)이 가장 길고 중요한 역할을 하고 있으며, 그밖에 림포포 강, 발 강 등이 있다. 지형은 고원을 이루고 있어 기후는 생활하기에 적당한 아열대성 기후이며, 동부 지역이 서부보다 온난다습하다. 1년은 크게 여름(11-3월)과 겨울(6-9월)로 나누어지며, 여름과 겨울 사이에 봄·가을이 짧게 지속된다. 연평균 기온은 인도양 연안의 포트엘리자베스가 18도, 대서양 연안의 케이프타운이 15.9도, 내륙고원의 요하네스버그가 16도이다. 내륙 고원은 해안으로부터 떨어져 있어 건조하고 일교차가 큰 편이며, 겨울에는 서리 일수가 150일이나 된다.

연안 해류는 기후에 많은 영향을 미치는데, 벵겔라 한류는 대서양 연안, 모잠비크 난류는 인도양 연안의 기후에 영향을 준다. 여름은 우기로 비가 많이 내리며, 겨울은 건기로서 강우량이 극히 적다. 동해안 지역은 1천2백 밀리에 달하나 서해안은 적으며, 내륙 지역에서는 5백 밀리 이하이다. 국토의 절반 가량이 연평균 강수량 380밀리 이하이므로 한발이 농업에 심각한 위협이 되고 있다. 대륙의 남서 지역은 겨울철에 비가 많은 지중해성 기후이다.

2. 예방접종

황열

황열은 모기에 의해 감염되는데 주로 중부 아프리카, 남미, 적도 중심 지역에서 많이 발병한다. 이 예방접종 증명서는 현재 이 지역을 여행하는 여행자들에게 의무적으로 갖추어야 할 유일한 증명서에 속한다. 대부분의 나라에서 이 지역으로부터 들어오는 여행자 혹은 이 지역을 지나 오는 여행자들에게 공인된 국제 예방접종 증명서를 요구한다. 일부 국가에서는 입국하는 모든 여행자들에게 이 증명서를 요구하기도 한다. 반면에 황열 유행 지역에서 도시 지역을 벗어나 여행하려는 사람에게는 비록 이 나라가 황열을 공식적으로 보고하지 않거나 입국시 예방접종 증명서를 요구하지 않는 국가라 하더라도 예방접종을 강력하게 권고해야 한다. 예방접종은 거의 1백 퍼센트 효과가 있으며, 예방접종을 하지 않은 성인에게 발병시 치사율이 60퍼센트를 넘는다. 예방접종 증명서는 규정된 형식을 갖추어야 하며, 세계보건기구가 인정한 황열 예방접종센터(Yellow Fever Vaccinating Center)에서 세계보건기구에서 인정한 백신으로 시행된 경우에만 유효하다. 황열에 대한 국제 예방접종 증명서의 유효기간은 접종 10일 후부터 시작하여 10년이다. 세계보건기구에서 정한 접종 대상은 9개월 이상의 어린이와 성인이다.

말라리아

말라리아는 매년 1억 이상의 인구가 감염되고 있으며, 치사율도 2~10퍼센트로 높은 원충성 감염 질환이다. 유행 지역을 단 하루만 여행해도 말라리아에 걸릴 수 있으며, 해마다 1만 명 이상의 여행자들이 본국으로 돌아간 후 말라리아 발병을 보인다. 위험 지역은 열대 아프리카·솔로몬 제도·파푸아뉴기니·태국·미얀마·감보디아 접성지대이며, 중등도 위험 지역은 인도·하이티 등지, 저 위험 지역은 동남아시아·중남미 지역이다. 이런 나라에서도 대도시는 비교적 안전하다. 1천5백 미터 이상 고도에서는 감염 위험이 훨씬 감소하며 열대지방에서도 3천 미터 이상의 고지에서는 말라리아가 발생하지 않는다. 말라리아는 원충에 감염된 학질모기(Anopheles)에 물려서 전파되므로 모기에 물리지 않도록 주의하는 것이 가장 중요한 예방대책이며, 여행 지역에 따라 적절한 말라리아 예방약을 선택하여 복용하는 것과 병행되어야 한다. 그러나 어떠한 예방약도 말라리아를 완벽하게 예방할 수 없다는 사실을 수지하고 여행중에도 물론 귀국 후에도 얼마 동안은 고열 등 몸 상태를 체크할 필요가 있다.

3. 아프리카 여행 준비물

커버를 갖춘 넉넉한 배낭, 작은 배낭, 허리 색, 발이 편한 등산화나 운동화, 일반 카메라와 디지털 카메라(여분의 배터리와 메모리 칩), 여권, 비자, 프로그램과 바우처(예약 확인서), US달러, 신용카드, 여분의 증명사진, 황열 예방접종 확인서(일명 옐로카드), 지도, 가이드 북, 책, 한국과 현지 대사관이나 영사관의 비상연락 전화번호, 작은 스케치북, 포켓용 전자 수첩, 야광 방수시계, 손전등, 헤드 랜턴(여분의 배터리), 안경과 선글라스, 메모장과 포스트잇, 펜, 개인 침낭, 윈드재킷(오버 트라우저), 우비, 얇은 다기능 담요(때에 따라 치마, 스카프, 이불 등으로 쓸 수 있는), 튜브 베개, 자물통, 빨래줄, 울 스웨터, 면 티셔츠, 다목적 기능성 내의, 긴 바지, 반바지, 수영복, 여벌 속옷, 챙이 넓은 모자, 챙이 좁은 모자, 가벼운 슬리퍼, 장갑, 양말, 기능성 타월, 물티슈, 휴지, 썬크림, 세면도구(칫솔, 치약, 비누, 샴푸 등), 코펠, 버너, 물통, 맥가이버 칼, 간단한 비상식량(인스턴트 커피, 라면, 김치-오래 보관이 가능한 포장된 볶음김치, 고추장, 소금, 마른반찬, 초콜릿, 비스킷, 미숫가루, 육포, 구운 김, 담배, 껌 등), 비상약(말라리아 약, 모기·벌레 퇴치용 약, 버물리, 상처 났을 때 바르는 연고, 멀미약, 지사제, 변비약, 항생제, 진통제, 소화제, 비타민제, 안약, 소독제, 밴드, 파스, 생리대, 평소 복용하는 약 등), 현지인들에게 한국을 알릴 수 있는 펜이나 간단한 기념품 혹은 아이들에게 줄 사탕, 그밖에도 바늘, 실, 옷핀, 면봉, 이쑤시개, 손톱깎기, 종류별 비닐팩 등은 사소한 것 같아도 없으면 불편하다(이것은 어디까지나 나의 경험에 의한 참고 품목이라 개인에 따라 가감될 수 있다).

4. 아프리카 여행시 주의사항

1. 동부 아프리카의 경우 말라위는 우리나라에서 비자를 받을 수 있으며(을지로에 소재한 한국 말라위 명예영사관), 그외 국가는 현지 국경에서 직접 받을 수 있다. 단, 남아프리카는 비자 없이 입국이 가능하다.

2. 입국시 황열 예방접종 카드, 일명 옐로카드를 소지해야 하는데, 나라마다 다르지만 아프리카의 경우 몇 나라에서는 이 카드 없이는 입국이 허용되지 않는 나라도 있다.

3. 아프리카는 우리와는 반대편 남반구에 위치해 있으므로 계절은 반대다. 물론 겨울이라고 해도 영하로 내려가는 일은 없지만, 바람이 많은 저녁이나 바닷가는 추위에 대비해야 한다.

4. 지도나 가이드북 같은 정보가 될 만한 것들은 미리 조금씩 익혀 두는 것이 필요하다.

5. 화폐는 기본적으로 US달러를 소지해야 하지만, 만일의 경우 서비스를 받을 수 있는 신용카드 한 장쯤 소지한다.

6. 예약된 상품은 항시 바우처를 소지해야 한다.

7. 아프리카는 실링, 콰차 등 나라마다 화폐가 달라 국경을 넘을 때마다 필요한 예상 금액을 환전해야 한다. 국경이 가까워지면 근처 길거리에서 돈을 바꿔 주겠다는 사람들이 많은데, 반드시 은행에서 바꾸는 것이 좋다. 아프리카는 특수 관광 지역이나 대도시, 중소도시의 대형 마켓을 제외하면 달러를 거의 받지 않거나 신용카드 또한 통용이 되지 않으니 미리 준비해야 한다. 환전시 필요한 것은 여권이다.

8. 아프리카인들의 신앙은 크게 기독교, 이슬람교, 각 부족 단위로 지키는 토속신앙으로 나눌 수 있다. 여행자가 어떤 종교를 가졌든 이들의 관례에 어긋나지 않게 행동하는 것은 기본 예의라 할 수 있다.

9. 아프리카에서 인도나 유럽만큼 편리한 시스템을 기대하면 곤란하다. 물론 대도시 호텔이나 일반 숙소 같은 곳은 서울에서도 인터넷으로 예약이 가능하다. 그밖에 교통편, 사파리 투어도 현지에서 물색하기보다는 국제 여행사를 통해 미리 예약을 하면 편리하다.

10. 초보자나 경험자 모두 합리적인 여행을 원한다면 신뢰할 만한 전문 여행사를 물색해 도움을 얻는 것이 좋다.

11. 현지에서는 외국 여행자들과 함께 팀을 만들어 움직이는 것이 경비 절감은 물론 신변 안전에 도움이 된다.

12. 여행시 가장 중요한 여권과 현금, 카드 등을 몸 안에 감출 수 있는 비밀 허리 가방을 준비하되, 이것은 여행 시작하는 날부터 끝날까지 24시간 몸에서 풀면 안 된다.

13. 텐트나 배낭을 잠글 수 있는 다목적 번호 자물통을 준비한다.

14. 사람을 상대로 사진을 찍을 때는 사전에 동의를 구하는 것이 관례다.

15. 사파리 여행중에는 개인 행동을 자제하고, 반드시 현지 가이드의 지시에 따라야 한다.

16. 대부분 영어가 통용되지만 간단한 스와힐리어 몇 마디만 알아 두어도 필요할 때 도움을 청할 수 있다.

17. 사파리 정글 투어나 사막 혹은 사바나 지역에 갈 때에는 아무리 더워도 긴팔 셔츠, 긴바지, 챙이 넓은 모자, 선글라스, 장갑 등을 착용해 피부가 노출되지 않도록 주의한다.

18. 체체파리나 모기, 벌레에 물리지 않도록 한다.

19. 청심환이나 지사제 같은 응급 비상약은 늘 몸에 지니고 다닌다.

20. 아무리 바쁜 일정이라도 한낮의 폭염은 피해 움직이는 것이 좋다.

21. 식수는 슈퍼마켓에서 미네랄 워터를 사서 마시거나 직접 끓여서 해결한다.

22. 음료나 그밖에 길거리에서 파는 비위생적인 음식은 피하고, 과일·야채를 제외한 모든 음식은 익혀서 먹는 것을 원칙으로 한다.

23. 장기간 아프리카를 여행할 경우, 킬리만자로 산행을 염두에 두었다면, 처음부터 짐을 만들지 말고 장비가 필요한 며칠만 대여해 쓰는 것도 한 방법이다.

24. 아무리 피곤해도 그날 있었던 일은 그날 메모하자.

25. 마음에 드는 기념품은 눈여겨보았다가 돌아오기 직전에 구입하는 것이 좋다.

26. 눈앞에서 아무리 놀라운 일이 벌어지더라도 지역마다 다른 그들의 문화를 존중하는 일은 기본이다.

27. 여행시 준비물이란 꼭 필요한 것이어야 하지만, 쓰지 않고 다시 가지고 오는 경우가 생기더라도 비상약 같은 것은 반드시 필요하다(남는 것은 올 때 배낭 부피도 줄일 겸 현지인들에게 나눠 주면 정말 좋은 선물이 된다). 특히 한국 여행자들을 거의 만날 수 없는 아프리카 같은 특수 지역에서는 준비물을 조금 철저히 챙기는 것도 요령이다. 여행 준비물이란 챙기지 않을 땐 쓸 일이 생기지만, 정작 잘 챙길 때는 쓰지 않는 경우가 많은데, 그럴지라도 철저한 준비로 손해볼 일은 없다. 준비란 최악 혹은 만일의 경우를 위한 투자며 대비라는 걸 잊지 말자.

여행 일정표

East Africa Explorer & Kilimanjaro Trekking(Marangu Route)

East Africa Explorer - 21days Camping Safari

- Incheon − Hong Kong − Johannesburg − Livingstone
- Zimbabwe, Jambia Waterfront Campsite / Transfer Mini Bus
- Village Walk / Victoria Fall / Zambezi River Sunset Cruise(Jambia)
- Livingstone Waterfront(Jambia)
- Lusaka / Pionier Camp(Jambia)
- Chipata / Mama's Lodge Camp(Jambia)
- Livingstonia Beach Luwawa Forest Malawi Salimba / Selma Camp(Malawi)
- Kan de Beach / Kan de Beach Camp(Malawi)
- Chitimba / Chitimba Camp(Malawi)
- Iringa / Makamba Camp(Tanzania)
- Dar es Salaam / Mikumi National Park / The Indian Ocean / Akida's Garden Camp(Tanzania)
- Zanzibar − White Stone City / Sea Bus(Ferry) / Garden Lodge / Sunset Lodge / Space Tour (Tanzania)
- Sea Bus(Ferry) / Dar es Salaam / Akida's Garden Camp(Tanzania)
- Arusha / Four Wheels Jeep / Sneak Park Camp / Masai Village(Tanzania)
- Serengeti National Park − Wildlife / Four Wheels Jeep / Serengeti National Park Camp / Game Drive(Tanzania)
- Norongoro Creater / Four Wheels Jeep / Simba Public Camp / Game Drive(Tanzania)
- Arusha − Moshi / Sneak Park Camp / Transfer Mini Bus − Moshi(Tanzania)
- Kenya − Nairobi
- South Africa − Johannesburg
* 위의 거점들은 경우에 따라 1−3일 머문 곳이다.

Kilimanjaro Trekking(Marangu Route)

‣ Moshi – HQ – Kilimanjaro National Park Gate – Mandara Hut(2,700m)

‣ Mandara Hut – Horombo Hut(3,720m)

‣ Horombo Hut(3,720m)

‣ Horombo Hut – Mandara Hut – Moshi

＊ 이 코스를 따른다면 킬리만자로 트레킹은 보통 5–7일이면 충분하다.

비자

‣ Zimbabwe 25달러(빅토리아 폴 공항)

‣ Jambia 30달러(짐바브웨와 잠비아 국경. 빅토리아 폭포 근처 출입국관리소)

‣ Malawi 60달러(한국 말라위 명예영사관 혹은 현지에서도 가능)

‣ Tanzania 50달러(말라위와 탄자니아 국경지대 출입국관리소)

‣ Kenya 50달러(탄자니아와 케냐의 국경지대 출입국관리소)

‣ South Africa 관광이나 단기 방문(30일간)의 경우 비자가 필요 없다.

＊ 각 나라 비자 만드는 데 드는 비용은 머무는 날짜에 따라 조금씩 다르다.